Andrea Reinhardt

Schuldige Kinder

Content-Warnung

Die Geschichte dieses Buches ist brutal und beinhaltet Szenen von Folter, auch an Kindern. Möglicherweise können Teile dieser Szenen selbstbetroffene Opfer triggern, da Bestrafungsszenarien genutzt werden, die leider auch einige im wahren Leben ertragen mussten. Sollten dich solche Themen belasten, rate ich ab, dieses Buch zu lesen.

Impressum

Alle Personen und Handlungen sind frei erfunden. Ähnlichkeiten mit realen Personen sind zufällig und nicht beabsichtigt.

© 2025 Andrea Reinhardt

www.andreareinhardt.de

kontakt@andreareinhardt.de

1. Auflage

Umschlag/Covergestaltung: Buchcoverdesign.de / Chris Gilcher – https://buchcoverdesign.de

Lektorat: Luise Deckert, www.luise-deckert.de

Korrektorat: Diana Alchanow

Verlag: BoD · Books on Demand GmbH, Überseering 33, 22297 Hamburg, bod@bod.de

Druck: Libri Plureos GmbH, Friedensallee 273, 22763 Hamburg

ISBN: 978-3-8192-6722-2

Bibliografische Information der Deutschen Nationalbibliothek: Die Deutsche Nationalbibliothek verzeichnet diese Publikation in der Deutschen Nationalbibliografie; detaillierte bibliografische Daten sind im Internet über dnb.dnb.de abrufbar.

Zur Autorin:

Andrea Reinhardt schreibt seit 2017 erfolgreich Thriller und lebt seit 2020 den Traum der Schriftstellerei. Nur aus Versehen ist die gelernte Kinderkrankenschwester zur Täterin geworden und verfasst seitdem emotionale, dramatische und perfide Verbrechen. Sie lebt heute einen Traum, den sie nie geträumt hat, trotzdem wurde das Schreiben ihre Berufung.

Schon mit ihrem Debüt Teufelseltern schaffte sie es in die Top 100 der allgemeinen Amazon Charts und erfreut sich seitdem einer wachsenden Leserschaft. Dabei greift sie zu Themen, die unter die Haut gehen, nimmt ihre Komplizen mit auf eine Reise, auf der diese in den Kopf des Täters, des Opfers und des Ermittlers sehen können.

Andrea Reinhardt

Schuldige Kinder

Thriller

»Wenn ich eine Story zu Ende erzählt habe, ist es, als komme ich von einer langen Reise nach Hause, während der ich in verschiedene Rollen geschlüpft bin. Ich habe die Charaktere gespielt, war Opfer, Täter, Zuschauer und Held zugleich.«

Für Steffi Haustein, Carmen Heiser, Alexandra Behr, Beate Werum, Diana Alchanow, Daniella Bertram, Viviane Grosbusch und Bernd Kroll

Unendlich dankbar!

1

2009

Die unheimliche Stille im Haus beunruhigte mich, denn ich wusste genau, was sie zu bedeuten hatte. Es fühlte sich an, als würden tausend kleine Ameisen über meinen Körper krabbeln, während ich in dem dunklen Hohlraum saß und durch das kleine Loch starrte.

Mein Versteck lag hinter der Wohnzimmerwand. Von außen erkannte man nicht, dass es diesen Bereich gab. Es war wie ein niedriger, sehr enger Bunker. Ich konnte mich darin nicht hinstellen und auch nicht ausstrecken. Außerdem hatte ich das Gefühl, ich würde in der Wand zwischen Stube und Küche feststecken.

Ich musste immer dort hineinkriechen, wenn die Freunde meines Vaters zu Besuch kamen. Die sollten nicht wissen, dass er einen Sohn hatte.

»Warum verheimlichst du mich vor ihnen?«, hatte ich ihn einmal gefragt.

»Weil ich dich beschütze. Sie sind meine Freunde, wie eine Familie für mich. Aber sie mögen keine Kinder, deshalb verstecke ich dich.«

»Ich hätte doch auch bei Mama bleiben und dich nur besuchen können, wenn deine Freunde nicht da sind.«

Mein Vater hatte mir die Hand auf die Schulter gelegt. »Dort warst du nicht gut aufgehoben, sie hat dich nicht gewollt. Genauso wenig wie deine Großeltern dich akzeptiert haben. Sie haben Lügen über mich verbreitet, damit sie dich von mir fernhalten konnten.« Mein Vater war bei den Worten hochrot angelaufen und hatte gegen die Wand getreten. »Sie haben behauptet, ich hätte deine Mutter gezwungen, dich zu zeugen. Nur deshalb hast du mich jahrelang nicht kennenlernen dürfen. Sie haben dich weggesperrt, sich nicht vorbildlich um dich gekümmert. Bei mir hättest du ein viel besseres Leben gehabt.«

Ich hatte es nicht so empfunden, dass es mir bei Mama schlecht gegangen war. Doch ich fand es auch nicht schön, dass sie mir den Umgang mit meinem Vater verboten hatte und ich ihn nie kennengelernt hätte, wenn er mich nicht abgeholt hätte.

»Als du älter wurdest, nicht mehr das süße Kleinkind warst, auch mal Mist gebaut hast, wollte dich Mama bei ihren Eltern abladen und ein schönes Leben ohne dich führen. Das konnte ich nicht zulassen. Ich muss dich hier vor ihren Eltern verstecken, weil sie dich sonst holen würden.«

»Dass du mich bei dir haben willst, finde ich auch großartig, ich will gar nicht bei Oma und Opa bleiben, wenn sie so gemein zu dir sind. Aber Mama war immer lieb zu mir, ich kann nicht glauben, dass sie mich bei ihnen zurückgelassen hätte.«

Mein Vater hatte die Arme verschränkt. »Und was denkst du, warum sie dich nicht hier abgeholt hat? Ich war bei ihr und habe ihr gesagt, dass ich dich mitnehme. Sie ist trotzdem ohne dich gegangen, keiner weiß, wo sie ist. Hat ihre Koffer gepackt und ist verschwunden. Meinst du, das hätte sie getan, wenn du ihr wichtig wärst? Du hast nur noch mich als Elternteil. Möchtest du zurück zu deinen Großeltern gehen, wirst du auch mich verlieren, denn die werden alles tun, damit wir uns nie wiedersehen.«

Ich hatte mich schwergetan, zu glauben, dass Mama mich nicht mehr wollte. Nach einer Weile hatte ich jedoch eingesehen, dass er recht hatte, weil Mama nicht gekommen war, um mich abzuholen.

Aber ich weigerte mich, zu meinen Großeltern zu gehen. Ich wollte Papa nicht auch verlieren, denn dass meine Großeltern nichts von ihm gehalten hatten, das hatte ich oft genug in Gesprächen gehört.

Also musste ich mich damit abfinden, in diesem Hohlraum hinter der Wand zu verharren, wenn die Freunde meines Vaters zu Besuch kamen.

Gott sei Dank waren sie immer nur für ein paar Stunden da, die sich dennoch sehr lang anfühlten.

Ich schaute durch das Loch und beobachtete die vier Männer, die alle, bis auf meinen Vater, ziemlich gruselig aussahen.

Schon am Morgen hatten sie angefangen zu trinken, das war niemals ein gutes Zeichen. Sie trieben dann oft eklige Sachen mit Frauen oder wurden sehr wütend. Sie erzählten ständig, wie schrecklich sie das System fanden und dass es Menschen gab, die ihnen das Leben zur Hölle gemacht hatten. Manchmal war ihre Wut so groß, dass sie irgendwelche Gegenstände zertrümmerten, da bekam ich Angst.

In dem Hohlraum war ich aber sicher. Niemand außer mir und meinem Vater wusste, dass er existierte. Von außen wirkte es wie eine normale Wand. Ich musste nur vorsichtig sein, keine Geräusche zu machen, denn wenn die Männer mich in die Hände bekommen würden, würden sie mich quälen.

Vor allem in dem betrunkenen Zustand, in dem sie gerade waren.

Ich schrak zusammen, als der Typ im Unterhemd plötzlich laut schrie, dass die anderen ruhig sein sollten. Noah war der Anführer dieser Gruppe, meistens gab er den Ton an und bestimmte, was sie machten. Mein Vater und die anderen beiden widersprachen ihm nur selten. Kam es doch einmal vor, wurde er laut und drohte, ihr ganzes Leben zu zerstören.

Ich fand Noah stark, denn ich wäre auch gern ein Anführer. Als ich noch zur Schule gegangen war, hatten die Kinder mich oft gehänselt. Wenn ich eine Clique gehabt hätte, hätte ich meine Freunde gezwungen, diejenigen zu verprügeln, die mich geärgert hatten. Obwohl es unbequem hinter der Wand war, freute ich mich, Noah zu beobachten, weil ich bestimmt etwas von ihm lernen konnte. Ich war gespannt, was er nun zu verkünden hatte.

»Ich habe mir etwas Besonderes überlegt«, raunte Noah mit einem Funkeln in den Augen. Er wischte sich die fettbeschmierten Finger an seinem weißen Unterhemd ab, das bereits grau war. Das trug er fast immer, wenn er im Haus meines Vaters war.

Die anderen drei starrten ihn an.

»Schon wieder eine deiner seltsamen Ideen?«, sagte der Mann, den alle nur Knasti nannten. Mein Vater hatte mir erzählt, dass sie ihn so riefen, weil er zweimal im Gefängnis gesessen hatte.

»Ich habe nie seltsame Ideen«, erwiderte Noah lachend. »Meine Einfälle sind einzigartig, da ich genial bin.«

»Was hast du vor?«, fragte Rolli. Er war der Ruhigste der vier. Wahrscheinlich hatte er Angst vor Noah. Wenn dieser sauer war und herumbrüllte, zitterte Rolli.

»Ich habe die Nase voll von diesem Leben«, tönte Noah. »Es befriedigt mich nicht, mich immer nur hier zu treffen, um zu saufen und irgendwelche Frauen zu vögeln.«

»Warum? Stehst du auf Männer?«, fragte Knasti und grinste breit.

Alle außer Noah lachten laut.

»Halt deine Fresse.« Noah zeigte drohend mit dem Zeigefinger auf Knasti. »Wir sind Opfer. Nur weil wir wie Dreck behandelt wurden, kriegen wir unser Leben nicht auf die Reihe und dafür werden wir bestraft. Bekommen keine Arbeit, keiner will etwas mit uns zu tun haben. Wenn wir verrecken, wird es niemanden interessieren.«

Die drei anderen starrten ihn an.

Noah trank einen Schluck aus der Bierflasche, wischte sich über den Mund und setzte sich wieder. »Da draußen laufen so viele Kinder herum, die es viel besser als uns getroffen hat. Das ist nicht fair. Letztens habe ich über einen Serienmörder gelesen, der es liebt, Menschen erst zu quälen und sie dann zu töten. Da kam mir eine Idee. Ich fragte mich, wie es sich anfühlt, jemanden zu foltern und ihn danach umzubringen. Das könnten wir doch mal an verwöhnten Pflegekindern testen.«

»Alter, spinnst du total? Ich finde unser Leben auch verkorkst, aber ich töte deshalb keine Kinder«, stieß mein Vater hervor.

»Natürlich, unser Musterjunge ist ja der Einzige, der in einem wohlbehüteten Hause aufgewachsen ist. Dessen Eltern nicht einsehen wollen, dass sie einen Loser als Sohn haben, der böse Dinge anstellt. Du bist genauso verwöhnt wie die kleinen Gören, von denen ich spreche. Ich finde dich ziemlich illoyal. Wir hätten dich nicht in unsere Gruppe aufnehmen müssen, denn du bist keiner von uns. Du wurdest nicht von einer Pflegefamilie in die nächste gereicht.«

»Das ist nicht fair, Noah. Deinetwegen habe ich mit meinen Eltern gebrochen. Ich bin loyal. Obwohl ich euch nie eingeladen habe, ist es selbstverständlich, dass ihr hier ein und aus geht. Ich lasse euch immer wieder ins Haus, damit ihr Frauen auf brutale Art und Weise vögeln könnt, ohne dass ihr dabei erwischt werdet. Aber jemanden zu töten, ist eine andere Hausnummer.«

»Wir könnten so unseren Frust über das System und die Gesellschaft ablassen, weil die uns wie Abschaum behandeln. Das Haus hier ist perfekt für meinen Plan. Weit abgelegen im Wald, niemand wird uns finden.«

Mein Vater hob die Hände. »Kommt schon. Daran, dass ihr Probleme habt, seid ihr nicht ganz unschuldig. Knasti saß im Gefängnis, weil er Menschen halb zu Tode geprügelt hat. Rolli trinkt zu viel und kriegt deshalb keinen Job. Und du, Noah, hast ständig Ärger, weil du nicht gesellschaftstauglich auftrittst.«

Ich riss die Augen auf, weil ich befürchtete, dass mein Vater bereuen würde, was er gerade gesagt hatte.

Noah stellte sich vor ihn. »Nur unsere Erfahrungen als Kind haben uns zu diesen Menschen gemacht. Warum sollte ich Respekt vor der Gesellschaft haben? Vor mir hatte es auch nie jemand. Du wagst es, mir die Schuld für die Ungerechtigkeit in die Schuhe zu schieben, nach allem, was ich für dich getan habe? Ich habe dich aus deinem Schneckenhaus geholt, weil du keine Freunde hattest und deine Eltern dich weggebracht haben, um irgendetwas zu vertuschen. Das würde mich im Übrigen brennend interessieren. Warum wollten sie dich so schnell aus dem Ort holen?«

Mein Vater sah auf den Boden und erwiderte nichts.

Noah stieß ihn grob gegen die Schulter und schnaufte. »Das kriege ich noch raus. Ich habe dir gezeigt, dass eine Familie immer hinter einem steht. Euch alle habe ich aus dem Dreck geholt, denn niemand anderes will etwas mit euch zu tun haben.«

Der Kehlkopf meines Vaters sprang auf und ab. »Ich bin dir dafür dankbar, aber in meinem Haus wirst du niemanden töten.«

Noah hob den Zeigefinger. »Ich nutze dieses Haus,

wann und wofür ich es will. Das bist du mir schuldig. Ansonsten lernst du mich anders kennen.«

Mein Vater holte tief Luft und nickte schwach.

Es entstand eine unheimliche Stille, bis sich Knasti schließlich räusperte. »Ich bin dir jedenfalls dankbar. Hättest du mich damals bei dem Einbruch nicht gewarnt, dass die Polizei anrückt, hätte ich ein drittes Mal im Knast gesessen.«

Noah schaute Rolli an.

Dieser nestelte an seinen Fingern. »Ohne dich wäre ich am Arsch und hätte nichts zu essen. Ich bin froh, dass du mich auf der Straße angesprochen hast, als ich an meinem Tiefpunkt war.«

Noah blickte zu meinem Vater. »Siehst du, so sieht Dankbarkeit aus. Machst du nicht mit, werde ich deinem Vater zeigen, was du tust, wenn du mit uns zusammen bist.«

Mein Vater sah immer noch nicht auf. Sein Atem kam stockend.

»Noah hat doch recht«, sagte Knasti. »Wir werden nie Fuß in dieser Drecksgesellschaft fassen. Es ist unfair, dass wir bei solchen widerwärtigen Pflegeeltern groß geworden sind, während manche Gören es richtig gut haben.«

»Ich war in acht Familien«, krächzte Noah angewidert. »In sieben davon bin ich durch die Hölle gegangen. Ich will, dass sich andere genauso quälen, wie wir es damals tun mussten.«

»Ja, Mann«, grölte Knasti und prostete Noah mit seinem Bier zu.

Rolli nickte nur.

Noah starrte meinen Vater erneut an. »Und du?«

Dieser schluckte schwer. »Ich helfe euch«, wisperte er kaum hörbar.

Ich versteifte mich innerlich, weil ich nicht fassen konnte, was diese vier Männer planten.

Wollten die wirklich jemanden töten?

Auf der einen Seite klang ein Mord an einem Kind so unrealistisch wie eine Szene aus einem Film. Auf der anderen Seite war ich neugierig, wie genau sie es tun würden.

Noah lief zur Tür. »Ich gehe auf die Suche und finde ein Prachtexemplar für uns. Dafür brauche ich ein wenig Zeit. Ich kümmere mich um alles. Dann sehen wir uns hier wieder.« Er verließ das Wohnzimmer.

Rolli und Knasti folgten ihm.

Mein Vater stand reglos da. Er sah nicht glücklich darüber aus, dass er jemanden umbringen sollte, doch gegen Noah hatte niemand eine Chance.

Der war ein Anführer.

Und mir gefiel das.

2

14. Januar 2023

»Guten Morgen, Marcel«, begrüßte Konrad ihn. »Ich hoffe, du bist ausgeschlafen, wir haben nämlich jede Menge Papierkram zu erledigen.«

»Kommst du vielleicht erst einmal ohne mich mit dem Dokumentieren klar?« Marcel lief zu seinem Schreibtisch und stellte seine Tasche ab. »Ich hatte eine kurze Nacht und wenn ich nicht erst einen Kaffee trinken kann, döse ich in wenigen Sekunden über den Papieren ein.«

Konrad zog eine bedauernde Grimasse. »Wieder nicht geschlafen?«

Marcel schüttelte den Kopf. »Marlene hat immer noch schlimme Träume.«

Die kamen seit der Entlassung im Sommer aus der Klinik in regelmäßigen Abständen. Sie schlug dann um sich, schrie und ließ sich weder von Kim noch von ihm beruhigen.

»Die Ärzte meinen, es sei normal und sie müsse den Aufenthalt auf der Intensivstation erst verarbeiten. Das kann dauern.«

»Es ist sechs Monate her«, erwiderte Konrad. »Dass diese Erfahrung sie nach so einer langen Zeit immer noch beschäftigt, ist schlimm. Dabei denkt man, dass die Sedierung dafür gesorgt hat, dass es nicht solche Erinnerungen an diese Zeit gibt, oder?«

»Der Kinderarzt hat uns erklärt, dass die Patienten im künstlichen Koma einiges mitbekommen. Sie werden durch Medikamente zum Schlafen gebracht und die wirken nicht zu jeder Zeit gleichstark. Es gibt Phasen, in denen sie Geräusche oder auch Schmerzen wahrnehmen und sich später unbewusst daran erinnern. Wir brauchen einfach Geduld. Gott sei Dank hat sich Kim noch dagegen entschieden, wieder in die Arbeit einzusteigen. Die beiden schlafen tagsüber noch mal gemeinsam.«

»Tut mir echt leid, dass ihr das durchmachen müsst. Die Zeit in der Klinik hat euch schon genug Schlaf geraubt. Und unser Job ist auch nicht gerade entspannt. Ich hole dir einen Kaffee, damit du den Tag gut durchstehst.« Er ging in den Nebenraum.

Marcel dachte nicht gern an die Zeit im Sommer zurück. Nicht nur, dass Marlene so schwer krank gewesen war, auch die Tatsache, dass zur selben Zeit ein Täter sein Unwesen in dieser Klinik getrieben hatte, was vielen Menschen das Leben gekostet hatte, konnte Marcel nicht einfach verdauen.

»Bitteschön.« Konrad stellte ihm eine gefüllte Tasse hin.

»Danke.« Marcel schaltete seinen Computer an.

»Trink du in Ruhe deinen Kaffee, ich fange schon mal mit den Berichten zu unserem gestrigen Fall an. Du steigst einfach später ein.«

»Ich bin in zehn Minuten so weit.« Marcel setzte sich, nahm einen Schluck des heißen Getränkes und spürte, wie es durch seine Speiseröhre in den Magen floss. Dann checkte er seine E-Mails. Auch dort gab es keine dringenden Angelegenheiten, die sofort erledigt werden mussten. Es passte ihm nach der schlaflosen Nacht, wenn es so bliebe. »Ich bete, dass der Tag ruhig bleibt.«

»Das hoffe ich auch, ich will heute pünktlich raus. Sonja und ich gehen essen.«

»Ein Date?«, fragte Marcel mit hochgezogenen Augenbrauen. »In eurem Alter?«

»Pass auf, du. Deine Müdigkeit ist kein Garant dafür, dass ich dir alles durchgehen lasse.«

Marcel grinste. »Dann helfe ich dir lieber bei dem Papierkram, damit du pünktlich zu deinem Date kommst.« Er erhob sich und lief zu Konrad an den Tisch.

Dieser war mit Dokumenten bedeckt.

»Guten Morgen«, sagte plötzlich jemand von der Tür aus. Ein Kollege der Schutzpolizei trat mit einer Beweismitteltüte in das Büro. »Ich würde gern etwas mit euch besprechen, weil ich nicht ganz sicher bin, ob es vielleicht von Bedeutung sein könnte.« Er hob die Tüte hoch.

Darin steckte ein Kinderschuh.

»Wir wurden heute Morgen nach Koblenz-Arzheim in die Forststraße gerufen. Der Eigentümer hat an seiner Hauswand diesen Sneaker gefunden. Der hat wohl dort geklebt. Es sieht eigentlich wie ein Scherz aus, aber es war eine Botschaft dabei: *Finde mich.* Ich bin nicht sicher, ob es etwas zu bedeuten hat, deshalb möchte ich eure Einschätzung.«

Marcel nahm die Tüte und betrachtete den Schuh. »Der scheint schon älter zu sein. Größe 29.« Er sah sich den Zettel an. »Könnte natürlich ein übler Scherz sein, wenn auch einer, der mir nicht einleuchten will. Warum klebt jemand einen Schuh an eine Fassade? Habt ihr den Besitzer des Hauses gefragt, ob ihn irgendwelche Leute ärgern wollen?«

»Ja, haben wir. Laut des Herrn gibt es einige, die ihn am liebsten loswerden möchten. Er scheint mit den meisten Nachbarn nicht zurechtzukommen. Wir haben ihn selbst überprüft und keine Einträge zu ihm gefunden. Allerdings ist er uns bekannt, er meldet sehr gern angebliche Vergehen aus seinem Umfeld. Ruhestörung, Falschparken, solche Dinge.«

»Das könnte natürlich ein Grund sein, warum ihm jemand eins auswischen will. Allerdings finde ich es immer noch etwas seltsam, dass ihm jemand einen Kinderschuh ans Haus geklebt hat. Vandalismus geht doch auch einfacher. Die Botschaft und diese komische Art, jemanden zu ärgern, erscheint mir zu auffällig, als dass wir es nicht ernst nehmen sollten. Nicht, dass wir einen Kindesvermisstenfall übersehen. Wir lassen den Schuh vorsichtshalber auf DNA überprüfen, um zu schauen, ob wir eine Spur zu einem vermissten Kind aus Koblenz finden. Außerdem schauen wir in der

Vermisstendatenbank nach Kleiderbeschreibungen, vielleicht finden wir einen Treffer, zu dem der Schuh passt.«

»In Ordnung, ich bringe die Beweistüte höchstpersönlich zur K-Wache. Danke.« Der Kollege nahm die Tüte zurück und verließ das Büro.

»Hoffen wir, dass es bei einem komischen Scherz bleibt. Ich habe keine Lust, schon wieder in einem Fall von Kindesentführung zu ermitteln«, sagte Marcel mit einem flauen Gefühl im Magen und setzte sich an die Akten.

Müde rieb sich Marcel die Augen. Sie brannten bereits, weil er Stunden in die Berichte vertieft gewesen war. »Ich glaube, ich brauche eine Pause.« Er sah zu Konrad, der offenbar in die Arbeit am Computer versunken war. »Hast du Hunger? Ich hole etwas vom Bäcker.«

»Nein danke, ich habe von Sonja etwas eingepackt bekommen. Die Essensreste müssen weg.«

Marcel lächelte.

Ihre verstorbene Kollegin Susanne hatte sich damals darüber amüsiert, dass Konrads Frau ihn mit zubereiteten Lunchboxen zur Arbeit schickte. Konrad machte sich aus dem Schmunzeln seiner Kollegen jedoch nichts, er liebte seine Sonja und genoss es, wie sie sich um ihn kümmerte.

Marcel hoffte sehr, dass auch Kim und er solch eine Liebe zueinander über viele Jahre hinweg erleben würden.

Gerade als Marcel das Büro verlassen wollte, kam ihm Wolfgang Becker von der Kriminaltechnik entgegen. »Wo möchtest du hin?«, fragte dieser.

»Nur schnell zum Bäcker. Wolltest du zu mir?«

»Zu euch. Es geht um den Schuh, den wir uns anschauen sollten.«

Marcel wurde neugierig. »Ihr habt etwas gefunden?«

»Oh ja, das haben wir.« Wolfgang betrat das Büro und stellte sich zu Konrad an den Schreibtisch. »Fingerabdrücke kann man leider von dem Material nicht nehmen. Aber ich habe ein wenig in der Datenbank gestöbert und etwas gefunden, das möglicherweise von Belang ist.« Er hob einen Zettel hoch. »Das ist eine Vermisstenanzeige aus dem Jahr 2009. Der sechsjährige Louis Kramer ist an einem Nachmittag aus Koblenz-Arzheim verschwunden. Er wollte nach draußen zum Fußballspielen und kam nie zurück. Zuletzt hat man ihn auf dem Spielplatz gesehen, von da an verliert sich seine Spur.«

»Niemand hat etwas beobachtet?«, fragte Konrad.

»Nein, keiner hat mitbekommen, dass er mit einer Person unterwegs war oder in ein Auto gestiegen ist.«

»Und du glaubst, dieser Schuh könnte etwas damit zu tun haben?«, hakte Marcel nach, der den Zusammenhang noch nicht erkannte.

Wolfgang Becker kramte ein Foto aus einer Akte heraus. »Wir haben hier ein Bild, das uns seine Pflegeeltern damals gegeben haben, als nach dem Jungen gesucht wurde. Darauf seht ihr genau die gleichen Sneaker. Die Mutter hat ausgesagt, dass er diese auch am Tag seines Verschwindens getragen hat, weil er die Dinger geliebt hat. Ich kann nicht zu einhundert Prozent beweisen, dass es sein Schuh ist, habe aber einige Spuren sichergestellt und an das LKA nach Mainz zur DNA-Analyse geschickt. Dann wird sich herausstellen, ob sich mein Verdacht bestätigt.«

Marcel blies geräuschvoll Luft aus seinen Wangen. »Schon wieder so ein Fall, der uns an die Nieren gehen könnte.«

Wolfgang nickte. »In den zwei darauffolgenden Jahren sind noch zwei weitere Kinder verschwunden. Beide aus Koblenz-Arzheim. 2010 Finja Hanser, sieben Jahre, und 2011 Justus Och, acht Jahre. Von Finja gibt es ebenfalls keine Spur. Ob die Fälle wirklich zusammenhängen, weiß man nicht, aber die Kollegen sind damals davon ausgegangen, weil alle drei Pflegekinder ungefähr im gleichen Alter waren. Sie haben auch vermutet, dass dieser Abstand von neun und zwölf Monaten zwischen den Fällen eine Bedeutung haben könnte.« Wolfgang senkte den Kopf.

»Du redest davon, dass die Kollegen geglaubt haben, der Täter habe sich ein neues Opfer gesucht, sobald ein Kind tot war?«, hakte Konrad nach.

»Ganz genau.«

»Du sagtest gerade, dass es von Finja auch keine Spur gab. Was ist mit dem dritten Kind? Hat man etwa seine Leiche gefunden?«

»Zum Glück nicht. Justus kam nach sieben Tagen wieder. Das habe ich nicht mehr alles im Kopf, da müsstet ihr nachlesen. Ich weiß nur noch, dass er in einem schlimmen Zustand war.«

Marcel setzte sich an den Computer, um die Fallakte schon mal aufzurufen. »Und von da an ist keiner mehr verschwunden?«

»Genau, 2011 hat es aufgehört. Die Kollegen haben vermutet, dass Justus nicht freiwillig zurückgeschickt wurde und die Täter deshalb untergetaucht sind. Es gab ja mit ihm einen Zeugen.«

»Ich befürchte, die anderen beiden finden wir nicht mehr lebend«, sagte Marcel traurig. »Informieren wir uns mal genauer über den damaligen Fall. Ich habe hier die Akte des Jungen. Justus wurde sieben Tage nach seinem Verschwinden nahe der B49 auf Höhe der Burg Mühlenbach nur in Unterwäsche von einem Ehepaar aufgegriffen, die ihn ins Auto gesetzt und die Polizei angerufen haben. Der Junge war schwer verletzt. Mehrere Knochenbrüche, Milzriss, Hämatome am ganzen Körper, Brandblasen und aufgeschnittene Füße. Er hat damals nicht geredet. Man hat Spuren an ihm sichergestellt. Sexueller Missbrauch wurde ausgeschlossen.«

»Gütiger, das klingt grausam.« Konrad schüttelte den Kopf. »Wenigstens ist er lebend wieder aufgetaucht. Nicht so wie die anderen beiden. Denkt ihr, es gibt einen Zusammenhang zu der Nachricht in dem Schuh? Vielleicht will jemand, dass wir Louis finden.«

»Möglich«, erwiderte Marcel. Er überflog weiter die Akte des anderen Jungen. »Die sichergestellten DNA-Spuren waren nicht im System. Da Justus nicht gesprochen hat, haben sie leider keine Details herausgefunden.«

»Damals hat Rüdiger Schuster den Fall geleitet«, warf Wolfgang Becker ein. »Danach war er nicht mehr derselbe, er hat sich nie verziehen, dass er die Beteiligten nicht geschnappt hat. Sie hatten nicht mal einen Verdächtigen.«

Marcel seufzte. »Ich kann das nachempfinden.« Er las weiter in der Fallakte. »Sie haben aufgrund vierer unterschiedlicher DNA-Spuren darauf geschlossen, dass es sich um mehrere Täter handelt.«

»Das klingt wieder nach einem schrecklichen Fall. Wir informieren die Kollegen der Cold-Case-Abteilung, dass es eine neue Entwicklung gibt«, sagte Konrad.

Wolfgang nickte. »Ich melde mich, sobald ich etwas vom LKA höre.«

»Und wir reden noch einmal mit dem Besitzer des Hauses. Es muss einen Grund geben, weshalb der Schuh dort hing.« Marcel öffnete die Informationen zu dem Fall, zu dem die Schutzpolizei am Morgen gerufen worden war. Er notierte sich die Adresse und erhob sich. »Los geht's«, sagte er zu Konrad und zog sich seine Jacke an. Auf dem Weg zum Auto schaute er auf sein privates Handy, ob Kim ihm geschrieben hatte.

Auch wenn er es liebte, von ihr Nachrichten zu bekommen, war er derzeit froh, wenn er nichts hörte, denn das bedeutete, dass es Marlene gut ging. Kim sollte sich nämlich sofort melden, sobald etwas nicht stimmte.

»Alles okay?«, fragte Konrad, der zu ihm aufgeschlossen hatte.

»Scheint so.« Marcel warf Konrad den Schlüssel des Dienstwagens zu. »Ich bin zu müde.«

Konrad setzte sich hinters Lenkrad, ohne etwas zu erwidern. Sobald Marcel saß, fuhr er los.

Aufgrund einiger Baustellen benötigten sie fast fünfzehn Minuten nach Arzheim.

Helmut Keims Grundstück lag am Ende der Forststraße, die in den Arzheimer Wald führte.

Konrad parkte auf dem Hof des Einfamilienhauses.

Marcel stieg aus und betrachtete das Anwesen.

Es war groß und weitläufig, aber ziemlich heruntergekommen. Der Eigentümer legte offensichtlich keinen großen Wert auf Garten- und Hofpflege. Das Haus dagegen war gut in Schuss, es sah sogar aus, als wäre es erst renoviert worden.

Gemeinsam liefen sie zur Eingangstür.

Diese wurde geöffnet, ehe Marcel die Klingel betätigen konnte.

»Was wollen Sie?«, fragte der Bewohner und stelle sich mit verschränkten Armen vor sie.

»Guten Tag, mein Name ist Schweißer, ich bin von der Kripo Koblenz. Sind Sie Helmut Keim, der heute Morgen wegen des Schuhs an der Wand angerufen hat?«

Der Mann hob die Augenbrauen. »Die Kripo wegen eines Schuhs? Das nenne ich mal Einsatz. Es gibt Tage, da lassen Sie sich deutlich mehr Zeit, um eine Anzeige aufzunehmen.«

»Wir wollen ausschließen, dass es sich um eine Straftat handelt, deshalb möchten wir noch einmal mit Ihnen sprechen.«

»Keine Ahnung, wo und wie der herkam. Ich verlange nur, dass da jemand für den entstandenen Schaden zahlt. Solche Dreckschweine. Ich habe die Fassade erst vor wenigen Tagen neu gemacht.«

»Können wir Ihnen trotzdem ein paar Fragen stellen? Sie würden uns mit Ihrer Aussage bei den Ermittlungen sehr helfen.«

Der Mann winkte ab. »Na von mir aus. Kommen Sie rein.« Er lief vor.

Konrad und Marcel folgten ihm.

Der Flur lag voller Spielsachen.

»Entschuldigen Sie die Unordnung. Mein Sohn war zu Besuch und ich habe noch nicht aufgeräumt. Er kann einen ganz schön schaffen. Nach einem Tag mit ihm brauche ich immer erst einmal ein paar Stunden Erholung.«

So wie es in dem Haus aussah, dachte Marcel eher, dass das Kind nicht nur ein paar Stunden, sondern mehrere Tage da gewesen war. »Ihr Sohn lebt nicht bei Ihnen?«

»Nein, bei meiner Ex. Sie will nicht, dass er lange hier ist.«

»Gibt es dafür einen Grund?«

»Ist das von Belang? Sie sind nicht wegen meines Sohnes hier, oder?«

Zumindest hoffe ich das, dachte Marcel, denn es musste einen Grund geben, weshalb ausgerechnet ein Schuh an dieser Hauswand klebte, der wahrscheinlich Beweisstück in einem alten Fall war. Marcel erinnerte sich, dass der Kollege der Schutzpolizei gesagt hatte, Herr Keim habe keine Einträge im Strafregister. Das musste aber nichts bedeuten. »Wir wollen gern in alle Richtungen ermitteln, deshalb erscheinen Ihnen manche Fragen manchmal möglicherweise etwas merkwürdig oder sinnlos.«

Der Mann starrte Marcel einen Moment lang an, dann zuckte er mit den Schultern. »Meine Ex macht das nur, um mich zu ärgern. Ich habe ihr und dem Kleinen nie etwas getan. Aber mir soll es recht sein, dass er bei seiner Mutter lebt. Ein Besuch meines Sohnes für ein paar Stunden reicht mir. Ich wollte eh nie Kinder haben,« Er zeigte in die Küche an den Esstisch. »Nehmen Sie Platz.«

Marcel setzte sich, Konrad blieb in der Tür stehen.

»Sie haben heute Morgen also diesen Schuh gefunden, der an der Hauswand geklebt hat. Haben Sie ihn angefasst?«

»Natürlich, ich habe ihn abgerissen. Sie können sich nicht vorstellen, wie sauer ich war. Ich habe sofort die Polizei gerufen. Es geht hier doch um Vandalismus.«

»Es war gut, dass Sie uns verständigt haben«, bemerkte Konrad, der mit verschränkten Armen am Türrahmen lehnte. »Wir brauchen Ihre DNA, damit wir die ausschließen können, sollten wir eine weitere an dem Sneaker finden.«

Herr Keim lächelte stolz. »Natürlich, ich helfe gern. Sie sagten, Sie wollen ein Verbrechen ausschließen. Ist dem Kind, dem der Schuh gehört, etwas zugestoßen?«

»Wir dürfen mit Ihnen nicht über den Grund der Ermittlungen sprechen, derzeit suchen wir nach Hinweisen«, antwortete Marcel. »Können Sie sich jemanden vorstellen, der diesen Schuh platziert hat? Haben Sie Feinde, möglicherweise von früher?«

Der Mann lachte laut auf. »Im Grunde mag mich niemand, weil ich gern für Ordnung sorge. Ich verstehe den Sinn überhaupt nicht, mir so ein Ding an die Wand zu kleben. Erst dachte ich, dass es die Bayers aus dem Pelzerweg waren. Aber ich wüsste nicht, weshalb die das tun sollten.«

»Wie kommen Sie auf die?«, hakte Marcel nach.

»Weil die das ständig gemacht haben. Also früher, vor über zehn Jahren das letzte Mal. Nur nicht bei anderen.«

Marcel runzelte die Stirn, weil er dem Mann nicht folgen konnte. »Was haben die getan?«

»Schuhe an die Wand geklebt. Ihre Fassade ist voll damit.«

Marcel war ganz Ohr. »Wissen Sie, warum die das getan haben?«

»Nur durch Gerüchte. Sie waren Pflegeeltern und die Leute im Ort sagen, dass die von jedem Pflegekind, das sie aufgenommen hatten, einen Schuh an der Wand befestigt haben. Ob es so ist, weiß ich nicht. Die sind ein wenig seltsam und reden nicht viel mit den Menschen. Keine Ahnung, was da hinter verschlossenen Türen vor sich ging.«

Marcel war bei dem Wort *Pflegeeltern* hellhörig geworden, weil die Opfer in den damaligen Vermisstenfällen alle Pflegekinder gewesen waren.

»Wissen Sie, wann die Familie die Pflegschaft aufgegeben hat?«, fragte Konrad.

»Ja, 2011. Die ehemaligen Pflegekinder kommen auch nicht wirklich zu Besuch. Aber die Schuhe hängen noch.«

Die zeitliche Abfolge löste in Marcel Unbehagen aus, denn 2011 hatte das Verschwinden der Kinder aufgehört, die allesamt aus Koblenz-Arzheim stammten. Er wollte wissen, ob Herr Keim damals etwas mitbekommen hatte. »Haben Sie die Vermisstenfälle aus Arzheim miterlebt, die von 2009 bis 2011 stattgefunden haben?«

Helmut Keim legte sich die Hand auf die Brust. Er sah ehrlich betrübt aus. »Natürlich. Schreckliche Sache. Der kleine Justus kam als Einziger wieder, aber danach war er nicht mehr der kleine Rowdy, den man kannte. Schade, dass man ihn dann auch noch weggeschickt hat.«

»Wer hat ihn weggeschickt?«, hakte Marcel nach.

»Seine damaligen Pflegeeltern. Justus' leibliche Eltern waren meine Nachbarn im Nebenhaus. Wirklich nette Menschen. Leider sind sie 2004 bei einem tragischen Unfall ums Leben gekommen. Justus hat dann in einer Pflegefamilie gelebt, die ihn aber einige Zeit nach dieser schrecklichen Entführung weggegeben haben.«

»War das Familie Bayer?«

»Nein, die sind erst 2008 oder so in den Ort gezogen. Justus lebte Am Kappesgarten bei Familie Mautsch. Sie sind mit ihm nicht mehr zurechtgekommen, als er aufgehört hat zu sprechen. Manchmal wüsste ich gern, was inzwischen aus ihm geworden ist.«

Marcel machte sich Notizen, damit er alle Hinweise überprüfen konnte. Vor allem musste er herausfinden, wo Justus Och inzwischen lebte.

Sie würden ihn noch einmal befragen. Vielleicht würden sie nach all den Jahren etwas aus ihm herausbekommen.

»Wissen Sie, wo Justus danach gelebt hat?«, fragte Marcel.

»Das kann ich nicht beantworten. Ich habe ihn nie wiedergesehen, nachdem die Mautschs ihn abgegeben haben.«

»In Ordnung, Herr Keim, Sie haben uns sehr geholfen. Melden Sie sich bitte bei der Polizeidienststelle in Koblenz, wenn Ihnen noch etwas dazu einfallen sollte, wer vielleicht für den Schuh an Ihrer Fassade verantwortlich sein könnte.«

»Natürlich.« Der Hausbesitzer lächelte.

»Vielen Dank für Ihre Zeit.«

»Gern. Auf Wiedersehen.« Herr Keim begleitete Marcel und Konrad nach draußen.

Im Auto holte Marcel tief Luft. »Eine Pflegefamilie, die Schuhe an die Wand hängt und das letzte Kind 2011 aufgenommen hat, ist mir eine zu große Parallele zu diesem Schuh an Herrn Keims Haus. Die drei vermissten Opfer damals waren alle Pflegekinder. Deshalb will ich gern mit dieser Familie Bayer sprechen.«

Konrad nickte. »Ruf du Mareike an und lass dir Infos geben, ich fahre schon mal zum Pelzerweg.«

Marcel wählte Mareikes Durchwahl.

»Hey Marcel, was kann ich für dich tun?«

»Überprüfst du bitte für mich Familie Bayer aus dem Pelzerweg in Koblenz-Arzheim? Ich bräuchte auch die Hausnummer.«

»Kleinen Moment.« Es rauschte im Hintergrund. »Da haben wir es. Ronon und Michaela Bayer. Hausnummer 16. Sind beide dort gemeldet. Der Mann ist wegen körperlicher Gewalt gegen seine Pflegekinder angezeigt worden.«

»Weißt du, von wem?«

»Vom Jugendamt Koblenz. 2011 wurde ihnen die Erlaubnis zur Pflegeelternschaft entzogen und sie durften keine Kinder mehr aufnehmen.«

»Danke. Wir fahren jetzt bei ihnen vorbei, weil die wohl laut eines Zeugen Schuhe an der Wand kleben haben.« Marcel legte auf und gab Konrad die Informationen weiter.

»Klingt nicht schön. Ich habe einen dicken Hals bei so etwas. Wie widerlich ist es, dass man solch eine Aufgabe ausnutzt und sich an den Schützlingen vergeht?!«

»Lass uns noch nicht urteilen, wir müssen uns das erst genau ansehen.«

3

»Hör auf zu diskutieren. Du gehst da jetzt rein und kommst nicht wieder heraus, ehe ich es dir erlaube«, sagte mein Vater streng. »Es ist zu deinem Besten. Sollte Noah dich erwischen, wird er dir sehr wehtun.«

Ich wollte auf keinen Fall ewig hinter diesem Loch in der Wand hausen. »Es ist eng dadrin, ich kann mich kaum bewegen. Und was ist, wenn ich mal muss?«

»Ich stelle dir einen Eimer rein, den du aber nur benutzen darfst, wenn niemand im Raum ist. Mach keine Geräusche. Essen und Trinken holst du dir aus der Küche, nachdem wir schlafen gegangen sind.« Mein Vater packte meine Oberarme und drückte fest zu, sodass es mir wehtat. »Ich mache das, um dich zu beschützen.«

»Vielleicht ärgere ich die Gören einfach mit. Ich kann doch auch zu eurer Familie gehören.«

»Oh nein. Das willst du nicht. Noah hasst Kinder.«

»Warum hast du mich dann überhaupt hierhergeholt, wenn ich mich ständig vor deinen Freunden verstecken muss?«

Mein Vater ließ mich los und schlug wütend gegen die Wand. »Weil ich nicht einsehe, dass ich dafür bestraft werde, dich gezeugt zu haben. Ich habe genauso ein Recht, dich bei mir zu haben. Alle waren dagegen, dass ich dich sehen darf, haben behauptet, ich hätte deine Mutter gezwungen, mit mir zu schlafen. Anstatt dass meine Eltern hinter mir stehen, haben sie mich aus Koblenz weggebracht, damit sich keiner das Maul über uns zerreißt. Ich war ohne Unterstützung in dieser unmöglichen Situation. Irgendwann hatte ich genug davon, dass sie über mein Leben entscheiden. Ich bin dein Vater und niemand darf mehr reingrätschen. Du liebst mich doch, oder?«

»Natürlich habe ich dich lieb.« Ich vermisste aber meine Mutter, auch wenn ich sauer auf sie war, dass sie mich nicht holte oder wenigstens besuchte, obwohl mein Vater ihr gesagt hatte, dass ich bei ihm lebte. Traurig senkte ich den Blick.

»Was hast du noch?«, fragte mein Vater.

Ich dachte immer noch an meine Mutter. Doch das Thema ärgerte meinen Vater so sehr, dass ich es nicht ansprechen wollte. Deshalb überlegte ich schnell, worüber ich mit ihm reden könnte. »Denkst du wirklich, dass Noah mich nicht mitmachen lässt?«, fragte ich, weil es das Erste war, was mir auf die Schnelle einfiel. »So schlimm ist er bestimmt nicht, ihr seid immerhin befreundet. Ich finde ihn cool.«

»Noah ist der Teufel. Wenn man einmal in seine Fänge gerät, kommt man nicht wieder raus. Auf mich hat er anfangs auch sehr cool gewirkt. Der starke, mutige Junge, der sich nichts gefallen lässt, hat mir gefallen. Ich war ein Außenseiter, niemand mochte mich. Im Ort war ich ein Versager. Noah hat mir das Gefühl gegeben, dass ich dazugehöre. Aber jetzt muss ich nach seiner Pfeife tanzen, weil er mich sonst quält und mein Leben noch schlimmer wird, als es eh schon ist. Er bekommt seinen Respekt von anderen Menschen nur, indem er denen droht und sie quält. Das ist keine echte Freundschaft. Also nimm ihn nicht als Vorbild.«

»Aber ihn ärgert niemand. Ich bin ein voll uncooles Kind, das keiner mag, und wurde in der Schule gehänselt oder verprügelt. Wäre ich ein Anführer wie Noah, würde das keiner mit mir machen.«

»Dir tut jetzt niemand mehr was an, weil ich dich beschütze. Du musst nicht mehr in die Schule gehen.«

Ich lächelte, denn auf die Schule hatte ich sowieso keine Lust mehr. Aber ich hatte auch keinen Bock, ewig hinter der Wand zu hocken. »Kann ich in den Wald gehen, solange die Männer da sind? Ich kann doch dort zelten und du holst mich zurück, wenn die weg sind.«

Mein Vater riss die Augen auf. »Das ist zu gefährlich. Ich kann nicht nach dir schauen. Was ist, wenn einer der drei rausgeht und dich entdeckt? Ich weiß, dass es anstrengend ist, für ein paar Tage hinter dieser Wand zu bleiben. Doch es gibt in diesem Haus kein anderes Versteck für dich, das sicher ist. Den Keller brauchen wir, Noah hat gesagt, dass er das Kind dort einsperren möchte. Nimm dir ein Buch mit, du liest doch so gern. Wenn die Tage rum sind, üben wir wieder Mathe, einverstanden? Dann kannst du dich auch im Wald draußen aufhalten.«

»Okay«, sagte ich widerwillig. »Darf ich mal sehen, wo du gewohnt hast, sobald deine Freunde wieder weg sind?«

»Na klar. Wenn du willst, fahren wir beide nach Arzheim. Dort zeige ich dir das Haus, in dem ich gelebt habe.«

Das fand ich toll, denn ich war neugierig. Vielleicht würde ich meine Oma und meinen Opa ja auch mal sehen.

Mein Vater schrak auf, als ein Auto vorfuhr. Er eilte zum Fenster und schaute hinaus. »Das sind Rolli und Knasti. Geh hinter die Wand.«

Schnell rannte ich in den Hohlraum und mein Vater schloss die Luke. Dann saß ich in dem viel zu engen Hohlraum und wartete, was passieren würde.

Vor ein paar Tagen war Noah da gewesen und hatte den Männern erzählt, dass er ein perfektes Opfer gefunden hätte. Ein richtig verwöhntes Pflegekind, dem es in seiner zugewiesenen Familie viel zu gut ging. Noah hatte mit so viel Verachtung gesprochen, dass es mir eiskalt den Rücken hinuntergelaufen war. Trotzdem hatte es mich neugierig gemacht, wen er mitbringen würde.

Rolli und Knasti kamen in das Wohnzimmer.

Für mich hieß das, dass ich mich nicht mehr bewegen durfte, damit ich kein Geräusch von mir gab.

»Ist Noah noch nicht da?«, fragte Knasti. »Mal schauen, wen er für uns ausgesucht hat.«

»Ich finde es echt nicht gut, dass wir Kinder quälen und sie danach töten wollen«, sagte mein Vater.

»Alter, hör auf, so zu reden. Du kannst nicht begreifen, warum es nur fair ist. Noah ist in seiner Kindheit durch die Hölle gegangen. Sieben Familien haben ihn wie Dreck behandelt, ihn verstoßen. Er muss die Kinder vielleicht als Art Therapie quälen oder was weiß ich. Ich jedenfalls verstehe ihn. Mir erging es auch nicht immer gut.«

Mein Vater reagierte nicht auf Knastis Worte. Er schaute kurz zur Tür, als würde er überlegen, wie er es noch aufhalten konnte, dass Noah mit einem Kind ins Wohnzimmer kam. Dann sackten seine Schultern jedoch nach unten, sein Kiefer spannte sich an und er nickte.

Rolli hatte sich auf das Sofa gesetzt. »Wo bleibt Noah denn nur?«

»Immer mit der Ruhe«, ertönte dessen Stimme von der Tür. Er trat ein und zerrte ein Kind mit sich.

Über dessen Kopf war ein schwarzer Sack gestülpt. Seine Hände waren mit einem Seil gefesselt.

Noah zog es wie einen Hund hinter sich her. »Ich habe uns ein Prachtexemplar ausgesucht, das hat Zeit gebraucht, schließlich muss es das richtige Balg treffen. Er lebt seit vier Jahren bei seiner Pflegefamilie. Louis ist sechs Jahre alt und ganz freiwillig mitgekommen, weil er dachte, ich würde gern mit ihm Fußball spielen.«

»Hat auch einhundertprozentig keiner gesehen, dass er mit dir mitgegangen ist?«, fragte Rolli unsicher.

»Hältst du mich für einen Anfänger? Ich habe ihn geschickt an einen abgelegenen Ort gelockt, von wo niemand beobachten konnte, dass ich ihn mitgenommen habe. Also scheiß dir nicht ins Hemd, du arbeitest hier mit einem Profi.«

Rolli lachte, es hörte sich jedoch sehr übertrieben an.

»Was macht Louis so perfekt für unseren Plan?«, wollte Knasti wissen.

»Bei seiner Pflegefamilie wird Louis verwöhnt, darf lachen, essen und spielen, wann er will. Er trägt teure Kleidung, seht sie euch an. Solche haben wir nie bekommen, oder?«

Knasti prustete los. »Ich wäre schon froh gewesen, wenn ich nicht immer die alten Lumpen meiner Pflegegeschwister hätte auftragen müssen.«

»Stimmt, ich habe auch nie solche teuren Klamotten haben können«, erwiderte Rolli.

Ich verstand Noah, wenn ich mir die Sachen anschaute. Der Junge trug die Sneaker, die ich mir schon lange wünschte, aber meine Mutter hatte nie Geld dafür ausgeben wollen. Mein Vater kaufte auch nichts Schönes für mich. Es war unfair, dass manche Kinder so etwas bekamen, ich aber nicht. Deshalb gefiel mir der Gedanke immer mehr, dass Noah diesen Jungen dafür ärgern würde. Trotzdem zitterte ich am ganzen Leib, weil es doch viel beängstigender war, ein echtes Kind zu sehen, das die Männer töten wollten, als nur die bloße Vorstellung zu haben.

Noah zog den Sack vom Kopf des Jungen.

Dieser hatte ein tränennasses Gesicht und schluchzte. »Ich möchte zu meiner Mama.« Er riss an den Fesseln, hatte gegen Noahs Kraft aber keine Chance.

»Deine Mama wird dir nicht helfen. Wir werden ein paar schöne Tage mit dir verbringen, Louis. Stimmt's, Männer?«

Alle bejahten, wobei mein Vater noch immer nicht glücklich aussah. Er schielte wiederholt in meine Richtung. Dann stellte er sich so, dass ich nicht mehr alles erkennen konnte.

»Sieben Tage werden wir Spaß haben, werden ihn das erleben lassen, was ich erfahren habe«, sagte Noah. »Nur weil Typen wie er die guten Pflegeeltern wegnehmen, mussten wir bei den beschissenen leben. Was wir durchgemacht haben, ist die Schuld von solchen Kindern.«

»Ganz genau«, erwiderte Knasti.

Rolli nickte nur hastig.

»Wir sperren ihn in den Keller und holen ihn jeden Morgen hier rauf«, fuhr Noah fort. »Jeder tut das, was ich will. Es ist meine Geschichte.«

»Hey, ich hätte auch ein paar nette Ideen, was wir mit ihm anstellen können«, maulte Knasti.

»Das sehen wir dann. Er wird erst der Anfang unseres Spaßes sein. Nach sieben Tagen ist Schluss, danach suche ich uns ein neues Opfer.« Noah schubste den Jungen in die Richtung meines Vaters. »Bringen wir ihn in den Keller und ziehen ihn aus. Er verdient nicht, diese schönen Klamotten zu tragen. Zur Feier des Tages habe ich uns jede Menge Bier mitgebracht, damit wir anstoßen können.«

Alle verließen den Raum.

Sieben Tage später saß ich hinter dem Loch und wartete darauf, dass die Männer wiederkamen.

Nachdem sie ihn zum letzten Mal gequält hatten, hatten Knasti, Rolli und mein Vater ihn weggebracht. Er hatte geschrien und sich gewehrt, deshalb hatten sie ihn zu dritt tragen müssen. Noah war grinsend hinterhergegangen.

Seit einiger Zeit war es nun still. War Louis tot, so wie es Noah immer gesagt hatte?

Ich war sehr verwirrt, weil das, was ich beobachtet hatte, grausam gewesen war, und ich es trotzdem interessant gefunden hatte. War es normal, so etwas aufregend zu finden? Eins war mir klar: Ich wollte nicht das Opfer von Noah sein. Aber ich war ja kein verwöhntes Gör. Und ein Pflegekind war ich auch nicht.

Mir gingen die sieben Tage noch einmal durch den Kopf. Die ganzen Quälereien hatten für Noah einen Sinn. Ich wusste nach dieser Zeit, was der in seiner eigenen Kindheit alles erlebt hatte.

Es war kein schönes Gefühl, wenn man sich einsam oder gar ungeliebt fühlte. Auch ich hatte nicht die besten Eltern. Meine Mutter hatte mich weggegeben und mein Vater verheimlichte mich.

Aber Noah hatte es noch viel schlimmer getroffen. Umso cooler fand ich es, dass er so stark geworden war.

Auch wenn alles sehr spannend gewesen war zu beobachten, war ich froh, dass mein Vater einige Zeit später endlich die Luke öffnete. Mein Vater sah blass aus, irgendwie so, als müsste er sich übergeben. »Sie sind weg. Du kannst rauskommen.«

»Wo ist der Junge?«, fragte ich, während ich hinauskrabbelte. »Ist er wirklich tot?«

»Sei nicht so neugierig. Dusch dich und iss etwas Vernünftiges. Danach kannst du an die frische Luft.«

Ich wollte nicht nachbohren, damit er nicht wütend wurde. Außerdem hatte ich Besseres zu tun, denn ich hatte großen Hunger und meine Knochen waren ganz steif. Ich lief auf die Toilette, wusch mich und aß von den Spaghetti mit Ketchup, die auf dem Küchentisch standen.

Anschließend ging ich hinaus, um ein wenig im Wald zu spielen. Als ich durch die Bäume und Sträucher strich, fiel mir am Rand hinter der Scheune plötzlich mein Vater auf, der ein Loch buddelte.

Er wischte sich immer wieder über die Stirn und hielt sich zwischenzeitlich den Rücken.

Ich versteckte mich hinter den Bäumen und beobachtete ihn ruhig. Leise wie ein Schatten, damit er nicht merkte, dass ich da war. Eine Fähigkeit, die ich mir in den letzten Tagen sehr gut angeeignet hatte.

Als mein Vater fertig war, warf er einen schwarzen Sack in das Loch, buddelte es wieder zu und lief ins Haus zurück.

War das der tote Louis?

Ich ging an das Grab. Dort erwischte ich mich bei dem Gedanken, es wieder zu öffnen, denn ich hatte noch nie einen toten Menschen gesehen. Ich wollte wissen, wie Louis ausschaute oder ob ich erkennen könnte, auf welche Weise sie ihn getötet hatten.

Hatten sie ihm die Kehle durchgeschnitten oder ihn erschossen? Hätte ich dann einen Schuss hören müssen? Louis hatte gar nicht geschrien.

Ich nahm mir fest vor, dass ich beim nächsten Opfer zuschauen würde, wenn die Männer es töteten. Wie ich das schaffen könnte, würde ich mir noch überlegen.

Ich hockte mich neben den Haufen, legte die Hand auf die feuchte Erde und wartete ab, ob ich irgendetwas spürte. Vielleicht Louis' Geist?

Doch es passierte nichts.

Etwas frustriert schlenderte ich ins Haus.

Oben im Bad rauschte das Wasser. Mein Vater duschte.

Die Gelegenheit nutzte ich, um mir den Kellerraum anzusehen, in dem Louis eingesperrt gewesen war.

Die Tür dazu stand offen.

Ich trat hinein.

Auf dem Boden lag eine Matratze. Es roch nach Urin. Wahrscheinlich hatte sich Louis vor Angst in die Hose gemacht.

Blut fand ich keins und ich fragte mich, wie sie ihn umgebracht hatten, wenn er gar nicht geblutet hatte.

In der Ecke stand ein Sack, in den ich hineinschaute.

Darin waren die Kleider, die Louis getragen hatte, als er von Noah in das Haus gebracht worden war.

Schnell nahm ich sie heraus, rannte in mein Zimmer und versteckte sie unter meinem Bett. Solche schönen Sachen würde ich sonst niemals bekommen. Zwar passten sie mir nicht mehr, ich wollte sie dennoch behalten. Louis brauchte sie nicht mehr. Ich hoffte, dass mein Vater es nicht bemerken würde, sonst würde er sie mir wieder wegnehmen.

Gänsehaut breitete sich über meine Arme aus. Ich konnte die Freude darauf, dass Noah mit einem weiteren verwöhnten Pflegekind kommen würde, nicht abstellen.

4

Marcel stieg aus dem Auto und betrachtete die Hauswand von Familie Bayer.

Die war mit den rechten Schuhen eines Paares beklebt. Alle Arten waren vertreten: Winterstiefel, Sandalen, Sneaker. Einige davon sahen sehr abgenutzt aus, andere eher neu. Die Größen waren recht unterschiedlich, von einem Kleinkindschuh bis hin zu dem eines Teenagers.

»Das ist ja eine ganz nette Idee, aber auch richtig gruselig«, bemerkte Konrad, der neben Marcel getreten war. »Ich kann nicht sagen, warum, doch ich bekomme eine Gänsehaut, wenn ich das sehe.«

»Wahrscheinlich erscheint es dir unheimlich, weil wir durch den Schuh bei Herrn Keim auf den Fall der vermissten Kinder gestoßen sind. Fragen wir das Ehepaar, was der Sinn dieser Wand ist.« Marcel lief die kleine gepflegte Einfahrt des Einfamilienhauses nach oben.

An das Gebäude grenzte ein großer Garten. Diverse Kinderfahrzeuge reihten sich unter einem Carport aneinander. Auf der schneebedeckten Wiese standen ein Klettergerüst, ein Holzhäuschen und ein Trampolin, dessen Netze löchrig waren.

»Weshalb befinden sich die Sachen noch immer hier, obwohl die Familie seit 2011 keine Kinder mehr aufgenommen hat?«, fragte Marcel.

»Vielleicht kann sich das Ehepaar nicht davon trennen. Es sind Erinnerungsstücke. Ich habe auch noch einige Sachen der Kinder im Keller stehen, obwohl sie längst aus dem Alter raus sind.«

Marcel war gespannt, was die Pflegeeltern ihnen erzählen würden. Er klingelte.

Nach einem Augenblick öffnete eine Dame die Tür. Sie war dürr und ihr Gesicht eingefallen. Ihre Augen hatten keinen Glanz, sie wirkten dunkel und trostlos, als würden sie von schlimmen Ereignissen erzählen. »Kann ich Ihnen helfen?«

Marcel zeigte seinen Dienstausweis. »Guten Tag, mein Name ist Schweißer, ich bin von der Kripo Koblenz. Das ist mein Kollege Malter. Wir haben ein paar Fragen an Sie. Dürfen wir einen Moment hereinkommen?«

Die Frau schluckte. »Warum? Was wollen Sie von uns?«

»Es gibt einen Vermisstenfall und die Ermittlungen haben uns zu Ihnen geführt. Wir würden uns gern mit Ihnen über Ihre Pflegekinder unterhalten.«

»Wer ist an der Tür, Michaela?«, rief eine tiefe Stimme aus dem Haus.

»Die Kripo«, antwortete Frau Bayer.

Es war still.

Nach ein paar Sekunden trat ein Mann an die Haustür. Er war das genaue Gegenteil seiner Frau. Wohlgenährt, energiegeladen. »Was wollen Sie hier?«, fragte er, verschränkte die Arme und zog die Stirn kraus.

»Sie möchten wegen unserer Pflegekinder mit uns sprechen«, antwortete die Frau. Marcel hatte das Gefühl, dass ihre Stimme im Beisein ihres Mannes noch dünner geworden war.

»Es geht um ein Verbrechen, das mit Ihnen in Verbindung stehen könnte«, erwiderte Konrad. »Vielleicht reden wir im Haus, damit die Nachbarn nicht alles mitbekommen.«

Der Mann nickte und lief hinein.

Frau Bayer öffnete die Tür ganz, ließ sie eintreten und ging vor. Sie bot Marcel und Konrad einen Platz auf dem Sofa an. »Kann ich Ihnen etwas zu trinken bringen?«

»Nein, vielen Dank. Wir werden hier schnell fertig sein«, antwortete Marcel. Er schaute sich um.

Das Haus war innen genauso gepflegt wie außen, blitzblank geputzt und mit Liebe dekoriert. An der Wand hingen mehrere Fotos von Kindern. Sie alle lachten fröhlich in die Kamera.

Marcel fragte sich, ob dies nur Schein oder echt war.

Wenn es stimmte, dass Herr Bayer seine Pflegekinder körperlich angegangen war, hatten die bestimmt nicht oft Freude empfunden.

Marcel deutete auf die Fotos. »Sind das Ihre Pflegekinder?«

»Ja, richtig«, antwortete Frau Bayer. Ihre Mimik zeigte Schmerz, aber auch etwas Stolz.

»Sie sind bis 2011 Pflegeeltern gewesen. Ist das korrekt?«

»Ja, bis man mir unverschämte Unterstellungen vorgeworfen hat. Die kennen Sie ja sicher. Sind Sie deshalb hier?«

»Nein«, sagte Marcel. »Wir ermitteln in einem Vermisstenfall und dabei ist etwas vorgekommen, das uns zu Ihnen geführt hat. Einem Bewohner hier im Ort wurde ein Kinderschuh an die Wand seines Hauses geklebt.«

Herr Bayer lachte laut auf. »Und nun denken die Leute, dass wir das waren, weil wir eine Schuhwand haben?«

Marcel wollte die Vorlage, die der Mann ihm geboten hatte, direkt nutzen. »Haben Sie den Schuh an die Hauswand des Mannes geklebt?«

Herr Bayer schüttelte den Kopf. »Warum sollten wir das tun? Unsere Schuhwand ist eine Art Denkmal für uns, das machen wir nur an unserem Haus. Vielleicht ahmt das jemand nach.«

»An was erinnert diese Wand?«, fragte Konrad.

»Immer wenn eines unserer Pflegekinder fortgegangen ist, haben wir einen Schuh an die Wand gehängt und den anderen mitgegeben«, antwortete die Frau. »Das haben wir jahrelang so gemacht. Es ist eine Hommage an diese Menschen, die in ihrem Leben viel Negatives erlebt haben.«

»Wie viele Pflegekinder hatten Sie?«, hakte Marcel nach.

»Insgesamt waren es neun.« Die Frau wischte sich die Augen trocken. »Wir haben sie so gern bei uns aufgenommen. Die meisten von ihnen brauchten Liebe und

Fürsorge. Es ist schrecklich, dass man uns die Erlaubnis entzogen hat.«

Marcel sah an die Wand und zählte nur acht Fotos. Gedanklich machte er sich Notizen, dass er den Punkt nicht aus den Augen verlor. Draußen würde er noch einmal die Schuhe nachzählen. Zuerst konzentrierte er sich aber auf das Ehepaar. »Heißt das, an den Behauptungen des körperlichen Missbrauchs ist Ihrer Meinung nach nichts dran?«

»Natürlich nicht!«, brüllte Herr Bayer. »Ich habe niemals ein Kind geschlagen. Alle von ihnen habe ich geliebt, als wären es meine eigenen. Ich wurde nie verurteilt, weil es keine Beweise für die angeblichen Körperverletzungen gab. Können Sie sich vorstellen, durch welchen Horror wir gegangen sind? Wir haben wegen dieser Anschuldigungen unsere Erlaubnis der Pflegeelternschaft abgenommen bekommen.«

»Es war sicher ein großer Schock, wenn es wirklich Lügen waren«, erwiderte Marcel. »Wie kam es zu den Anschuldigungen?«

Frau Bayer senkte den Blick und nestelte mit den Fingern.

»Muss ich das beantworten?«, fragte der Mann. »Wir haben das hinter uns gelassen und sind nur traurig, dass wir keinen Kindern mehr ein gutes Zuhause bieten dürfen.«

Marcel wunderte sich, weshalb der Mann das Thema so abwiegelte, wenn er doch fälschlicherweise verdächtigt wurde.

»Haben Sie noch Kontakt zu Ihren Pflegekindern?«, fragte Konrad.

»Ja, manche besuchen uns ab und an.« Die Frau hatte ein leichtes Lächeln aufgelegt.

Marcel erinnerte sich an Herrn Keim, der erzählt hatte, dass die Kinder nie vorbeikamen. Er wusste auch nicht, was er von der Unschuldsbehauptung des Mannes halten sollte.

Herr Bayer war zwar nicht verurteilt worden, das hieß aber nicht, dass er es nicht getan hatte.

Marcels Blick wanderte erneut zu den Bildern an der Wand.

Hatte es etwas mit den Vorwürfen zu tun, dass da möglicherweise eins fehlte?

»Weshalb genau sind Sie hier?«, fragte der Mann streng. »Möchten Sie uns etwa für diesen Vermisstenfall verantwortlich machen?«

»Wir versuchen nur, Hinweise zu bekommen.« Marcel wollte dem Ehepaar auf den Zahn fühlen. »Sie sind 2008 hier in den Ort gezogen. Ist das richtig?«

»Korrekt«, erwiderte der Mann knapp und verschränkte die Arme.

»Hatten Sie da bereits Pflegekinder dabei?«

»Wir haben 2008 nur eins von unseren dreien mit nach Koblenz gebracht.«

»Wo haben Sie vorher gelebt?«, hakte Marcel nach.

Wieder senkte die Frau den Blick und wippte leicht mit den Beinen.

»In Frankfurt«, sagte Herr Bayer kurz angebunden.

»Gab es einen bestimmten Grund, weshalb Sie nach Arzheim gezogen sind?« Marcel beobachtete genau die Reaktion der Ehefrau. Er hatte das Gefühl, dass sie zu nervös war und einigen Fragen auswich.

Sie schabte mit der Fußspitze leicht über den Teppich.

Der Mann räusperte sich. »Es hat sich einfach so ergeben.« Er schluckte schwer und rieb sich über die Nase. Für Marcel stand fest, dass Herr Bayer log. Zumindest versuchte der Mann, etwas zu verheimlichen. Seine knappen Antworten verrieten, dass er sich mit der Frage nach dem Umzug nicht wohlgefühlt hatte.

Marcel musste nur herausfinden, weshalb Herr Bayer so reagierte. Er machte sich eine gedankliche Notiz, dass sie mit den Jugendämtern der Städte Frankfurt und Koblenz Kontakt aufnahmen, bei denen die Familie gemeldet war.

»Ist es überhaupt möglich, mit Pflegekindern in ein anderes Bundesland zu ziehen?«, hakte Konrad nach.

»Ja, ist es. Es muss natürlich gut abgesprochen sein, denn die Zuständigkeit der Jugendämter verändert sich. Für den Jungen, den wir mit nach Koblenz gebracht haben, hatten wir das Aufenthaltsbestimmumgsrecht. Die leiblichen Eltern lebten nicht mehr, deshalb hat das Jugendamt schnell zugestimmt, so mussten die keinen Ersatz suchen. Ein anderes Kind war volljährig, damit endete die Pflegschaft, und das dritte ist zu einer neuen Familie in Frankfurt gekommen, weil es nicht von dort wegwollte. Es hatte noch leibliche Geschwister in anderen Familien, die es regelmäßig sah.« Herr Bayer runzelte die Stirn. »Ich verstehe immer noch nicht, was unsere Tätigkeit als Pflegeeltern mit Ihrem Fall zu tun hat.«

»Wie gesagt, wir sammeln nur Informationen.« Nun wollte er noch die Reaktion des Ehepaares sehen, wenn er sie auf die damals vermissten Kinder ansprach. »Haben Sie 2009 bis 2011 mitbekommen, dass drei Kinder im Ort verschwunden sind?«

Die Frau schaute nicht auf. Sie nestelte doller an ihren Händen.

Herr Bayer starrte Marcel an. »Kann es sein, dass Sie uns für diese Vermisstenfälle beschuldigen?«

»Das habe ich nicht gesagt«, erwiderte Marcel. »Wir machen uns nur ein Bild. Der Schuh eines dieser Kinder hing an einer Hauswand, das erinnert an Ihre Fassade. Und in dem Jahr, als das letzte Kind verschwand, haben Sie Ihre Erlaubnis für die Pflegschaft aberkannt bekommen.«

Der Blick des Mannes wurde zorniger. »Das heißt nicht, dass es etwas mit uns zu tun hat. Es sind einfach Zufälle.«

»Einige zu viel für uns«, sagte Marcel provokativ.

Herr Bayer stemmte die Hände in die Flanken. »Es reicht jetzt. Haben Sie noch bestimmte Fragen oder sind wir verhaftet?«

»Nein, sind Sie nicht. Wir sind erst einmal fertig«, erwiderte Konrad. »Wenn sich weitere Fragen ergeben, kommen wir gegebenenfalls noch einmal auf Sie zu.«

Brummig nickte Herr Bayer und führte Konrad und Marcel nach draußen.

»Du warst sehr provokant«, meinte Konrad, als sie im Auto saßen.

»Das war meine Absicht, um eine Reaktion hervorzurufen. Hast du gesehen, wie nervös die Frau war? Irgendetwas verheimlichen sie. Mein Bauchgefühl sagt mir, dass die etwas zu den damaligen Vermisstenfällen wissen.«

»Dafür gibt es keine Beweise, es kann auch wirklich Zufall sein. Aber wir schauen uns die Familie genauer an und befragen ein paar der damaligen Pflegekinder.«

»Ich bitte Mareike und Stefan, dass sie uns die Jugendamtakten der Familie Bayer heraussuchen und auch diesen Justus Och ausfindig machen. Vielleicht kriegen wir aus ihm nach all den Jahren etwas heraus.« Er wählte die Nummer und gab Mareike den Auftrag weiter, nachdem sie abgenommen hatte.

»Wir kümmern uns darum«, sagte Mareike. »Es gibt noch eine besorgniserregende Entwicklung. Gerade ging eine Vermisstenanzeige ein. Ein sieben Jahre altes Mädchen ist nicht von der Schule nach Hause gekommen. Der Mutter wurde ein Schuh ihrer Tochter mit einer Botschaft drin vor die Haustür gelegt.«

In Marcel zog sich alles zusammen.

Schon wieder ein Schuh.

»Mit der gleichen Nachricht wie in dem, der heute Morgen gefunden wurde?«

»Nein. Auf dem Zettel stehen nur drei Wörter. *Noch sieben Tage.*«

»Das klingt nach einer Ankündigung, die macht mir Bauchschmerzen.«

»Mir auch«, antwortete Mareike. »Wollt ihr bei der Mutter vorbeifahren, ehe ihr herkommt? Sie lebt ebenfalls in Arzheim. Es sind zwar bereits Kollegen von der Schutzpolizei dort, aber in Anbetracht der Gemeinsamkeit mit der Botschaft im Schuh denke ich, dass die Kripo schnell handeln sollte.«

»Wir schauen uns das an. Wie lautet die Adresse?«

Mareike gab sie durch und Marcel notierte sie sich. Dann sagte er Konrad, wohin er musste.

»Ich vermute, diese Entwicklung hat etwas mit den Vermisstenfällen von 2009 bis 2011 zu tun. Was bedeuten diese Schuhe? Und warum sind die Botschaften so unterschiedlich?« Marcel bekam Gänsehaut.

Viele Verbrechen waren skurril, aber dass Schuhe so ein Gewicht hatten, war echt merkwürdig.

»Meinst du, wir haben es bei dem verschwundenen Kind mit denselben Tätern wie damals zu tun?«, fragte Konrad.

»Keine Ahnung. Es gibt Unterschiede. 2009 bis 2011 wurden keine Schuhe verteilt. Bisher haben wir erst einen Sneaker gefunden, den wir einem der damals verschwundenen Kinder zuordnen können. Vielleicht ist das Auftauchen nur ein Zufall. Deshalb sollten wir nicht vorschnell eine Verbindung ziehen, einen Zusammenhang aber auch nicht ausschließen. Wenn es einen gibt und es dieselben Täter sind, frage ich mich, warum die so anders agieren. Bei dem aktuellen Vermisstenfall scheint es offenbar wichtig zu sein, dass die Eltern darüber informiert werden, dass jemand ihr Kind hat.«

Konrad holte tief Luft. »Oder wir sollen darüber Bescheid wissen, denn es ist ja klar, dass wir eingeschaltet werden, wenn die Familie solch eine Nachricht bekommt. Es wird ihnen auch nicht gedroht, dass sie keine Polizei einschalten dürfen.« Er schüttelte den Kopf. »Ich werde nicht müde zu sagen, dass ich diesen Job manchmal verfluche. Hoffentlich stoßen wir nicht schon wieder auf Kinderleichen.«

»Das möchte ich auch nicht«, erwiderte Marcel. »Finden wir dieses Mädchen schnell, ehe es stirbt.«

5

Seit Louis' Tod, waren fast zehn Monate vergangen.

Die Freunde meines Vaters waren in den letzten Wochen immer mal wieder vorbeigekommen.

Da hatte Noah erzählt, dass er seit einer Weile ein kleines Mädchen beobachtete, dem es in der Pflegefamilie viel zu gut ging. Er wollte nur noch den richtigen Zeitpunkt abwarten, bis er sie ins Haus bringen würde. Es war laut ihm nicht einfach, an das Mädchen zu gelangen, weil die Pflegeeltern sie behüteten. Doch er hatte sie sehr lange beobachtet und wusste, wie er es schaffen würde, hatte er gemeint.

Vor einem Tag war es so weit gewesen, Noah war mit der siebenjährigen Finja ins Haus gekommen. Er hatte es endlich geschafft, sie von einem Spielplatz zu locken, weil ihre Eltern sie mal allein rausgelassen hatten.

Gleich begannen ihre sieben Tage.

Auf der einen Seite war ich aufgeregt und freudig, weil es endlich weiterging und ich wieder alles beobachten konnte. Auf der anderen aber bedeutete es auch, dass ich erneut tagelang in dem Hohlraum festsaß.

In dem Bunker war es heiß, weshalb ich ab und zu das Gefühl hatte, dass ich darin ersticken würde. Ich wischte mir den Schweiß von der Stirn. Meine Wasserflasche hatte ich schon leer getrunken. Meine Zunge fühlte sich ganz trocken an und ich hatte einen ekligen Geschmack im Mund, weil ich mir länger nicht die Zähne geputzt hatte. Immerhin war ich bereits den zweiten Tag in diesem Versteck.

Ich bekam eine Gänsehaut, wenn ich darüber nachdachte, was dem armen Mädchen die nächste Zeit blühen würde. Und ich war neugierig, wie sie auf all das reagieren würde.

Ich linste durch das Loch und überlegte, ob ich mich schnell noch einmal hinausschleichen konnte, um auf die Toilette zu gehen. Bisher hatte ich niemanden gehört, vielleicht schliefen sie noch. Doch die Gefahr, dass ich erwischt werden würde, war mir zu groß. Also zog ich die Hose hinunter und pinkelte in den Eimer, den mir mein Vater hingestellt hatte. Eigentlich musste ich auch groß. Aber das würde ich einhalten, denn sonst würde der Hohlraum bestialisch stinken. Das würden die auch draußen riechen und sofort wissen, dass ich hinter der Wand war. Ich hätte es in der Nacht machen sollen. So scheiße, dass ich eingeschlafen war.

In dem Moment, in dem ich mir die Hose wieder hochzog, hörte ich auf der Treppe das Gegröle der Männer. Hastig setzte ich mich nah an das Loch, damit ich alles beobachten konnte.

Noah trat als Erstes in das Zimmer. In der Hand hatte er eine Leine, die er grinsend hinter sich her zerrte. »Komm, mein Hündchen«, sagte er voller Hohn.

Hinter ihm schlurfte das Mädchen hinein. Um Finjas Hals lag ein Hundehalsband, an dem die Leine angebracht war. Sie weinte bitterlich. »Hören Sie auf, ich will nach Hause.«

»Sei ruhig!«, fauchte Noah Finja an. »Hunde können nicht reden. Du darfst nur knurren oder bellen. Aber wenn es mir nicht gefällt, dass du einen Ton von dir gibst, werde ich dich schlagen.«

Ich schluckte bei dem Anblick des Mädchens.

Sie war sehr blass, ihre Augen waren ganz rot und geschwollen.

Ich konnte mir vorstellen, wie viel Angst sie hatte. Das Gefühl von Panik kannte ich gut, denn ich erlebte sie nachts, sobald ich aus dem Loch schlich und die Freunde meines Vaters da waren. Da hatte ich immer Sorge, dass einer der Männer mich erwischen und dann mit mir dasselbe wie mit Louis tun würde. Doch es war sicher nur halb so viel Angst, wie Finja hatte.

Noah hockte sich vor das Mädchen. »Ich erkläre dir, warum du heute ein kleiner Köter sein wirst. Du kennst nämlich nur die goldene Seite der Medaille. Seitdem du zu deinen Pflegeeltern gekommen bist, hast du ein wunderschönes Leben. Verdienst du überhaupt, so nett behandelt und geliebt zu werden? Weißt du, dass es Kinder gibt, die nicht so viel Glück haben?«

Finja gab Noah keine Antwort.

»Du bist dir also zu fein, mit mir zu sprechen. Deine Ohren funktionieren aber bestimmt noch. Hör also gut zu, was ich dir jetzt erzähle. Ich war fünf Jahre, als ich zu meiner ersten Pflegefamilie kam. Meine leiblichen Eltern haben sich die Birne weggesoffen, bis sie elendig daran verreckt sind. Dann musste ich zu dieser schrecklichen Sippe, in der ich rein gar nichts wert war. Sie haben mich wie Vieh behandelt. Habe ich nicht gehorcht, gab es Tritte oder ich musste draußen bei Regen auf einer versifften Matratze schlafen. Ich kam mir wie ein Drecksköter vor. Kannst du dir vorstellen, dass es schlimm war, kleine Finja?« Noah hatte nett gesprochen, doch es hatte überspitzt geklungen, fast als würde er das Mädchen verspotten.

Sie sah ihn mit nassen Augen an und schüttelte den Kopf.

»Natürlich nicht«, brummte Knasti. »Die ist doch verwöhnt auf allen Ebenen.«

»Ganz genau«, erwiderte Noah und streichelte Finja über das Haar. »Deshalb wirst du heute ebenso nichts wert sein und wie ein Hund behandelt werden.« Noah betrachtete das Mädchen eine Weile. »Möchtest du etwas trinken?«, fragte er schließlich.

Sie nickte hastig.

Rolli stellte einen Hundenapf auf den Boden. »Dann los.«

Das Mädchen erstarrte und schaute die Männer abwechselnd an.

»Das ist das Einzige, was du bekommst«, sagte Noah.

Gelächter hallte durch das Wohnzimmer.

Finja zögerte einen Moment, kniete sich dann jedoch auf den Boden und schleckte das Wasser aus dem Napf.

Noah zog kurz darauf an der Leine. »Aus!«, schrie er.

Finja richtete sich ein wenig auf, aber Noah stellte seinen Fuß auf ihren Rücken. »Hunde können nicht stehen. Du bleibst den ganzen Tag auf allen vieren.«

Mein Vater legte eine Decke auf den Boden. »Ins Körbchen«, sagte er streng zu Finja und zeigte auf die Wolldecke.

Die Kleine gehorchte und schaute Noah ängstlich an.

»Braver Hund«, erwiderte dieser. »Dort wirst du heute Nacht schlafen. Ich passe auf, dass du nicht abhaust.«

Ich riss die Augen auf. Das bedeutete, dass ich nicht eine einzige Chance haben würde, aus dem Hohlraum zu kommen. Ich würde nichts zu trinken oder essen haben und konnte den Eimer nicht ausleeren. Reflexartig fasste ich mir an den Bauch, der schmerzte, weil ich dringend mein Geschäft verrichten musste.

Mit Louis waren sie nach dem ersten Tag nicht im Wohnzimmer geblieben. Warum veränderte das Noah dieses Mal?

Ich bekam Panik, dass er das nun alle sieben Tage machen würde. Mir brach der Schweiß aus. Ich musste mich irgendwann bewegen, doch ich dürfte auf keinen Fall ein Geräusch von mir geben. Meine Knochen protestieren, weil ich so gebeugt saß. Wütend schaute ich zu Finja, die sich die Tränen von den Wangen wischte. *Heul nicht,* dachte ich. *Du hast es auf der Decke bequemer als ich in dem Bunker.* Ich wusste, dass es unfair war, auf Finja wütend zu sein, denn nicht sie hatte die Entscheidung getroffen. Aber wäre sie nicht da, würde ich nicht in diesem Hohlraum hausen müssen.

Es verging einige Zeit, in der nichts weiter passierte.

Das hatte ich schon bei Louis ätzend gefunden, weil es sehr langweilig für mich gewesen war. Während des Wartens las ich ein Buch mit der Taschenlampe, die mein Vater mir gegeben hatte, und blätterte so langsam um, dass ich ja keine Geräusche von mir gab.

Noah erhob sich endlich.

Ich hatte bis dahin fünfzig Seiten gelesen.

Er machte etwas in der Ecke, die ich nicht einsehen konnte, und stellte dann einen neuen Hundenapf vor Finja. »Zeit zum Fressen. Sitz.«

Finja kniete sich hin.

»Das sind leckere trockene Brotkrumen in Wasser eingeweicht. Das wird dir gut bekommen«, sagte Noah wieder so überspitzt nett. Er hob den Zeigefinger, offenbar ein Zeichen, dass sie warten sollte. »Friss!«, gab er das Kommando, während er den Finger wieder herunternahm. Es sah aus, als hätte er Finja wochenlang trainiert, wie es Besitzer mit ihren Hunden machten.

Das Mädchen zögerte und schaute in den Napf. Ihre Tränen tropften in das Essen.

»Du bekommst nichts anderes. Wenn du bei drei nicht anfängst zu fressen, nehme ich es dir weg. Und du darfst keine Hand benutzen, denn das tun Tiere nicht.«

Wie ein fressender Hund fischte sie sich mit dem Mund eine Brotkrume nach der anderen aus der Schüssel. Wahrscheinlich trieb der Hunger Finja dazu.

Ich konnte mir vorstellen, dass sie sich erniedrigt fühlte, weil sie aus einem Hundenapf vor allen essen musste.

»Aus!«, befahl Noah, nachdem sie den vierten Happen aus dem Gefäß geholt hatte.

Finja befolgte nicht gleich die Anweisung und bekam einen Tritt in die Flanke, sodass sie zur Seite kippte. Sofort heulte sie wieder.

»Sei still«, forderte Knasti sie auf. »Manche Hunde werden eingeschläfert, wenn sie nicht gehorchen. Das willst du doch nicht, oder?«

Ich musste fast lachen.

Knasti hatte eine merkwürdige Frage gestellt, als hätte Finja irgendein Mitspracherecht. Sie würde in wenigen Tagen sowieso getötet werden, egal, ob sie gehorchte oder nicht. So wie Louis.

An der Tür rumpelte es.

Rolli kam mit einem großen Hundekäfig hinein. »Ungehorsame Köter werden eingesperrt.« Er schubste Finja von der Decke und stellte den Käfig darauf. Dann zwang er sie, hineinzukrabbeln.

Nun würde sie spüren, wie unbequem es war, in so einem engen Räumchen zu verharren.

Darüber freute ich mich. Schließlich musste ich es auch wegen ihr tun. Ich wollte es nicht, aber ich verspürte Zufriedenheit. Das machte die Aussicht, dass Noah und sie die ganze Nacht im Wohnzimmer bleiben würden, etwas erträglicher. Louis hatte ich nicht in dem Käfig beobachten können, weil sie ihn in den Keller gebracht hatten. Bei Finja würde mir der Spaß nicht entgehen.

»Das ist dein erster Tag, an dem du erlebst, wie es einem in schrecklichen Familien ergehen kann. Du bist nichts wert«, sagte Noah und ließ sich auf das Sofa fallen. »Die nächsten Tage wirst du noch viele schlimme Dinge erfahren und einiges an Schmerz erdulden müssen.«

6

Marcel klingelte bei Familie Paule, deren Tochter Mila vermisst wurde. Er hoffte, dass sich das Verschwinden des Mädchens schnell aufklären würde, ahnte aber in Anbetracht der Schuhbotschaft Schlimmes.

Eine Kollegin der Schutzpolizei öffnete die Tür. »Hallo Marcel, die Mutter ist in der Küche.«

»Ist der Vater auch da?«

»Nein, die Eltern sind getrennt. Frau Paule hat ihn kontaktiert, bisher aber nicht erreicht.«

Marcel nickte und ließ sich in die Küche führen.

Die Mutter saß am Esstisch und weinte bitterlich. In der Hand hielt sie ein Foto.

»Guten Tag, mein Name ist Schweißer. Das ist mein Kollege Malter. Wir sind von der Kripo in Koblenz.«

Die Frau schaute auf und schniefte. »Sie dürften nicht hier sein. Meine Tochter ist erst sechs, jemand muss nach ihr suchen.«

»Das werden wir. Wir brauchen vorher nur noch ein paar Informationen. Ist das auf dem Bild Ihre Tochter?«

Frau Paule nickte und schob Marcel das Foto zu. »Sie ist ein Engel, sie darf nicht einfach weg sein.«

Marcel betrachtete das Kind.

Das Mädchen trug schulterlanges, blondes Haar und schaute etwas skeptisch in die Kamera.

»Ist das ein aktuelles Bild?«, fragte er.

»Ja, vor zwei Wochen wurde sie in der Schule fotografiert.«

»Ich gebe das meinen Kollegen mit, damit die eine Fahndung einleiten können.« Marcel drehte sich zu der Polizistin, die ihnen die Tür geöffnet hatte. »Ihr kennt den Schulweg?«

»Ja, die Mutter hat uns über alles Wichtige informiert. Den Weg, die Lehrerin und den Namen der Freundin, mit der Mila nach Hause gegangen ist.«

»Konzentriert euch auf den Schulweg und schaut, ob ihr etwas findet. Schulranzen, Kleidung oder Ähnliches. Und geht bei der Lehrerin in der Schule vorbei. Meldet euch bei Mareike, die die Suche koordiniert und die Staatsanwaltschaft informiert. Sie soll außerdem die Kriminaltechnik herschicken. Konrad und ich übernehmen die Haus-zu-Haus-Befragungen, wenn wir hier fertig sind. Mit der Freundin sprechen wir auch.«

»In Ordnung.« Die Kollegin der Schutzpolizei verließ die Küche.

Marcel setzte sich neben die Frau, um auf Augenhöhe mit ihr sprechen zu können. »Uns wurde gesagt, dass sie einen Schuh mit einer Botschaft erhalten haben. Den würde ich gern sehen.«

Sie zeigte auf den Tresen der Küchenzeile.

Darauf stand ein hellrosa Stiefel mit einem Blumenmuster an den Seiten.

Marcel zog sich Handschuhe an und nahm den Schuh, konnte aber visuell keine Spuren ausmachen, die auf ein Verbrechen schließen lassen würden. Es waren nur übliche Kratzer und Schmutzflecken zu erkennen, die durch täglichen Gebrauch entstanden sein können. »Haben Sie den Schuh angefasst?«

»Ja«, antwortete die Mutter mit zittriger Stimme. »Es tut mir leid. Mir war nicht gleich klar, dass Mila die Stiefel heute getragen hat. Erst habe ich gedacht, sie hat ihn einfach achtlos vor der Tür stehen lassen.«

»Es ist kein Problem, dass Sie ihn berührt haben. Wir nehmen später Ihre Fingerabdrücke und eine DNA-Probe, damit wir diese ausschließen können, sollte es noch andere Spuren darauf geben. Sind Sie ganz sicher, dass Mila diese Stiefel heute Morgen getragen hat?«

»Ja. Ich habe sie erst vor ein paar Wochen gekauft und am liebsten hätte sie die gar nicht mehr ausgezogen. Warum hat sie denn jetzt nur noch einen an und der andere ist hier? Und was bedeutet dieser Zettel?«

»Das wollen wir herausfinden, deshalb stellen wir Ihnen noch ein paar Fragen, die Sie wahrscheinlich den Beamten eben schon beantwortet haben. Wir müssen uns ein genaues Bild machen, um Hinweise zu finden, wo Ihre Tochter sein könnte. Wann haben Sie ihr Verschwinden bemerkt?«

»12:30 Uhr, weil sie nicht von der Schule nach Hause gekommen ist. Ich habe nicht sofort die Polizei verständigt, weil ich dachte, dass sie vielleicht die Zeit vergessen hat. Um eins habe ich die Freundinnen durchtelefoniert und gefragt, ob Mila möglicherweise zum Spielen mitgegangen ist. Aber sie war bei niemandem. Anschließend habe ich in der Schule angerufen, die sagten mir, dass sie gemeinsam mit ihrer Freundin Tanja losgelaufen ist.«

»Haben Sie mit der gesprochen, ob das so richtig ist?«, fragte Konrad.

»Ja. Sie wohnt Im Wingert. Mila nimmt immer diesen Weg, obwohl sie von der Schule aus auch anders gehen könnte. Sie möchte meist ihre Freundin erst nach Hause bringen. Die beiden verabschieden sich Im Kempel, dann läuft Mila zur Unterdorfstraße nach Hause. Sie sind heute ebenfalls bis dorthin gemeinsam unterwegs gewesen und Mila hat sich dann auf den Heimweg gemacht.« Die Mutter schluchzte. »Vielleicht war sie doch noch zu jung, um sie allein gehen zu lassen, aber sie wollte es unbedingt.«

»Machen Sie sich bitte keine Vorwürfe, es ist absolut richtig, dass Sie Ihr Kind zur Selbstständigkeit erziehen. Wie weit ist es denn von der Freundin bis hierher?«

»Ungefähr 250 Meter.«

Marcel notierte sich den genauen Weg.

Es war besorgniserregend, dass ein sechsjähriges Mädchen bei 250 Metern ungesehen verschwinden konnte.

»Wir werden die Bewohner, die in diesen Straßen wohnen, dazu befragen, ob sie etwas beobachtet haben.«

»Vielleicht ist meine Tochter ja doch zu irgendwem gegangen und hat ganz vergessen, nach Hause zu kommen«, meinte die Mutter.

Marcel würde sich nichts mehr wünschen, aber der Schuh mit der Botschaft verriet, dass es nicht so harmlos sein würde. »Wir prüfen das«, sagte er dennoch, um der Mutter die Hoffnung nicht ganz zu nehmen. »Allerdings müssen wir in alle anderen Richtungen ermitteln, auch wenn es für Sie hart ist. Könnten Sie sich vorstellen, wer Ihnen etwas antun wollen würde? Jemand, der möglicherweise auf Rache aus ist, Sie absichtlich in Angst und Schrecken versetzen möchte? Gab es in der letzten Zeit Streit?«

Frau Paule schüttelte den Kopf. »Ich habe wenig Kontakte, denn hauptsächlich bin ich zu Hause und auf Arbeit. Ich wüsste niemanden, der mir das antun würde.«

»Was ist mit dem Vater Ihrer Tochter?«

»Wir leben getrennt, er sieht Mila alle paar Wochen. Das liegt nicht an mir, sondern daran, dass er es nicht anders will.«

»Sind Sie mit ihm im Streit?«, hakte Konrad nach.

»Wir verstehen uns nicht blendend, haben aber keinen Krach. Ich bin damals schwanger geworden, obwohl mein Ex keinen Kinderwunsch hatte. Daraufhin hat er mich sofort verlassen. Er meinte, dass er aufgrund seiner Vergangenheit kein guter Vater sein würde. Ab und zu kommt es ihm in den Sinn, Mila zu besuchen, doch nie für lange.«

»Also glauben Sie nicht, dass er Mila abgeholt haben könnte?«

»Nein. Er hätte vorher angerufen.«

Es war nicht selten, dass die ehemaligen Partner ihre Meinung plötzlich änderten und dann doch mehr

Zeit mit ihren Kindern verbringen wollten. Der Vater könnte also auch für das Verschwinden der Kleinen verantwortlich sein, weil er nun das Bedürfnis hatte, Papa zu sein.

»Wir würden trotzdem einmal bei ihm vorbeischauen. Haben Sie seine Adresse?«, sagte Marcel.

»Natürlich.« Frau Paule notierte die Anschrift auf einen Zettel und reichte ihm diesen. »Ich kann mir nicht vorstellen, warum er sie plötzlich holen sollte. Er will sie eigentlich nicht.«

»Wir möchten nur in alle Richtungen ermitteln, um Mila zu finden.«

»Was kann ich tun?«

»Warten Sie hier, bis die Spurensicherung da ist. Anschließend können Sie sich an der Suche beteiligen. Trommeln Sie Bekannte und Verwandte zusammen, wir brauchen jede Hilfe. Wir schalten eine Hilfsorganisation ein, die die Suche nach Mila koordiniert und Ihnen sowie den freiwilligen Helfern sagt, wie sie vorgehen sollen. Die teilen auch die Gebiete ein. Kontaktieren Sie uns bitte sofort, sobald Sie etwas hören oder erfahren.«

»Okay«, hauchte Frau Paule. »Bitte finden Sie Mila.«

»Wir tun alles, was in unserer Macht steht.« Marcel verließ die Küche mit einem mulmigen Bauchgefühl.

Sollte das Mädchen von denselben Tätern wie die Kinder zwischen 2009 und 2011 entführt worden sein, fanden sie es vielleicht nicht rechtzeitig.

Konrad folgte ihm.

Als sie im Flur waren, klingelte es an der Tür.

Marcel hoffte, dass es der Vater war, den sie dann gleich vor Ort befragen könnten. Er öffnete.

Vor ihm stand jedoch das Team der Kriminaltechnik unter Wolfgang Beckers Leitung.

Marcel informierte seinen Kollegen über die Einzelheiten.

»Wir schauen uns alles an. Sobald ich Dienliches habe, melde ich mich.« Wolfgang lief in die Küche.

Marcel rief auf dem Präsidium an, veranlasste, dass ein Streifenwagen zu dem Vater des Kindes fuhr, und informierte sich über den Stand der Dinge. Dann gab er durch, was er und Konrad als Nächstes vorhatten.

»Gut, ich weiß Bescheid«, sagte Mareike. »Stefan und ich gehen weiter die Akten der vermissten Kinder aus den Jahren 2009 bis 2011 durch. Wir suchen irgendeine Gemeinsamkeit, die wir gegebenenfalls mit Mila Paule abgleichen können.«

»Sobald wir zurück sind, helfen wir euch. Bitte sucht alle Pflegekinder der Familie Bayer heraus, die von 2008 bis 2011 bei dem Ehepaar untergebracht waren. Mich interessieren in erster Linie die, die sie hier in Koblenz hatten. Ich möchte möglichst viele von denen sprechen. Außerdem brauche ich die Adresse von Justus Och, dem Jungen, der damals entkommen ist. Ich will ihn noch einmal befragen.«

»Wird erledigt.« Mareike legte auf.

»Nehmen wir uns die Häuser vor, die auf dem Schulweg liegen.« Marcel teilte sie zwischen sich und Konrad auf, um die Gebäude schnellstmöglich abzulaufen.

Sie waren zügig durch.

Bei zwei Häusern hatte niemand geöffnet, alle anderen Bewohner hatten nichts mitbekommen.

Marcel rief noch einmal bei Mareike an und gab ihr durch, dass sie bei den Befragungen nichts herausgefunden, sich die Leute aber großzügig für die Suche angeboten hatten. »Bitte unterrichte das Deutsche Rote Kreuz und das Technische Hilfswerk darüber, dass wir ihre Hilfe bei der Suche benötigen. Sie sollen auch die Freiwilligen koordinieren. Wir sprechen jetzt noch mit der Freundin des Mädchens, vielleicht hat die Kleine doch etwas gesehen. Wenn wir etwas Neues erfahren, melde ich mich sofort.« Marcel legte auf. Er klingelte beim letzten Haus der Straße Im Wingert.

Es stand nur einige Meter von der Stelle entfernt, an der sich die beiden Mädchen verabschiedet haben sollten.

Eine schlanke Frau öffnete die Tür. Ihre Augen waren gerötet. »Guten Tag, kann ich Ihnen helfen?«

Marcel stellte sich und Konrad vor. »Wir ermitteln in der Vermisstensache der kleinen Mila und würden uns gern kurz mit Ihrer Tochter unterhalten. Ist das für Sie in Ordnung?«

»Ich mache mir große Sorgen um Mila.« Die Frau seufzte. »Ich habe schon versucht, mit Tanja zu reden, aber sie kann nichts Hilfreiches sagen.«

»Wir probieren es einfach«, erwiderte Marcel. »Es wird nicht lang dauern, damit wir sie nicht überfordern.«

Die Mutter nickte und ließ Marcel und Konrad eintreten.

Das Mädchen saß im Wohnzimmer vor dem Fernseher und knabberte an einer Laugenstange.

Marcel nahm neben ihr auf dem Sofa Platz.

Konrad blieb mit etwas Abstand stehen.

Die Mutter setzte sich auf die andere Seite ihrer Tochter. »Schatz, der Mann ist von der Polizei. Er möchte dir gern ein paar Fragen wegen Mila stellen.« Sie schaltete den Fernseher aus. »Du musst schön die Wahrheit sagen.«

Tanja nickte. Sie schaute Marcel mit leicht schief gelegtem Kopf an. Ihr Mund war zu einem schmalen Strich gezogen. Mit den Fingern trommelte sie auf dem Sofa.

»Hallo Tanja, ich bin Marcel. Ich suche nach Mila, die heute Mittag nicht nach Hause gekommen ist. Ihre Mama macht sich Sorgen, deshalb möchte ich deine Freundin gern finden. Vielleicht kannst du mir dabei helfen.« Marcel hatte ruhig und behutsam gesprochen, damit das Mädchen keine Angst vor ihm bekam.

»Aber Mila ist nach Hause gelaufen.«

»Leider ist sie noch nicht da. Habt ihr euch vorn an der Straße verabschiedet?«

»Ja, so wie jeden Tag. Und dann geht Mila allein weiter zu ihrer Mama. Manchmal kommt sie am Nachmittag zum Spielen her oder wir treffen uns am Spielplatz.«

»Ihr seid sehr gute Freundinnen, nicht wahr?«

»Hmhm. Ich wäre sehr traurig, wenn sie einfach wegbleibt.«

»Deshalb möchte ich sie finden. Gute Freundinnen haben doch ein paar Geheimnisse. Hast du mit Mila eins?«

Tanja kicherte und nickte.

»Es ist richtig, als Freundin ein Geheimnis für sich zu behalten. Doch manchmal ist es nötig, dass man es einem Erwachsenen verrät, weil es ein gefährliches sein kann. Hat Mila dir anvertraut, dass sie irgendwo hingehen möchte, es aber niemand erfahren darf?«

»Nein. Wir haben den Paul aus unserer Klasse gern und wollen das niemandem verraten.«

»Das ist ein schönes Geheimnis«, sagte Marcel und lächelte das Mädchen an. »Wart ihr denn ganz allein auf dem Nachhauseweg oder habt ihr jemand anderen getroffen?«

»Da war nur ein Junge aus der zweiten Klasse. Der wohnt Im Kempel zwei.«

Marcel erinnerte sich, dass er dort geklingelt hatte.

Der Junge hatte angegeben, Mila nicht gesehen zu haben.

»Seid ihr vielleicht einem Erwachsenen begegnet? Er kann irgendwo gestanden haben, zum Beispiel in einer Ecke oder in einem Hauseingang, wo ihr vorbeigelaufen seid.«

Tanja schaute nach oben. »Nein, da war keiner.«

»Das hast du gut gemacht. Vielen Dank. Manchmal fällt einem später noch mal etwas ein. Wenn das bei dir auch so ist, sagst du das deiner Mama und die ruft uns dann an. Einverstanden?«

»Hmhm.« Tanja lächelte ihre Mutter an.

Diese strich ihr über den Kopf. »Ich bin sehr stolz auf dich.«

Marcel erhob sich. »Vielen Dank für Ihre Zeit. Sollten wir weitere Fragen haben, melden wir uns noch einmal.«

»Hoffentlich finden Sie Mila. Ich möchte nicht glauben, dass in diesem Ort quasi vor der Haustür ein kleines Kind entführt wurde.«

Marcel nickte. Er konnte nichts darauf erwidern, denn so wie es aussah, war genau das passiert. Aber er wollte der Mutter nicht ihre Angst bestätigen. »Auf Wiedersehen.«

»Fahren wir aufs Präsidium?«, fragte Konrad, nachdem sie das Haus verlassen hatten. »Wir müssen diese alten Fälle durchgehen und prüfen, ob wir da einen Hinweis finden, der mit Milas Verschwinden zu tun haben könnte.«

»Ich will erst mit Justus Och reden. Wenn wir von denselben Tätern ausgehen, könnte uns der Junge wertvolle Hinweise liefern.«

»Okay, hast du die Adresse?«

Marcel schaute auf sein Handy.

Mareike hatte ihm diese bereits geschickt.

»Wir müssen nach Koblenz-Arenberg. Er lebt dort noch immer bei der Familie, die ihn aufgenommen hat, nachdem er freigekommen war.« Marcel hoffte, dass Justus nach all den Jahren eine kleine Erinnerung hatte. Aber viel erwartete er nicht, denn wäre dem Jungen etwas eingefallen, wäre er wahrscheinlich bereits bei der Polizei gewesen.

7

Auf dem Weg nach Arenberg hatte es angefangen zu schneien.

Normalerweise erfreute sich Marcel an diesem Wetter, vor allem weil Marlene es liebte, Schlitten zu fahren und Schneemänner zu bauen. Doch diesen Winter zeigte sie kein Interesse daran, da sie sich mental noch immer nicht richtig von ihrer Blutvergiftung erholt hatte. Sie wirkte traurig und spielte nur sehr vorsichtig. Er hoffte sehr, dass sich das mithilfe des Psychologen bessern würde.

»Alles in Ordnung?«, fragte Konrad und holte ihn damit aus seinen Gedanken.

»Ich habe daran gedacht, wie sehr Marlene den Winter früher geliebt hat.«

»Das kommt zurück, lass ihr etwas Zeit.«

»Ich weiß. Dieser Fall in der Klinik damals hat etwas in mir ausgelöst. Fälle wie heute, in die Kinder involviert sind, waren schon immer sehr hart. Nun gehen sie mir noch näher, weil ich mich in die Eltern und deren Angst hineinversetzen kann.«

»Auch wenn ich dich gut verstehe, musst du in den Ermittlungen konzentriert bleiben, ohne es auf dich persönlich zu beziehen.«

»Ich werde immer einhundert Prozent geben.« Marcel verschwieg, dass er gegenüber den Tätern nur noch schwer neutral bleiben konnte. Das würde er allerdings niemals nach außen zeigen, um seinen Job nicht zu gefährden. Mehr denn je war er sich sicher, dass es sein Traumberuf war und er die Bösewichte alle hinter Gitter bekommen wollte. Er hoffte sehr, dass sie Mila lebend fanden.

Konrad steuerte den Dienstwagen vor das große Einfamilienhaus in der Sonnenallee.

Sie stiegen aus.

In der Einfahrt schippte gerade jemand Schnee.

Marcel ging auf die Person zu. »Guten Tag.« Er zeigte seinen Dienstausweis und stellte sich vor. »Sind Sie der Hauseigentümer?«

Der Mann wurde blass. »Ja, Dahl mein Name. Die Kripo? Ist etwas passiert?«

»Wir kommen, um Justus ein paar Fragen zu der damaligen Entführung zu stellen. Ist das Ihr Pflegesohn?«

»Gesetzlich gesehen nicht mehr, die Pflegschaft hat mit der Volljährigkeit geendet. Aber er ist danach bei uns wohnen geblieben. Wir kümmern uns um ihn, er hatte es nicht leicht.« Der Mann schluckte schwer. »Was genau wollen Sie von ihm wissen?«

»Es gibt neue Erkenntnisse und in diesem Rahmen sind Fragen aufgetaucht, die wir an Sie und Justus haben. Es ist dringend.«

»Ich möchte eigentlich ungern, dass er da noch einmal durchmuss. Es ist fast zwölf Jahre her, Justus hat das endlich alles überwunden. Er erinnert sich doch sowieso an nichts. Wozu das Ganze erneut aufrollen?«

Marcel verstand die Sorge des Mannes, es war bestimmt hart gewesen, einen solch traumatisierten Jungen bei sich aufzunehmen. Doch er wollte Mila finden. »Leider gibt es neue Entwicklungen, in Arzheim wird wieder ein Kind vermisst. Wir müssen prüfen, ob das etwas mit den Entführungsfällen von damals zu tun hat.«

Herr Dahl seufzte. »In Ordnung. Kommen Sie mit. Ich sage Ihnen jedoch gleich, dass Sie sich nicht zu viel erhoffen sollten. Justus leidet an einer schweren posttraumatischen Belastungsstörung. Er hat jahrelang nicht gesprochen. Wir sind froh, dass er nach sehr langer Zeit überhaupt wieder angefangen hat zu reden. Von diesem Vorfall hat er aber noch nie etwas erzählt und wir wollten ihn nicht dazu drängen. Außerdem hat er große Angst vor Männern.«

»Wir werden behutsam vorgehen und ihn zu nichts zwingen«, sagte Konrad.

Marcel hatte einen kleinen Anflug von Zuversicht, weil Justus wieder angefangen hatte zu reden. Er hoffte, dass auch einige Erinnerungen zurückgekommen waren.

Herr Dahl führte sie ins Wohnzimmer und bat sie, Platz zu nehmen. Dann schaute er zu einer Frau, die gerade Staub auf der Anbauwand wischte. »Liebling, die Herren sind von der Kripo. Sie wollen mit Justus reden, weil ein weiteres Kind vermisst wird.«

Sie drehte sich um, legte sich eine Hand auf den Brustkorb und starrte Marcel mit weiten Augen an. »Justus hat das nie richtig überwunden. Ich möchte nicht, dass er das noch einmal durchmacht. Warum sollte seine Entführung etwas mit diesem Kind gemein haben?«

»Dafür sprechen Hinweise, mehr darf ich Ihnen nicht sagen«, erwiderte Marcel. »Es wäre eine große Hilfe, wenn wir mit Justus reden dürfen.«

Die Frau sah Herrn Dahl hilflos an. »Ich halte das für keine gute Idee, Schatz. Er ist so zerbrechlich.«

Der Ehemann presste die Lippen zusammen. »Aber vielleicht kann das kleine Kind noch gerettet werden. Zwei der damaligen Opfer sind bis heute nicht zurückgekehrt, das soll sich nicht wiederholen. Wir haben nie mit ihm über seine Erlebnisse geredet, möglicherweise weiß er doch wieder ein paar Einzelheiten, die der Kripo helfen könnten.«

Die Frau setzte sich. »Wir haben jede Menge Zeit hineingesteckt, dass er Vertrauen zu uns aufbaut und sich bei uns wohlfühlt. Er hat auch nach der Entführung so viel durchmachen müssen. Wir zerstören das alles, wenn wir die Wunde wieder aufreißen.«

»Sie meinen, weil er bei seiner Pflegefamilie wegmusste, wurde das Trauma verstärkt?«

»Genau«, antwortete Frau Dahl. »Er verlor seine leiblichen Eltern, kam zu fremden Menschen, zu denen er Vertrauen aufbaute, die ihn beschützen sollten. Seine damaligen Pflegeeltern hatten ihn sehr gern. Dann wurde er entführt, nur Gott weiß, was er da alles erlebte. Es muss schlimm gewesen sein, wenn man von den Verletzungen ausgeht. Er entkam, suchte Trost in den Armen seiner vertrauten Familie und wurde von ihr verstoßen. Natürlich fühlte er sich dadurch erst recht schuldig. Es ist kein Wunder, dass er kaum Vertrauen zu Menschen hat.«

»Warum haben Sie sich damals entschieden, dieses traumatisierte Kind bei sich aufzunehmen?«, fragte Konrad.

Die Frau legte wieder eine Hand auf ihren Brustkorb. Ihre Mimik war von Schmerz gezeichnet. »Wir haben eine Qualifikation dafür, Pflegekinder mit speziellem Förderbedarf zu betreuen. Ich fand es so schlimm, als ich gehört habe, dass die Pflegefamilie ihn nicht mehr haben wollte. Dieser Junge benötigte doch nach der Entführung erst recht jemanden, der ihn liebte. Wir waren uns sofort einig, dass wir ihn nehmen, und haben alles in die Wege geleitet. Davor haben wir schon einiges erlebt, doch Justus war mit Abstand die größte Herausforderung für uns. Aber wir lieben Justus sehr und wollen ihn beschützen. Sie müssen deshalb verstehen, dass wir skeptisch sind.«

»Ist alles in Ordnung?«, ertönte eine zaghafte Stimme aus dem Flur. Ein junger Erwachsener kam die Treppe hinunter. »Warum bist du so aufgebracht, Mama?« Justus hatte einen blassen Teint und dunkle Augenringe. Sein dunkles Haar klebte ihm an der Stirn. Er war sehr schlank, schien aber zu trainieren, denn seine Oberarme waren muskulös. Im Gesamtbild aber wirkte er viel jünger als er war, sicherlich hatte das Trauma seine Spuren hinterlassen.

»Alles ist in Ordnung, Schatz«, sagte Frau Dahl.

Justus starrte mit großem Abstand auf Marcel und Konrad. Er spielte am Saum seines Pullovers herum. »Wer sind die Männer?« Er ging zu Herrn Dahl und stellte sich hinter ihn, als würde er sich verstecken wollen.

Marcel zerriss es fast das Herz, ihn zwölf Jahre nach seiner Entführung so voller Angst zu sehen.

»Du brauchst keine Angst zu haben, das sind Kriminalkommissare«, sagte Herr Dahl. »In Arzheim wird ein Kind vermisst und die Herren fragen, ob sie sich mit dir unterhalten können.«

Justus schluckte schwer. »Haben dieselben Männer, die mir das angetan haben, wieder jemanden entführt?« Sein ganzer Körper zitterte.

»Das möchten wir gern herausfinden«, antwortete Marcel. »Möglicherweise kannst du uns dabei helfen.«

»Du musst das nicht tun«, warf Frau Dahl ein.

»Ich weiß, aber wenn ein Kind vermisst wird, will ich es probieren.«

Marcel schluckte. Der Mut des jungen Mannes berührte ihn. »Vielen Dank, Justus, das bedeutet uns viel. Du kannst jederzeit abbrechen, sobald es dir zu viel wird.«

Justus nickte und setzte sich auf den Sessel. Er vergrub die Hände zwischen die Oberschenkel und wippte mit den Beinen.

»Wir stellen dir einfach ein paar Fragen. Wenn du sie nicht beantworten kannst, ist das okay.«

Justus kratzte sich hektisch über den Arm. »Was wollen Sie denn wissen?«

Herr Dahl berührte seine Hand.

Daraufhin beruhigte sich Justus sichtlich.

»In erster Linie möchten wir fragen, ob du dich mittlerweile an irgendetwas erinnern kannst. Wir wissen leider immer noch nicht, wer für die Entführungen damals verantwortlich ist. Falls die etwas mit dem aktuellen Fall zu tun haben, brauchen wir so viele Informationen wie nur möglich.«

Justus schluckte und schaute zu seinen ehemaligen Pflegeeltern. »Ich habe ab und zu Flashbacks. Es fühlt sich dann an, als wäre ich dort. Oft träume ich davon. Doch es sind immer nur kurze Erinnerungsfetzen.«

Frau Dahl schluchzte. »Warum hast du denn nicht mit uns gesprochen? Wir hätten dir beigestanden.«

»Weil ich Angst hatte, dass ich mehr Albträume bekomme, wenn ich darüber rede. Deshalb habe ich versucht, einfach alles zu verdrängen, das hat allerdings nicht funktioniert. Außerdem wollte ich nicht, dass ihr mit mir zur Polizei geht. Die Erinnerungen sind eh nicht sehr hilfreich. Und ihr macht euch doch schon genug Sorgen wegen der Sache.« Er zeigte auf seine Arme.

Herr Dahl holte tief Luft. »Justus neigt zu selbstverletzendem Verhalten. Das ist eine Folge des Belastungssyndroms. Es ist besser geworden, aber er leidet noch sehr.«

Frau Dahl stöhnte auf und hielt sich die Hand vor den Mund. Sie kniff die Augen zusammen. Marcel sah ihr an, wie schwer das Trauma ihres Pflegesohnes sie belastete.

»Magst du uns vielleicht erzählen, was genau du in den Flashbacks erlebst?«, fragte Marcel.

»Ich bin dann in dem Zimmer, in dem ich Befehle ausführen musste. Jeden Tag andere. Zum Beispiel haben die mich gezwungen, einen Hund zu spielen oder Matheaufgaben zu rechnen, die ich gar nicht konnte. Ich wurde bestraft, wenn ich etwas Falsches gemacht habe.«

»Weißt du, wer dir diese Anweisungen gegeben hat?«

Wieder kratzte er sich an den Armen, fast schon war es ein Scheuern. »Nein, ich erinnere mich nicht an die Gesichter. Ich kann mich noch so sehr anstrengen, sobald ich es versuche, werden sie schwarz und mir wird übel. Aber es waren mehrere Männer, da bin ich mir sicher.«

»Weißt du, wie viele?«

Der Junge rieb sich die Hände, bewegte den Oberkörper vor und zurück. »Nein, ich glaube nicht.«

»Erinnerst du dich an den Tag, an dem du entführt wurdest?«

Justus nestelte an den Fingern. »Ich war spielen, da kam jemand auf mich zu. Er war verletzt und hat mich um Hilfe gebeten. Ich weiß nicht, was er mit mir gemacht hat. Plötzlich war ich in diesem Haus.«

»Kannst du sagen, wie lang die Fahrt war?«

»Nein.« Tränen standen in seinen Augen.

Marcel wusste, dass es sehr schwere Fragen waren.

Justus war damals erst acht Jahre alt gewesen und litt unter einem schlimmen Trauma, das das Erinnerungsvermögen beeinflusste.

Trotzdem wollte Marcel nichts unversucht lassen. »Du machst das gut. Wir sind gleich fertig. Hast du irgendetwas Auffälliges in dem Haus gesehen oder gar draußen, wenn du aus einem Fenster geschaut hast? Vielleicht ein Gebäude?«

»Ich war meist im Keller eingesperrt, es gab dort kein Fenster. In dem Haus hat es nach nassem Holz, Alkohol und Zigarettenqualm gerochen. Ich war auf alle Fälle in einem Wald, denn ich bin bei meiner Flucht durch einen gerannt.«

Marcel notierte sich *Wald*. »Das ist ein guter Hinweis. Erinnerst du dich, wie lange du durch den gelaufen bist?«

»Gefühlt war es ewig, weil ich nicht wusste, wo ich mich befunden habe. Es war dunkel, als ich an der Straße ankam.«

Marcel musste in den Akten noch einmal prüfen, wo genau man Justus aufgegriffen hatte. Vielleicht konnten sie einen etwaigen Zeitrahmen stecken, wobei sich Marcel sicher war, dass die Kollegen von damals das getan hatten. Viel hatte er durch Justus noch nicht erfahren.

Marcel schaute in seine Notizen über den aktuellen Vermisstenfall. »Haben die Männer irgendetwas mit Schuhen gemacht?«

Justus runzelte die Stirn. »Wie meinen Sie das?«

»Es ist so, dass wir einen Sneaker von einem Kind gefunden haben, das 2009 in Arzheim verschwand. Wir vermuten, dass der Junge auch dort war, wo du festgehalten wurdest. Wir fragen uns nun, ob dieser Schuh eine Bedeutung haben könnte. Hat jemand zum Beispiel deine Schuhe für etwas genutzt?«

Justus schüttelte den Kopf. »Ich war immer nur in Unterhose und Unterhemd. Alles andere wurde mir weggenommen.«

Das würde bedeuten, dass die Täter die Schuhe der Kinder noch haben könnten. Vielleicht hatten sie die als Trophäe aufbewahrt. Doch warum sollten sie die dann an eine Hauswand kleben?

Marcel war frustriert, sie hatten keine einzige Spur, die zu Mila führte. »Hast du andere Kinder gesehen?«, fuhr er mit der Befragung fort.

»Ich war allein in dem Keller. Aber ich weiß, dass andere vor mir da waren und ich bin sicher, dass sie tot sind.« Justus kämpfte erneut mit den Tränen. Sein ganzer Körper zitterte.

»Was macht dich da so sicher?«

»Manchmal hat einer der Männer gesagt, dass die sieben Tage wie bei allen anderen ablaufen. Am Ende würde ich bestraft und entsorgt werden. Damit ich nicht sterbe, wollte ich abhauen.«

»Es ist ein Glück, dass dir das gelungen ist«, erwiderte Marcel. »Erzählst du uns, wie du die Flucht geschafft hast?«

Justus nickte schwach. »Am siebten Tag war ihr Plan, mich im Keller an ein Seil zu hängen. Einer der Männer war sturzbetrunken, was die anderen sauer gemacht hat. Es kam zu einem großen Streit, der Betrunkene ist gestürzt. Sie waren so sehr mit sich beschäftigt, dass ich wegrennen konnte. Ich habe die Tür zugeschmissen und den Schlüssel umgedreht. Die Haustür war zwar zu, aber ich bin durch ein Fenster im Flur rausgekommen.« Justus senkte den Blick. »Manchmal denke ich, dass ich doch lieber gestorben wäre. Ich habe heute noch Angst, dass die Männer mich finden und wieder quälen. Was, wenn die immer noch nach mir suchen?«

»Bitte mach dir nicht solche Sorgen«, warf Herr Dahl ein. »Du bist hier sicher.« Der ehemalige Pflegevater schaute Marcel an. »Wir sind erst nach einiger Zeit hergezogen. Zwar hat Justus noch lange Zeit nach der Entführung Polizeischutz bekommen, aber er hat sich nie sicher gefühlt. Er ist so gut wie nie allein nach draußen gegangen, einer von uns war immer dabei. Wir haben ihn zur Schule gebracht und abgeholt. Damit Justus ein normaleres Leben führen kann, sind wir mit ihm umgezogen, das hat nach einer Weile auch geholfen. Wir lassen den Tätern bis heute keine Chance, noch einmal an ihn heranzukommen. Mittlerweile ist er viel selbstbewusster und traut sich auch allein raus. Er passt gut auf, meldet sich regelmäßig bei uns und kann sich selbst verteidigen.«

Marcel schaute Justus Och an. »Ich denke, du musst dir keine Sorgen machen. Höchstwahrscheinlich haben die sich bedeckt gehalten und dich nicht noch einmal aufgesucht, weil sie Angst hatten, gefasst zu werden. Du hättest ein potenzieller Zeuge sein können. Da waren sie vorsichtig.«

»Warum fangen sie jetzt wieder an?«, fragte Justus mit zittrigem Kinn.

»Wir wissen noch nicht genau, ob es dieselben sind. Es gibt nur ein paar Parallelen.«

»Ich hoffe sehr, dass diese Schweine irgendwann ihre gerechte Strafe bekommen.«

»Das möchten wir auch. Wenn dir noch etwas einfällt, kannst du dich jederzeit melden. Wir danken dir, dass du uns geholfen hast. Das war sehr mutig.« Marcel erhob sich und verabschiedete sich.

Als er und Konrad an der Wohnzimmertür waren, räusperte sich Justus. »Kommissar Schweißer, da wäre noch was.«

Marcel drehte sich zu ihm in der Hoffnung, dass er doch noch einen brauchbaren Hinweis bekam.

»Es kommt mir ständig wieder in den Sinn, seit ich mich an etwas erinnern kann. In diesem Wohnzimmer, in dem ich die Aufgaben machen musste, war ein kleines Loch in der Wand. Ich habe dort immer hingestarrt, weil ich so alles besser ertragen konnte. Mein Gefühl sagt mir, dass ich ein Auge gesehen habe, als hätte jemand hinter der Wand gesessen und zugeschaut. Ich bin mir nicht sicher, ob ich mir das nur eingebildet habe, aber es hat echt gewirkt.«

Marcel bekam eine Gänsehaut. »Danke, Justus, das ist ein guter Hinweis.«

Sie verabschiedeten sich und liefen zum Auto.

»Schlimm, was er erlebt hat«, sagte Konrad.

»Ja, das stimmt. Zumindest haben wir nun schon mal ein paar Anhaltspunkte mehr. Wenn er durch den Wald geirrt ist, als es noch hell war, und im Dunkeln an der Straße angekommen ist, müssen wir davon ausgehen, dass er stundenlang unterwegs war.«

»Entweder war der Weg weit oder er hat sich ständig verirrt, bis er endlich an diese Straße gekommen ist«, erwiderte Konrad.

Marcel seufzte. »Im Präsidium schauen wir, ob wir in den alten Akten Gedanken der Kollegen dazu finden. Wir müssen wissen, welche Gebiete sie damals abgesucht hatten. Zwar gibt es noch keinen Beweis, dass Milas Verschwinden etwas mit den damaligen Entführungen zu tun hat, aber einen entscheidenden Hinweis. Die Entführer könnten denselben Ort wie von 2009 bis 2011 nutzen. Vielleicht fühlen die sich dort sicher, schließlich wurde der nie gefunden.«

»Meinst du mit dem Hinweis die sieben Tage?«

»Richtig. Das ist kein Zufall. Möglicherweise bedeutet die Botschaft sogar, dass dieses kleine Mädchen in sieben Tagen nicht mehr leben wird.«

»Dann müssen wir sie vorher finden.« Konrad startete den Motor. Er fuhr gerade rückwärts die Einfahrt hinaus, da klingelte Marcels Handy.

Es war Mareike. »Seid ihr schon auf dem Weg ins Präsidium?«

Marcel hatte aus der Schärfe der Worte Dringlichkeit herausgehört und sofort gewusst, dass sie nichts Gutes zu berichten hatte. »Gerade losgefahren. Was ist passiert?«

»Wir haben zwei weitere vermisste Kinder. Beide leben in Koblenz-Arzheim. Die Eltern haben jeweils einen der Schuhe ihres Kindes mit selbiger Botschaft wie Frau Paule bekommen.«

Noch sieben Tage, schoss es Marcel durch den Kopf.

»Beide Mütter sind hier. Wollt ihr sie selbst sprechen?«

»Ja, bitte. Wir haben ein paar Hinweise durch Justus Och erhalten, vielleicht können wir die nutzen. Lasst euch schon Fotos geben und leitet die Fahndung nach den beiden ein. Wir sind gleich da.«

»Alles klar. Wolfgang war gerade hier. Nachdem er bei Frau Paule fertig war, hat er sich noch einmal mit den damaligen Fällen beschäftigt. Es mehren sich schließlich die Hinweise darauf, dass es eine Verbindung geben könnte. Er hat die DNA-Spuren, die man bei Justus Och gefunden hatte, genauer angeschaut. Dabei hat er eine Übereinstimmung gefunden.«

Marcel wurde heiß. »Das klingt hervorragend.«

»Freu dich nicht zu früh, es nützt uns nicht viel. Die DNA ist unbekannt. Vor einer Woche hat eine junge Frau eine Vergewaltigung angezeigt. Bei ihr konnte DNA sichergestellt werden und diese passt auf eine der Proben, die damals bei Justus Och im Krankenhaus genommen wurden. Aber du weißt ja, dass das nicht als Beweis ausreicht. Es gibt andere mögliche Gründe, weshalb die DNA bei beiden Fällen gefunden wurde.«

»Fakt ist, dass sie bei zwei Straftaten auftaucht, das nehmen wir ernst. Wir müssen wissen, wem die DNA gehört, damit wir der Person ein paar Fragen stellen können. Hat das Vergewaltigungsopfer eine Aussage gemacht?«

»Das weiß ich noch nicht, bisher bin ich nicht dazu gekommen. Darum kümmere ich mich jetzt.«

»Sag mir Bescheid, wenn du was hast.«

»Wird erledigt.« Mareike legte auf.

Marcel gab die Informationen zu den beiden neuen Vermisstenfällen und der DNA-Spur an Konrad weiter.

»Krass. Hoffentlich konnte das Opfer Angaben zu dem Täter machen. Vielleicht ist der unsere erste Spur zu den vermissten Kindern«, sagte Konrad. »Wenn er der Entführer ist, hat er offenbar aus irgendwelchen Gründen sein Vorgehen verändert. Damals verschwand immer nur ein Kind im Jahr aus Arzheim. Nun werden direkt drei mit einem Mal vermisst.«

»Zudem gibt es diesmal die Botschaften, die kamen bei den alten Fällen nicht vor.«

»Entweder sind es nicht dieselben von damals, dann stellt sich die Frage, wer die nachahmt. Es müsste jemand sein, der von der vergangenen Verbrechensserie weiß. Oder aber sie sind mutiger geworden und holen sich direkt mehrere Opfer.«

»Warum haben die dann zwölf Jahre nichts gemacht?«, überlegte Marcel laut.

»Vielleicht haben sie das in einer anderen Stadt getan. Möglicherweise sind sie 2011 verschwunden, um nicht gefasst zu werden. Jetzt fühlen sie sich sicher und sind zurückgekommen.«

Marcel dachte an Justus' letzte Worte, dass dieser glaubte, jemand hätte alles beobachtet. »Es könnte wirklich einen heimlichen Beobachter hinter dieser Wand gegeben haben, der diese Taten nun nachahmen möchte.«

»Es würde mich nicht wundern. Wir haben in unserem Job schon so viel erlebt, das für uns unvorstellbar war. Ehe sich eine neue Katastrophe anbahnt, sollten wir schleunigst herausfinden, was oder wer dahintersteckt.« Konrad gab Gas.

8

Mila öffnete die Augen und bekam sofort Panik, weil sie nichts sehen konnte. Ihr war schwindelig und ihr Kopf hämmerte. *Wo bin ich?* Der eklige Gestank machte die Übelkeit noch schlimmer. Etwas Kaltes drückte gegen ihre Wange. Sie blinzelte, um zu schauen, was mit ihr los war, aber es war so düster, dass sie nicht sagen konnte, ob ihre Augen offen oder geschlossen waren.

Neben ihr raschelte es.

Ihr Herz raste und sie bekam drückende Bauchschmerzen. »Hallo?«, flüsterte sie zögerlich.

Jemand hustete.

»Wer ist da?«, fragte eine Jungenstimme.

Es raschelte wieder.

Mila hielt den Atem an, weil sie große Angst hatte, dass es ein Gespenst war.

»Sag mir, wer du bist«, forderte der Junge, doch er klang ängstlich.

In Milas Hals wurde es eng. Sie merkte, dass sie auf dem Boden lag, und drückte sich schnell hoch, damit sie wegrennen konnte, falls es wirklich ein Geist war. *Warum ist es hier denn so dunkel?* Sie tastete um sich, doch außer dem harten, feuchten Boden unter sich und der kalten Wand hinter sich war da nichts.

Dann vernahm sie ein Tapsen.

Sie schluckte den Kloß in ihrem Hals hinunter. »Ich schreie laut, wenn du näher kommst.«

Es ertönte ein dumpfer Knall.

»Aua, verdammt, warum steht hier mitten im Raum ein Gegenstand«, murmelte der Junge. »Ich bin Samuel. Du musst keine Angst vor mir haben, ich weiß auch nicht, wo und warum ich hier bin. Ich glaube, wir wurden entführt.«

Mila wurde eiskalt. Sie hatte sich von Tanja verabschiedet, um nach Hause zu gehen. Dann war dieser Mann aufgetaucht. Er hatte sie freundlich angesprochen und sie gebeten, ihr bei der Suche nach seinem Hund zu helfen. Sie war ihm unüberlegt in Richtung Wald im Blindtal gefolgt. »Warum hat uns einfach jemand mitgenommen?«, fragte sie erschrocken, als ihr die Erkenntnis kam. Sie schämte sich. Ihre Mama hatte sie immer wieder gewarnt, dass sie niemals einem Fremden glauben und mit dem mitgehen durfte. Doch der Mann hatte verzweifelt ausgesehen und sie hatte sich gut vorstellen können, wie schlecht er sich gefühlt hatte, weil sein Haustier weg war. Sie wäre auch traurig, wenn ihre Katze verschwinden würde. Deshalb hatte sie ihm geglaubt.

»Ich weiß nicht, was der von uns will. Aber ich bin selbst schuld. Ich habe nicht nachgedacht und einem

Mann geholfen, etwas zu seinem Auto zu tragen. Das stand an einem Waldrand, niemand konnte sehen, dass er mich dann da reingestoßen hat«, sagte Samuel.

Mila fühlte sich ein bisschen besser, weil sie nicht allein in dieser Lage war. Aber trotzdem fürchtete sie sich. Sie erhob sich und tastete an der Wand entlang. Hoffentlich fand sie einen Lichtschalter oder eine Tür. Ihre Hand streifte etwas Metallisches und sofort schmerzte ihr Zeigefinger. Sie nahm ihn in den Mund und schmeckte Blut. Ihr Magen zog sich zusammen, sie wollte zu ihrer Mama. »Hilfe!«, schrie sie, so laut sie konnte. »Wir sind hier drin. Bitte lasst uns raus.«

»Hör auf!«, fauchte Samuel. »Was, wenn der Mann, der uns hergebracht hat, dort draußen ist?«

»Wir müssen aber was tun!«, meinte eine andere Stimme. Auch die war von einem Jungen gewesen.

»Wie viele sind wir hier?«, fragte Mila.

»Jeder sagt seinen Namen«, forderte Samuel. »Mich kennt ihr ja jetzt schon.«

»Ich heiße Mila.«

»Und ich Michel.«

Dann antwortete niemand mehr.

»Wir sind also drei«, murmelte Samuel.

Je mehr Mila darüber nachdachte, dass sie in einem dunklen Raum eingesperrt war, desto schlimmer wurden ihre Bauchschmerzen und umso doller schlug ihr Herz. »Ich will hier raus.« Sie schlug mit den Fäusten gegen die Wand, trat dagegen, irgendwer musste sie doch hören. »Meine Mama macht sich bestimmt schon große Sorgen.«

»Beruhige dich, Mila«, sagte Samuel. »Tu dir nicht weh. Ich gehe die ganze Wand ab, vielleicht finde ich eine Tür.«

Etwas klickte plötzlich leise.

Mila schaute sich um.

Oben auf der anderen Seite des Raumes blinkte ein kleines rotes Licht auf.

»Was ist das?«, fragte sie ängstlich.

»Sieht wie eine Kamera aus. Wir haben zu Hause auch eine, die leuchtet so, wenn sie jemanden aufnimmt«, antwortete Michel.

Milas Herz schlug ihr bis zum Hals.

Es knackte.

»Willkommen, Kinder«, ertönte eine tiefe Stimme. Sie hörte sich ein bisschen blechern an.

Mila erstarrte.

War das der Mann, der sie mitgenommen hatte?

Ihr ganzer Körper zitterte, weil sie sich fragte, was er mit ihnen machen wollte.

»Ich habe lange auf diesen Tag gewartet, an dem ich euch endlich bei mir habe.« Die Stimme hatte durch den ganzen Raum getönt, als wäre sie von überall gleichzeitig gekommen.

»Wer … wer ist da?«, fragte Michel zögerlich.

Der Lautsprecher knackte.

»Das spielt keine Rolle. Wir werden sieben wunderbare Tage miteinander verbringen, weil ich euch etwas zeigen möchte. Ihr habt Schuld auf euch geladen, auch wenn ihr Kinder seid. Warum das so ist, werdet ihr verstehen, wenn ich mit euch fertig bin.«

Mila drehte langsam den Kopf zur Kamera. Ihr fröstelte es.

Neben ihr atmete einer der Jungs hastig.

»Lassen Sie uns raus! Ich will nach Hause!«, schrie Michel.

Die Stimme lachte. »Nicht ihr entscheidet, was passieren wird, sondern ich. Ich habe das Sagen.«

Mila schluckte.

Es wurde plötzlich hell in dem Raum.

Hastig schaute sich Mila um, weil sie Angst hatte, dass sich der Mann, der gesprochen hatte, mit im Raum aufhielt. Erleichtert atmete sie aus, denn es waren nur die zwei Jungs.

Sie befanden sich in einem Keller, in dem es kalt und feucht war. An einer Wandseite lag eine alte Matratze. Sie war übersät mit vielen Flecken.

Mila schüttelte sich, weil diese wie Pipi und Blut aussahen.

Ein leises Schaben drang von der massiven Metalltür herein.

Hastig huschte sie zu dem größeren Jungen und krallte sich an ihm fest, um bei ihm Schutz zu suchen. Sie wusste nicht, ob es Samuel oder Michel war.

Die Tür öffnete sich einen Spaltbreit.

Ein Tablett wurde in den Raum geschoben. Von wem, war nicht zu sehen.

Anschließend wurde die Tür wieder geschlossen.

Der Junge neben ihr rannte schnell hin und zog an der Klinke. »Verflucht.« Das war Samuel, das hatte Mila an der Stimme erkannt.

»Es ist zwecklos«, sagte die Stimme. »Ihr kommt hier nicht raus.«

»Bitte lassen Sie uns gehen, ich bin an nichts schuld.«

Der Mann schwieg.

Mila schaute auf das Tablett.

Darauf stand ein Hundenapf mit Wasser.

Sie leckte sich über die trockenen Lippen. Ihr Hals fühlte sich kratzig an und sie hatte großen Durst.

»Ist … ist das für uns?«, fragte Michel vorsichtig.

Die Stimme lachte erneut. »Es ist für Köter, die nichts wert sind. Wenn jemand von euch daraus trinkt, dann nur so, wie ein Hund es tun würde.«

Michel trat ein Stück zurück.

Auch Samuel stellte sich zu Mila und Michel. »Wir trinken das nicht. Ich traue dem Typ nicht.«

Milas Kinn zitterte. Sie fixierte das Wasser. Ihr Mund war so trocken, sie wollte nur einen kleinen Schluck nehmen. Ihr war egal, dass sie dabei wie ein Hund auf allen vieren hocken müsste. Je länger sie auf den Napf starrte, desto mehr brannte ihr Hals.

»Habt ihr keinen Durst?«, fragte die Stimme.

»Wir sollten es nicht trinken. Das ist bestimmt ein Trick. Vielleicht ist da Gift drin«, flüsterte Samuel.

Mila glaubte ihm und zwang sich, nicht mehr an das Wasser zu denken. Aber ihr Verlangen wurde immer größer, weil sie den gefüllten Napf nicht ignorieren konnte. Deshalb bewegte sie sich langsam vorwärts zu der Schale. Ihre Finger zitterten.

»Du darfst nur wie ein Hund saufen, Mila «, sprach die Stimme.

»Nein, tu es nicht«, flehte Michel.

Aber sie hörte nicht auf ihn, weil sie den Durst kaum noch aushielt. Sie hockte sich hin und roch an dem Wasser, das nicht seltsam stank. Dann schleckte sie mit der Zunge aus dem Napf. Für die erste Sekunde war es eine Erlösung, als sie das kühle Nass auf ihrer Zunge spürte. Doch plötzlich würgte sie und spuckte das Wasser aus.

Es war ganz salzig.

Michel riss ihr die Schale aus der Hand und warf sie gegen die Wand. »Was war da drin?«, fragte er aufgebracht. Er drehte sich zu der Kamera. »Haben Sie sie vergiftet?«

Die Stimme aus dem Lautsprecher lachte wieder. »Keine Sorge, sie wird es überleben.«

Mila hustete, Tränen traten ihr in die Augen. Sie weinte, weil sie sich schämte, dass sie davon getrunken hatte. Nun hatte sie noch mehr Durst als vorher.

Michel legte ihr eine Hand auf die Schulter. »Geht es dir schlecht?«

Sie schluchzte. »Es war nur ekliges Salzwasser.« Sie wischte sich den Rotz von der Nase.

»Seid gespannt, was ich mir noch für euch einfallen lassen habe«, höhnte die Lautsprecherstimme.

Samuel trat vor das Tablett. »Ich lasse mir von Ihnen nichts sagen«, schrie er voller Zorn in die Kamera.

Das rote Licht erlosch.

Milas Beine wackelten wie Pudding, in ihrem Kopf drehte sich alles. Sie ließ sich erschöpft an der Wand auf den Boden gleiten und legte den Kopf auf die Knie.

Das Licht ging aus.

Wieder war Mila in der Dunkelheit gefangen. »Ich will zu meiner Mama.«

Michel nahm ihre Hand und hielt sie ganz fest.

9

2010 – Tag 2

Als das Licht in das Wohnzimmer fiel, atmete ich erleichtert auf, da der neue Tag angebrochen war. Zwar musste ich noch viele weitere Stunden in dem Hohlraum sitzen, doch wenn alle im Wohnzimmer waren, machten sie Geräusche und sprachen, sodass ich mich etwas häufiger bewegen konnte. Nachts war es so mucksmäuschenstill, dass Noah jeden Ton von mir sofort gehört hätte.

In den letzten Stunden hatte ich an der eiskalten Wand gelehnt und mein Körper fühlte sich mittlerweile taub an, weil ich still hielt. Immer wenn Noah kurz eingenickt war, hatte ich meine Chance genutzt, um langsam die Beine in eine andere Position zu bringen. Die Schmerzen waren aber schnell wiedergekommen. Geschlafen hatte ich nicht viel, weil ich große Angst gehabt hatte, Geräusche zu machen.

Vorsichtig beugte ich mich nach vorn und blinzelte durch das kleine Loch, um zu schauen, was Noah tat.

Er lag ruhig auf dem Sofa.

Finja kauerte in dem Käfig und hatte die Arme um die Beine geschlungen. Sie atmete schwer. Nachts hatte sie lange geweint, bis sie irgendwann eingeschlafen war.

Ich musste zugeben, dass ich es zunehmend interessant fand, wie anders Finja als Louis auf die Quälerei reagierte. Es blieb abzuwarten, ob das nächste Kind, das Noah mitbringen würde, eher wie Louis oder Finja sein würde.

Louis hatte sich oft widersetzt und gewehrt. Dafür hatte er nicht so häufig wie Finja geweint, aber Mädchen heulten immer mehr als Jungs.

Mein Vater hatte mir erklärt, dass ich niemals vor anderen flennen sollte, denn das zeigte Schwäche und schwach waren nur Mädchen.

Ich zuckte vor Schreck zusammen, weil plötzlich die Wohnzimmertür aufsprang.

Laut grölend kamen die anderen Männer hinein.

Knasti hatte ein Bier in der Hand und torkelte stark.

»Seid ihr endlich wach?«, krächzte Noah und rappelte sich mühsam vom Sofa auf. »Mir juckt es schon in den Fingern, den zweiten Tag mit Finja zu erleben. Fast hätte ich vor Ungeduld schon angefangen, aber allein macht es nur halb so viel Spaß und ohne euch ist es zu schwierig, alles so umzusetzen, wie ich es will. Also lasst uns starten.«

Mein Herz klopfte wild. Es bebte nicht unbedingt nur das Gefühl von Angst in mir, sondern auch Faszination, denn ich wusste, was an Tag zwei passieren würde. Ein bisschen schämte ich mich dafür, dass mich das Geschehen um Finja fesselte. Es würde qualvoll für sie werden, doch ich konnte mein Gefühl nicht abstellen. Es war, als würde ich einen spannenden Krimi lesen, mit dem ich nicht aufhören wollte, um zu erfahren, wie es enden würde. Nur dass ich es in Finjas Fall hautnah und real miterlebte.

Noah hockte sich vor den Käfig. »In meiner zweiten Pflegefamilie ging es mir schon ein wenig besser als bei der ersten, trotzdem waren sie sehr schlechte Eltern. Sie sind mit mir nicht zurechtgekommen und haben mich deshalb wie Luft behandelt. Vor allem mein Pflegevater hat mich ignoriert. Generell sind die Väter die schlimmeren von beiden Elternteilen. Wenn ich etwas angestellt habe, haben meine zweiten Pflegeeltern mich im Wohnzimmer in einen Schrank gesperrt. Egal, wie sehr ich gebettelt habe, sie haben mich ignoriert. So, als wäre ich überhaupt nicht dagewesen. Ich war erst sieben Jahre alt, ich konnte gar nicht alles richtig machen. Mit ihren leiblichen Kindern sind sie nicht so umgegangen.« Er erhob sich und setzte sich wieder auf das Sofa. »Holt sie da raus«, forderte er seine Freunde mit eisiger Kälte in der Stimme auf.

Rolli stürzte auf den Käfig zu und öffnete ihn.

Finja starrte ihn mit weiten Augen an. Sie presste sich in der hintersten Ecke gegen das Gitter, ihr Körper war angespannt.

»Komm. Raus!« Rolli packte sie am Arm und zog sie aus dem Käfig.

Es hatte so mühelos ausgesehen, als wäre sie nur eine Puppe aus Stoff. Sie stand vor Rolli und biss sich auf die

Lippe. Ihre Beine zitterten. Sie schaffte es jedoch, nicht umzukippen.

Noahs Lächeln jagte mir eine Gänsehaut über den Rücken. Darin lag nichts von Freundlichkeit. Eher wirkte es fies wie die Freude eines Jungen, der einer Spinne genüsslich die Beine ausriss.

Knasti rückte einen Tisch und zwei Stühle in die Mitte des Zimmers. Anschließend drängte er Finja, sich hinzusetzen.

Ich war froh, dass er die Möbel wieder an denselben Platz gestellt hatte wie bei Louis, weil ich sie gut einsehen konnte.

Noah setzte auf die andere Seite eine Puppe aus Stoff. »Puppen sind nutzlos, man kann mit ihnen nichts anfangen. Du bist genauso nichtsnutzig. Deshalb verdienst du auch keine Aufmerksamkeit. Du bist nur Luft für uns. Du darfst dich nicht bewegen und nicht reden, nicht einmal ein Geräusch machen.«

Finja sagte nichts. Das war auch besser.

Louis hatte schon in diesem Augenblick versucht, etwas dagegen einzuwenden, und war deshalb in dem dunklen, massiven Schrank gelandet.

Dort drinnen hatte ich mich einmal versteckt, weil mein Vater auf mich sauer gewesen war. Das war noch unbequemer als der Bunker gewesen, in dem ich saß. Ich hatte kaum Luft bekommen.

Noah streckte die Beine aus und grinste. »Wie habt ihr geschlafen, Jungs?«

»Ich hatte einen feuchten Traum, könnte mir mal wieder ein Weib klarmachen«, antwortete Knasti.

»Bin dabei«, warf Rolli ein. »Meine Hoden sind schon geschwollen.«

Gelächter.

Noah zeigte auf das Mädchen. »In der Zeit, in der wir den verwöhnten Gören zeigen, wie die Welt wirklich aussieht, bringt ihr niemanden her. Danach können wir uns die Hörner wieder abstoßen.«

Ich schüttelte mich innerlich. Mir war es zwar zu viel, sieben Tage in dem Loch zu sitzen, aber zuzusehen, wie sie die Kinder quälten, war besser, als zu beobachten, was sie mit Frauen machten. Dann waren alle nackt und stöhnten komisch. Das fand ich eklig.

Knasti setzte sich auf den Boden genau neben Finja und spielte mit seinem Taschenmesser.

Rolli öffnete eine Chipstüte und aß genüsslich vor ihren Augen.

Mein Vater trank eine Limonade.

Ich leckte mir über die Lippen, weil ich auch großen Hunger und Durst hatte. Ich hoffte, dass die Männer in dieser Nacht alle im Obergeschoss schlafen würden, damit ich mir etwas zu essen holen konnte.

»Macht euch Tag zwei auch wieder so einen Spaß?«, fragte Noah. »Letztes Jahr lief er etwas anders, aber es war trotzdem gut, oder?«

»Es gibt mir auch dieses Mal wieder absolute Genugtuung, weil ich es gut finde, dass die Göre das erlebt, was wir durchgemacht haben«, sagte Rolli mit vollem Mund. »Ich war nur in zwei Familien, aber ignorieren konnten sie mich alle gut. Tagelang haben die nicht mit mir gesprochen, nachdem ich Mist gebaut habe, bis ich ihnen zu viel wurde und sie mich weggegeben haben.«

Mein Vater lachte auf. »Nicht beachtet zu werden, kenn sogar ich. Mein Alter hat mich auch wie Luft behandelt, wenn ich in seinen Augen scheiße war. Machen das nicht alle Eltern?«

Noah stöhnte. »Vergleich dich nicht mit uns, Kilian. Du weißt nicht, was wir erlebt haben. So schlimm ignoriert hat dich dein Vater nicht. Du bist doch das brave Söhnchen, was niemals etwas anstellt. Dein Vater meidet eher die Erkenntnis, dass du genauso ein Arschloch wie ich bist.«

Knasti lachte auf. »Ich wünschte, ich wäre mehr ignoriert worden. Ich bleibe dabei, dass Tag vier der Beste ist. Mein Pflegevater hat es geliebt, seine Wut an mir auszulassen. Dabei hat er keine Rücksicht auf die Schmerzen genommen, die ich hatte.«

»Ich habe mehr darunter gelitten, nicht beachtet zu werden«, erzählte Noah. »Wenn ich in dem dunklen Schrank gehockt habe, mir meine Blase fast geplatzt ist, ich gebettelt habe, dass ich auf Toilette gehen darf, doch niemand mich gehört hat.«

»Und heute sind wir auch Luft für die meisten Menschen«, sagte Rolli. »Dreck unter deren Fingernägeln. Nichts wert.«

»In der Gesellschaft nimmt man dich nur wahr, wenn du reich bist. Wenn du so funktionierst, wie andere es wollen und du dieselbe Meinung wie die meisten Menschen hast«, bemerkte mein Vater. »Ich habe eine

Minderjährige geschwängert und war sofort ein pädophiler Arsch. Niemand hat sich meine Sicht angehört. Stempel drauf und dann war ich Luft für alle.«

Ich hatte nichts davon gewusst, dass mein Vater von allen aus seinem Umfeld links liegen gelassen wurde. Es tat mir leid, dass er das durchmachen musste. In mir stieg Wut auf meine Mutter und deren Eltern hoch, die mir immer eingeredet hatten, dass mein Vater kein guter Umgang für mich wäre. Dabei hatten sie ihn gemein behandelt.

»Wir haben alle Scheiße erlebt«, sagte Noah. »Aber nun wissen wir ja, wie wir Gerechtigkeit herstellen.« Er zeigte auf Rolli. »Gib der Puppe etwas von den Chips ab. Sie wird schrecklichen Hunger haben.«

Rolli legte ein paar Stücke vor die Puppe, Finja bekam nichts.

Ihr Körper bebte. Sie weinte stumm, das konnte ich an ihren feuchten Augen sehen. Aber sie hatte bisher nicht gewagt, sich von der Stelle zu bewegen oder ein Geräusch von sich zu geben.

Ich fand das stark, sie war viel mutiger als Louis.

Der hatte in dem Schrank verharren müssen und war deutlich lauter gewesen. Niemand im Zimmer hatte auf diese Memme reagiert.

Jammern würde Finja also auch gar nichts nützen. So konnte sie wenigstens am Tisch sitzen und war nicht eingesperrt.

Für mich war es aber etwas langweilig, weil nichts passierte.

Nach drei Stunden entwich ihr doch ein Laut aus der Kehle. Ein leises Wimmern. Sie rieb sich den Bauch. »Ich habe Hunger«, flüsterte sie weinend.

Noah sah sie nicht an und hielt eine Hand hinter sein Ohr. »Ich dachte grad, ich hätte etwas gehört.«

Mir kribbelte es im Magen. Ich war gespannt, wie lang Finja es noch aushalten würde, bis sie komplett zusammenbrechen würde. Ein wenig konnte ich ihren Kampf nachempfinden, denn solange sie alle im Wohnzimmer waren, musste auch ich aufpassen, dass man von mir nichts hörte.

Finja presste die Lippen zusammen.

Gleich wird sie es nicht mehr schaffen, dachte ich und bekam Gänsehaut.

Tränen liefen ihr über das Gesicht, aber sie gab keinen weiteren Laut von sich.

Ich war fast schon etwas enttäuscht, weil sie nicht schlappmachte.

Der Schmerz in meinen Kniekehlen wurde unerträglich. Vorsichtig bewegte ich meine Beine, um keinen Ton zu verursachen. Ich betete, dass Finja bald einen Fehler machen und im Schrank eingesperrt werden würde. Dann könnte ich das Glück haben, dass die Männer aus dem Zimmer gehen würden, weil sie Finja nicht beaufsichtigen mussten.

So war es nämlich bei Louis gewesen. In der Zeit, in der niemand da gewesen war, hatte ich mich richtig bewegen können.

Die vier aßen und lachten jedoch weiter, als wäre das, was sie taten, das Normalste der Welt.

»Habt ihr letzte Woche das Fußballspiel Frankfurt gegen Gladbach gesehen? Verschissenes Abseits, Alter. Ich hätte ausrasten können.«

»Wer holt noch ein Bier?«

»Ich möchte unbedingt mal wieder richtig feiern gehen.«

Es wirkte, als würden sie alle aneinander vorbeireden. Nichts ergab Sinn und niemand hörte dem anderen offenbar zu oder antwortete auf eine Frage.

Mir wurde immer langweiliger.

Bei Louis war es interessanter gewesen, weil er herumgeschrien hatte, um aus dem Schrank zu kommen.

Tu was, Finja.

Ihre Beine wackelten stark unter dem Tisch. Ihr Blick ging auf den Boden. Langsam sackten ihre Schultern in sich zusammen.

Gleich ist es so weit. Ich schluckte, meine Nervosität stieg.

Schließlich weinte sie los. »Darf ich bitte auf die Toilette gehen?«

Noah setzte sich auf. Er schlug mit den Händen auf seine Knie. »Jungs, es ist unordentlich. Ich möchte, dass ihr aufräumt. Schmeißt den nutzlosen Müll doch bitte in den Schrank, damit ich ihn nicht mehr sehen muss.«

Knasti grinste fies. »Ich finde auch, dass wir mal Ordnung machen könnten.« Er zerrte Finja zu dem dunklen Schrank, stieß sie hinein, warf die Puppe hinterher und schloss ab.

Finja schrie verzweifelt, hämmerte von innen gegen die Tür. »Ich habe Angst, holt mich raus, sonst ersticke ich.«

Noah startete das Radio.

Laut ertönte das Lied *Fuck you* von CeeLo Green.

Die Männer tanzten, indem sie sich gegenseitig anstießen. Dadurch verschütteten sie Bier. Sie lachten, stopften sich Essen in den Mund und tranken Unmengen Alkohol.

Ich war fast verzweifelt, weil sie nicht einmal aus dem Wohnzimmer gingen, so wie sie es bei Louis getan hatten. Aber ich konnte mich wenigstens ganz langsam bewegen, weil durch die laute Musik ein kleines Geräusch nicht so schlimm war.

Erst als es etwas dunkler wurde, holte Noah Finja aus dem Schrank, von der ich seit einer Weile nichts mehr gehört hatte.

Ich hatte schon die Befürchtung gehabt, dass sie in dem Schrank erstickt war.

»Schluss für heute, ich bin müde. Die Nacht war kurz. Ich will schlafen.« Noah hievte sie über die Schulter und ging zur Tür.

Bitte, bitte geht alle mit, betete ich, weil ich mich unbedingt anders hinsetzen wollte. Mir taten sämtliche Knochen weh und die Gelenke waren so steif, dass ich Angst hatte, ich würde sie nie wieder gerade bekommen.

Mein Flehen wurde erhört, die drei folgten dem Anführer.

Hastig streckte ich die Beine aus, so weit es der Hohlraum zuließ. Ich setzte mich mit dem Rücken zur anderen Wand, massierte mir das Gesäß und kreiste den Nacken. Dieser schmerzte sehr. Das ständige Linsen durch das Loch strengte mich an.

Als ich etwas Leben in meinem Körper spürte, dachte ich an Finja, die lange durchgehalten hatte, wie Luft zu sein. In dem Schrank war es bestimmt heftig für sie gewesen. Ich hatte ihre Panik in den Hilfeschreien gehört. Zwar konnte ich diese nachvollziehen, aber ich verspürte kein Mitleid. War das normal? Bestimmt nicht.

In einem Hohlraum zu hocken und vier Männern beim Quälen eines Kindes zuzuschauen, war nicht normal.

10

14. Januar 2023

Marcel trank einen großen Schluck Kaffee, kontrollierte sein Privathandy und war froh, dass Kim sich noch immer nicht gemeldet hatte.

Mit Marlene schien also alles in Ordnung zu sein.

Er schrieb Kim, dass es spät werden würde und sie der Kleinen einen Kuss geben sollte. Mehr Zeit für private Angelegenheiten blieb ihm leider eh nicht, in fünf Minuten begann die Besprechung zu den Vermisstenfällen.

Er war gespannt, was Konrad bei der Befragung der Mutter des vermissten Michel erfahren hatte. Sie hatten sich aufgeteilt, damit sie schneller fertig wurden. Marcel hatte die Mutter des verschwundenen Samuel übernommen.

Die drei Kinder waren seit mehr als fünf Stunden verschwunden. Die Zeit eilte, diese zu finden.

Marcel hoffte, dass sie in der Nacht wieder in ihren Betten liegen würden. Er trank den Rest Kaffee und ging in den Besprechungsraum.

Die Ermittler der gegründeten Soko *Schuhkinder* versammelten sich bereits um den großen ovalen Tisch. Auch zwei Kollegen der Cold-Case-Abteilung waren anwesend, die sich noch immer mit den Fällen von 2009 bis 2011 befassten.

»Fangen wir an«, leitete Marcel die Besprechung ein. »Wir scheinen es hier mit Kindesentführung zu tun zu haben, die einige Parallelen zu mehreren Vermisstenfällen aus den Jahren 2009 bis 2011 aufweist.« Er fasste die damaligen Ereignisse kurz zusammen. »Deshalb unterstützen uns die Kollegen Schreiber und Schöniger von der Cold Case.«

Die beiden Kriminalkommissare nickten in die Runde.

»Konrad und ich haben gerade die Mütter der beiden zuletzt vermisst gemeldeten Jungen befragt. Samuel Koch, zehn Jahre alt, wird seit dem Mittag vermisst. Die Mutter ist alleinerziehend. Der Junge stammt aus einer Vergewaltigung, was dieser aber nicht weiß. Der Vater ist wohl unbekannt, wobei ich den Eindruck hatte, dass die Mutter in diesem Fall nicht die Wahrheit sagt. Es kam mir eher so vor, als wollte sie nicht, dass er kontaktiert wird und von diesem Kind erfährt. Wie bei den anderen beiden Kindern bekam sie einen Schuh, den Samuel am heutigen Tag getragen hat, vor die Haustür gelegt. Darin befand sich eine Botschaft. *Noch sieben Tage.*« Marcel schaute zu Konrad. »Möchtest du uns auf den neuesten Stand zu dem anderen Jungen bringen?«

Konrad nickte. »Michel Sondermann, acht Jahre. Er verschwand am frühen Nachmittag. Zuletzt wurde er beim Spielen in einer Parallelstraße seines Hauses gesehen. Auch die Mutter ist alleinerziehend. Der Vater hat aufgrund regelmäßiger Gewaltausbrüche ein Annäherungsverbot.«

Mareike meldete sich.

Marcel erteilte ihr das Wort.

»Mila Paules Mutter ist ebenfalls alleinerziehend. Möglicherweise ist das ein Anhaltspunkt. Wir konnten als weitere Gemeinsamkeit nur noch finden, dass sie aus demselben Ort kommen. Sie kannten sich aber wohl untereinander nicht.«

»Dass alle drei Mütter allein sind, ist mir auch schon aufgefallen«, sagte Marcel. »Zudem scheinen die drei Väter nicht vor Liebe für ihre Kinder zu strotzen. Es könnte eine Bedeutung haben, dass ausgerechnet Kinder verschwinden, deren Erzeuger sich nicht kümmern.« Er schaute in seine Notizen. »Wir dürfen bei den Ermittlungen die früheren Fälle nicht außer Acht lassen, da wir einige Parallelen erkennen. Zum Beispiel kamen die drei damaligen Opfer alle aus Koblenz-Arzheim wie die drei derzeitig vermissten Kinder. Auch die Altersgruppe könnte passen. Die Opfer von 2009 bis 2011 waren alles Pflegekinder, das ist ein Unterschied zu heute. In welcher Situation haben die früheren Entführungsopfer gelebt?« Er schaute seine Kollegen von der Cold-Case-Abteilung an.

Kollege Schöniger räusperte sich. »Sie waren Pflegekinder, wuchsen aber in einem intakten Familienumfeld im Haushalt der Pflegeeltern auf.«

»Warum seid ihr euch so sicher, dass diese beiden Fälle zusammenhängen könnten?«, fragte ein Kollege. »Meiner Meinung nach gibt es sehr viele Unterschiede.«

»Sicher ist gar nichts«, antwortete Marcel. »Mich macht stutzig, dass ausgerechnet an dem Tag, an dem drei Kinder verschwinden, deren Schuhe auftauchen, und man einen Schuh findet, der höchstwahrscheinlich von dem 2009 verschwundenen Louis stammt. Die DNA-Auswertung steht noch aus, aber Wolfgang hat ihn wiedererkannt.«

»Wir haben die Materialien erneut gesichtet, optisch könnte es tatsächlich der Sneaker des vermissten Louis Kramer sein. Dieses Modell war im Jahr 2009 im Trend, das würde also von der Zeit passen«, sagte Kollege Schreiber.

Marcel bedankte sich für die Bestätigung. »Sowohl in diesem Schuh als auch in denen der derzeit vermissten Kinder war jeweils eine Botschaft versteckt. Eine weitere Parallele, wenn auch nicht mit selbigem Inhalt. Bei der in dem alten Schuh wurde aufgefordert, jemanden zu finden, und in den aktuellen Fällen darauf hingewiesen, dass etwas in sieben Tagen passieren wird. Die damals verschwundenen Kinder wurden wahrscheinlich sieben Tage festgehalten, ehe sie getötet wurden. Das haben wir in der Befragung mit Justus Och erfahren. Möglicherweise planen die Täter, die derzeitigen Opfer wieder eine Woche festzuhalten, ehe sie getötet werden.«

»Das sind nur Spekulationen, Beweise haben wir nicht«, sagte ein neuer Kollege und verschränkte die

Arme. »Immerhin wissen wir nicht, ob die verschwundenen Kinder damals wirklich alle bei denselben Tätern waren.«

»Du hast recht, wir müssen natürlich in jede Richtung ermitteln«, antwortete Marcel. »Doch derzeit gehen wir davon aus, dass die drei bei denselben Tätern waren. Justus hat aus Erzählungen der Entführer herausgehört, dass andere Kinder vor ihm dort gewesen waren.«

»Er ist traumatisiert und erinnert sich zwölf Jahre später nur an Bruchstücke«, widersprach der Kollege. »Wie viel Wahrheitsgehalt sollten wir dieser Aussage beimessen?«

Die Arroganz des neuen Ermittlers ging Marcel gegen den Strich. »Gib uns gern deine Einschätzung zu dem Ganzen.«

Der Mann errötete. Er senkte den Blick. »Ich habe nichts Konkretes im Kopf. Mir ist nur wichtig, dass wir uns auf eine Sache festlegen und andere Theorien sofort ausschließen.«

»Wir ermitteln in jede Richtung, das tun wir immer.« Damit war für Marcel der Wortwechsel mit dem Kollegen beendet. Er schaute zu Wolfgang. »Habt ihr schon etwas Brauchbares?«

»Bis auf diese gleiche Y-Chromosomen-DNA, die sowohl 2011 bei Justus Och auf dem Unterhemd als auch vor einer Woche bei einem Vergewaltigungsopfer gefunden wurde, noch nichts weiter. In den Zimmern der Kinder haben wir nichts Hilfreiches gefunden. Vom LKA warte ich auf die DNA-Analysen der Spuren, die wir an diesem Sneaker, der vermutlich Louis Kramer gehörte, sichergestellt haben. Da werden wir heute nichts mehr bekommen.«

»Danke.« Marcel schaute zu Mareike. »Gibt es etwas mehr Informationen zu dem Vergewaltigungsdelikt? Konnte die Frau Angaben zu dem Täter machen?«

»Bisher war sie zu traumatisiert, um über die Tat zu sprechen. Sie hat eine spärliche Beschreibung abgegeben. Blondes, längeres Haar, eher ungepflegt. Blaue Augen. Für morgen steht ein Termin an, da wollen die Kollegen ein Phantombild anfertigen lassen.«

»Okay, die sollen uns das bitte zukommen lassen.« Marcel hoffte, dass diese Spur sie zu einem Mann brachte, der damals bei Justus' Entführung dabei gewesen war. »Habt ihr es geschafft, nach ähnlichen Fällen zu suchen?«, fragte er Mareike.

»Ja, ich habe zwei gefunden, die eine Parallele aufweisen, allerdings nur teilweise. In Frankfurt gab es 2002 und 2003 zwei vermisste Kinder, sieben und neun Jahre alt. Beides Mädchen. Sie verschwanden spurlos auf dem Schulweg und sind bis heute nicht wieder aufgetaucht. Es gab noch einen Fall in Mainz, dort wurden 2013 drei Kinder im Schulkindesalter vermisst. Von einem dieser Kinder hat man die Leiche entdeckt. Sie hat ähnliche Verletzungsmuster wie damals Justus Och aufgewiesen hat, laut ärztlichem Gutachten Peitschenhiebe und Brandblasen von Zigaretten. Weitere Fälle haben wir nicht gefunden.«

»2013 würde natürlich passen, wenn die Täter nach Justus' Flucht aus Koblenz verschwunden sind und in einer anderen Stadt weitergemacht haben«, erwiderte Marcel. »Konrad und ich unterhalten uns mit den Ermittelnden dort vor Ort.«

»Warum fangen sie jetzt plötzlich wieder in Koblenz an? Wieso so anders? Weshalb die Botschaften?«, fragte der neue Kollege und klang dabei nicht mehr ganz so großspurig.

Marcel zuckte mit den Schultern. »Das müssen wir herausfinden, wenn wirklich dieselben dahinterstecken. Vielleicht machen sie sich einen Spaß daraus, spielen mit uns, weil sie arrogant sind. Sie wurden über Jahre nicht gefasst, die Leichen der Kinder nie gefunden. Sie könnten uns damit verhöhnen, dass sie weitermachen können, weil wir nie in der Lage waren, sie zu schnappen.«

»Vielleicht hat einer dieser Täter von früher all die Jahre damit gekämpft, dass sie Kinder getötet haben, und möchte uns nun mit dem Schuh an der Wand einen Hinweis geben«, warf Stefan ein. »Ich könnte mir vorstellen, dass noch weitere auftauchen, sollten die drei damals wirklich von ihm entführt worden sein.«

»Aber warum entführt er neue Kinder, wenn er erreichen möchte, dass wir die alten Fälle aufklären?«, fragte der neue Kollege.

Stefan massierte sich den Bart. »Vielleicht damit wir das wirklich ernst nehmen.«

»Es könnte auch eine andere Theorie geben«, sagte Marcel. »Justus Och hat heute ausgesagt, dass er während seiner Gefangenschaft das Gefühl hatte, beobachtet worden zu sein. Er ist sich nicht sicher, ob er sich das nur eingebildet hat. Aber sollte es stimmen, gibt es jemanden, der vom Vorgehen der Täter weiß.«

»Konnte Justus mehr zu den Abläufen während seiner Gefangenschaft sagen?«, fragte Mareike.

»Er hat erzählt, dass er jeden Tag Aufgaben machen musste, die mit harten Bestrafungen einhergingen. Justus hat noch Erinnerungslücken und konnte deshalb nicht viele Einzelheiten geben, doch sein damaliger Zustand hat ja Bände gesprochen. Wenn wirklich jemand beobachtet hat, wie der Junge gequält wurde, könnte diese Person uns vielleicht Hinweise schicken, damit wir den Fall aufklären. Möglicherweise war es selbst ein Opfer.«

Konrad blies geräuschvoll Luft aus seinen Wangen. »Es ergibt für mich keinen Sinn, dass er deshalb neue Kinder entführen könnte. Wenn er will, dass wir die Täter finden, würde es doch reichen, uns die alten Schuhe zu hinterlassen. Es sei denn, die Person ist selbst ein Täter und will die Verbrechen von damals wiederholen.«

»Könnte sein«, warf Stefan ein. »Wir wissen ja nicht, ob derjenige freiwillig zugesehen hat oder dazu gezwungen wurde. Vielleicht waren die Täter, die er beobachtet hat, eine Art Vorbild. Wenn er das Ganze jetzt nachspielt, würde das auch die Unterschiede zu den damaligen Fällen erklären, weil er eventuell einen anderen Grund als Motiv hat. Vielleicht hängt das auch damit zusammen, warum er keine Pflegekinder wählt, sondern welche, die aus zerrütteten Familien stammen.«

»Bleibt noch die Frage, weshalb er uns dann diese Schuhe hinterlässt und sich damit möglicherweise selbst verrät.« Marcel seufzte. »Welcher Logik folgt der Täter?« Er bekam nur Schulterzucken als Antwort.

»Wir müssen unbedingt einen Hinweis finden, damit wir die Kinder retten können. Werden sie nach sieben Tagen getötet, haben wir jetzt nur noch sechs. Und ich will sie lebend.« Marcel überflog erneut die Notizen. »Es gibt eine weitere Sache, die mich etwas stutzig macht. Ich weiß nicht, ob sie zu unserem Fall gehört, aber in Koblenz-Arzheim wohnt ein Ehepaar, das mehrere Kinderschuhe an der Hauswand kleben hat.« Er erzählte dem Team von der aberkannten Pflegschaft. »Ich finde den Zufall recht groß, da es nicht üblich ist, Schuhe an der Wand zu befestigen. Wie weit seid ihr da mit den Ermittlungen gekommen, Mareike?«

»Familie Bayer hatte insgesamt neun Pflegekinder. Du sagtest ja, dass sie vor 2008 in Frankfurt gelebt haben. Ich habe mich da durch die Jugendämter telefoniert. Die Familie hatte dort drei Kinder zur Pflege, zwei im Jahr 1999 aufgenommen und eins 2002. Zwei sind nach dem Umzug dortgeblieben, eins kam mit nach Koblenz. 2008 haben sie zwei aus Koblenz in Pflege genommen. 2009 ...«

»Moment, nicht ganz so schnell.« Marcel versuchte sich möglichst viele Notizen zu machen, damit er später noch durch das Wirrwarr durchstieg. Er schrieb fertig und nickte Mareike zu.

»2009 war eine Pflegschaft beendet und der freie Platz wurde für ein junges Mädchen genutzt. Im Jahr 2011 kamen noch mal zwei zur Familie, die aber aufgrund der Anzeige nicht lange dortblieben.« Mareike blätterte in ihren Unterlagen.

Marcel nutzte die Zeit, um sich auch diese Informationen zu notieren.

»Zwei sind bereits verstorben. Eines der Pflegekinder in Frankfurt und eines hier in Koblenz von den 2011-Kindern. Mit dreien habe ich telefonisch gesprochen, die haben seit Jahren keinen Kontakt mehr mit den Pflegeeltern, bestätigten jedoch, dass sie nie durch den Vater körperlich angegangen wurden.« Mareike blätterte eine weitere Seite ihres Notizbuches um. »Zweien habe ich eine Nachricht hinterlassen, aber noch keine Antwort. Den Jungen, der aus Frankfurt mit hergebracht wurde, können wir nicht ausfindig machen, er scheint nirgendwo gemeldet zu sein. Und die Pflegetochter, die 2009 zu Familie Bayer kam, habe ich herbestellt. Sie ist bereit, mit uns über die Verhältnisse in dem Haus zu reden. Sie kommt gleich morgen früh.«

»Meine Güte, bei der Anzahl der Pflegekinder wird einem ja ganz schwindlig«, flachste ein Kollege, doch niemand ging auf ihn ein.

Marcel las noch einmal kurz über die Notizen zu den ganzen Pflegekindern. »Kennst du jeweils die Todesursache der beiden Verstorbenen?«

»Der Junge aus Frankfurt ist laut Jugendamt in eine Schlägerei geraten und hatte eine tödliche Kopfverletzung. Der Neunjährige aus Koblenz ist leider an Krebs verstorben.«

Die Todesursachen wiesen nicht auf ein Verbrechen hin. Trotzdem wollte Marcel Familie Bayer nicht von der Verdächtigenliste streichen.

Mareike hielt einen Zettel hoch. »Ich habe hier noch einmal alle Namen der ehemaligen Pflegekinder, ihre Geburts- und Adressdaten aufgeschrieben.«

»Sehr gut, vielen Dank«, sagte Marcel. »Wir behalten Familie Bayer im Auge. Es gab immerhin ähnliche Fälle in Frankfurt, wo die Bayers gelebt haben. Mir kam auch die Frau zu nervös vor, ich möchte wissen, weshalb. Außerdem ist mir aufgefallen, dass an der Wand, wo laut der Pflegemutter von allen Pflegekindern ein Foto hängen soll, eins fehlte.«

»Das könnte ein Indiz sein, dass es mit einem der Kinder Probleme gab«, sagte Mareike. »Vielleicht mit dem, der nicht auffindbar ist.«

Marcel rieb sich über das Gesicht. »Da wird etwas verheimlicht, das spüre ich. Wir müssen sorgfältig sein.« Er überflog seine Notizen, um zu prüfen, ob er alle Punkte angesprochen hatte.

Den Verdächtigenkreis waren sie durchgegangen. Nun mussten sie die Kinder finden.

»Die Suche nach Samuel, Mila und Michel läuft. Justus hat erzählt, dass er auf seiner Flucht durch einen Wald gerannt ist. Deshalb wird vorrangig der Arzheimer Wald durchforstet. Der Junge wurde damals auf der B49 aufgegriffen, allerdings wissen wir nicht, wie lang er umhergeirrt ist und somit auch nicht, von wo er entkommen konnte. Das erschwert es uns, ein Gebiet abzustecken, in dem wir suchen müssen. Das THW und die Ortsfeuerwehr unterstützen in der Dunkelheit mit Lichtern.«

»Es wird auf alle Fälle wieder eine lange Nacht«, warf Konrad in den Raum. »Ich bestelle uns ein paar Pizzen. Was wollt ihr draufhaben?«

Die Kollegen äußerten ihren Belagwunsch.

Marcel verteilte noch ein paar Aufträge und verließ den Raum. Er ging in sein Büro und rief Kim an.

»Hey Schatz, es ist alles gut. Marlene hatte einen wunderschönen Tag. Sie hat viel gelacht«, sprach sie, ohne eine Frage abzuwarten.

Das war Balsam für Marcels Seele.

Marlene lachte so selten, seit sie im Koma gelegen hatte.

»Vielleicht kehrt sie bald zu ihrem alten Ich zurück«, erwiderte er.

»Heute hat es sich ein wenig danach angefühlt. Mach dir keine Sorgen um uns. Du brauchst deine Konzentration bestimmt für die Arbeit.«

Marcel seufzte. »Ich werde die Nacht nicht nach Hause kommen. Wir stecken mitten in den Ermittlungen für einen Fall, der emotional belastend ist. Bekommst du die Abendroutine allein hin?«

»Natürlich. Ich werde gleich mit der Maus ein schönes Bad nehmen, dann essen wir und kuscheln uns ins Bett.«

»Jaaaa«, ertönte Marlenes Stimme im Hintergrund.

Marcel lächelte. »Klingt hervorragend. Schade, dass es ohne mich stattfindet.«

»Das stimmt, doch Pech ist es hauptsächlich für den Täter, den du heute Nacht schnappen wirst. Wenn der Fall vorbei ist, verwöhne ich dich.«

Er grinste schelmisch. »Gehst du dann mit mir in die Wanne?«

»Nicht nur das«, hauchte Kim ins Telefon. »Ich liebe dich.«

Marcel lachte laut. »Ich dich auch. Bis morgen, meine zwei Lieblingsfrauen.« Er legte auf. Das Telefonat hatte seine Stimmung gebessert, für ein paar Minuten hatte er den harten Fall vergessen können. Aber nun würde er sich wieder darauf konzentrieren.

11

15. Januar 2023

Der Geruch von kaltem Kaffee und abgestandenem Mief hing schwer im Büro.

Marcel öffnete das Fenster, um etwas frische Luft zu bekommen. Er stellte sich davor und ließ sich den kalten Wind ins Gesicht blasen.

Die B9 war mit einer leichten Schneedecke überzogen. Langsam füllte sich die Straße mit hupenden Autos. Das alltägliche Morgenchaos begann.

Marcel streckte sich und atmete noch einmal tief ein. Die Abgase waren deutlich besser als die abgestandene Luft im Büro. Dann schloss er das Fenster und setzte sich zurück an den Computer.

Sein Blick schweifte über die Pinnwand, an der Mareike und Stefan die alten Vermisstenfälle mit den aktuellen verglichen. Rote Linien verbanden Namen, Orte und Daten, doch es gab keinen offensichtlichen Zusammenhang, der sie zu Samuel, Michel und Mila führen würde. Obwohl alle sechs Kinder aus einem Ort kamen, existierten nur wenige Gemeinsamkeiten. Sie gingen auf dieselbe Grundschule in Koblenz-Arzheim oder waren damals auf sie gegangen, was nicht verwunderlich war, denn es gab in dem Ort nur die eine. Aber bei der Befragung des Personals hatten sie keine Person gefunden, die alle Kinder unterrichtet hatte. Sowohl die damaligen Pflegefamilien als auch die Eltern der vermissten Kinder Mila, Samuel und Michel kannten sich untereinander nicht. Die drei waren in keinen Vereinen, die die damaligen Opfer besucht hatten. Es zeigte sich kein Hinweis auf eine Person, die etwas mit allen sechs Kindern zu tun gehabt hatte.

»Ich verzweifle. Wir haben keine einzige Idee, wer hinter diesen Entführungen stecken könnte«, sagte Marcel.

Konrad ließ einen Stift über den Tisch rollen und sah zu Marcel hinüber. »Sie werden seit vierzehn Stunden vermisst. Ich hoffe, dass du mit der Theorie, dass sie sieben Tage am Leben bleiben, recht hast.«

Marcel nickte. Er drückte die Finger gegen seine Schläfen und nahm einen letzten Schluck des längst kalten Kaffees. Jedes Mal diese Ungewissheit, was mit den Opfern geschah, ertragen zu müssen, fiel ihm schwer.

»Marcel«, rief ein Kollege von der Tür aus. »Kommst du bitte mal?«

Hinter dem Beamten stand eine Frau, die hibbelig von einem Fuß auf den anderen trat. Ihre Haare waren ungekämmt, ihre Jacke hatte sie nur halb geschlossen. Sie hielt etwas in den zitternden Händen.

Marcels Magen krampfte, als er registrierte, dass es ein rosafarbener Kinderschuh war. »Bitte nicht noch ein

Opfer«, flüsterte er vor sich hin. Er ging zu ihr. »Guten Morgen. Kriminaloberkommissar Schweißer.«

»Nadine Hanser.« Ihre Stimme hatte gebebt. »Das ist Finjas Schuh. Ganz sicher.«

Marcel wusste sofort, von wem die Frau sprach.

Dass die damals verschwundenen Kinder bei ein und demselben Täter gewesen waren, hatte das Team ja bereits vermutet, konnten es nur noch nicht beweisen.

Stille legte sich über den Raum.

Konrad war aufgesprungen und neben Marcel getreten. »Sind Sie Finjas Pflegemutter?«

»Adoptivmutter.« Die Frau wischte sich über die tränennassen Augen. »Dass ich den Schuh bekommen habe, bedeutet, dass sie am Leben ist, oder?«

»War ein Zettel darin?«, hakte Marcel nach.

»Ja. Da steht *Finde mich* drauf. Ich habe immer gespürt, dass sie nicht tot ist. Sie müssen sie suchen.«

Marcel schluckte den Kloß in seinem Hals hinunter. Er ging nicht mehr davon aus, dass Finja noch lebte, hatte aber keine Beweise dafür. »Kommen Sie mit in ein Befragungszimmer, dort können wir uns in Ruhe unterhalten.« Er führte Frau Hanser, die voller Hoffnung war, in einen der Räume.

Sie setzte sich auf den Stuhl, Marcel nahm ihr gegenüber Platz. Sie umklammerte den Schuh so fest, dass ihre Fingerknöchel weiß hervortraten.

Konrad folgte mit einer Beweismitteltüte und ließ sich den Schuh mit der Botschaft geben. »Wir nehmen gleich Ihre Fingerabdrücke und DNA, damit wir wissen, welche Ihre ist, sollten sich noch andere Spuren darauf befinden.«

Die Frau riss die Augen auf und schlug sich die Hand vor den Mund. »Gütiger, ich habe gar nicht nachgedacht. Ich hätte den nicht so anfassen dürfen. Hoffentlich habe ich keine Spuren verwischt.«

»Schon gut, Frau Hanser. Das ist nicht tragisch und bekommen wir hin«, beruhigte Marcel die aufgebrachte Mutter.

»Was sind die nächsten Schritte, um Finja zu finden? Sie werden mir doch helfen, oder?«

Marcel senkte den Blick für einen Augenblick und holte innerlich tief Luft. »Bitte machen Sie sich nicht allzu große Hoffnungen. Es tut mir sehr leid, aber dem aktuellen Ermittlungsstand folgend gehen wir davon aus, dass keines der damals verschwundenen Kinder noch lebt.«

»Ich …« Sie wischte sich über die Stirn, dann sah sie ihn direkt an. »Ich wünschte, sie würde zurückkommen. Sie hatte bei uns ein gutes Leben, nachdem sie bei ihrer leiblichen Mutter unter katastrophalen Bedingungen aufgewachsen war. So was Schreckliches hat dieses liebe Mädchen nicht verdient. Wir haben sie geliebt, als wäre sie unsere leibliche Tochter. Deshalb haben wir sie adoptiert.«

»Ich würde Ihnen so gern bessere Nachrichten überbringen.« Marcel hätte sich für beide vermissten Opfer von damals gewünscht, sie würden zurückkehren. Aber er konnte der Mutter keine falschen Hoffnungen machen.

Frau Hanser wischte sich die Augen trocken. »Aber auf dem Zettel steht, dass wir sie finden sollen. Sie haben doch gestern nicht umsonst angerufen und gefragt, ob ich die Namen der anderen Familien kenne, oder?«

»Das hatte einen Grund, jedoch nicht den, den Sie sich gerade wünschen. Wir glauben nicht, dass die Kinder nach all den Jahren noch leben. Wir wollen den Fall natürlich lösen, damit Sie endlich abschließen können. Doch in erster Linie galt unser Anruf gestern einer Ermittlung in einem anderen Fall von vermissten Kindern. Leider sind drei aus Koblenz-Arzheim verschwunden. Wir suchen nach Parallelen von damals, deshalb haben meine Kollegen Sie noch einmal befragt. Es tut mir leid, wenn Sie dadurch den Eindruck bekommen haben, wir würden davon ausgehen, dass Finja noch lebt.«

Der Körper der Mutter bebte. Sie schluchzte.

»Fühlen Sie sich in der Lage, mir ein paar Fragen zu beantworten?«, fragte Marcel behutsam.

Sie nickte.

»Vielen Dank, das ist uns eine große Hilfe. Sind Sie sich sicher, dass es sich bei dem Schuh um Finjas handelt?«

»Ja. Ich habe ihn damals selbst gekauft und billiger bekommen, weil er an einer Stelle falsch vernäht war. Es ist ein kleiner Makel, den man nur sieht, wenn man von ihm weiß.«

»Lag der Schuh vor Ihrer Haustür?«, fragte Marcel.

»Nein, er klebte an einer Hauswand. Sie müssen dort nachsehen, vielleicht hat der Besitzer des Grundstücks etwas damit zu tun. Er ist ein Kinderhasser, der sich ständig über die Lautstärke beschwert. Sie kennen den bestimmt, der hat schon etliche Mal die Polizei wegen Lärmbelästigung gerufen.«

»Geben Sie mir bitte die Adresse.«

»Aldegundisstraße 4. Dort wohnt der alte Griesgram. Vielleicht hat er die drei damals entführt.« Sie legte ihre Hand auf die Brust. »Und auch die drei, die gerade vermisst werden.«

Marcel öffnete einen Kartendienst und schaute sich an, wo sich die Aldegundisstraße befand.

Sie lag circa einen Kilometer von der Forststraße entfernt, in der der Schuh von Louis gefunden worden war. Hatte die Entfernung eine Bedeutung? Es gab weiterhin die Parallele, dass beide Hausbesitzer nicht sonderlich beliebt im Ort zu sein schienen. Er glaubte jedoch nicht, dass diese Männer etwas mit dem Verschwinden der Kinder zu tun hatten. Dann hätten sie nicht die Schuhe an die Hauswand geklebt, das hätte sie verraten.

Marcel wollte das auch der Mutter erklären, damit es später nicht zu falschen Verdächtigungen und zu Unruhen im Ort kommen würde. »Ich glaube nicht, dass der Hausherr etwas mit den Entführungen zu tun hat. Wir haben gestern an einer anderen Hauswand schon einen Sneaker gefunden, der einem der vermissten Kinder von damals gehörte. Derzeit scheint es, als würde der Täter wahllos aussuchen, wo er die Schuhe platziert. Aber wir überprüfen den Mann, von dem sie gerade berichtet haben, selbstverständlich genau.«

»Warum hinterlässt jemand nach so vielen Jahren diese Botschaften? Wollen die uns quälen?« Die Mutter schluchzte.

»Wir wissen leider nicht, was die Person damit bezweckt, aber wir ermitteln auf Hochtouren. Deshalb brauche ich Ihre Hilfe. Kann ich mit der Befragung fortfahren?«

Die Mutter räusperte sich. »Natürlich. Entschuldigen Sie, ich bin so aufgewühlt und wünsche mir nichts mehr, als endlich Antworten zu erhalten.«

»Das ist verständlich. Wie haben Sie den Schuh gesehen? Es ist noch dunkel draußen.«

»Ich war spazieren, weil ich seit Finjas Verschwinden nachts nicht mehr schlafen kann. Wenn ich aufwache, geistere ich durch die Straßen und stelle mir vor, dass ich sie irgendwo finde. Sobald ich damit aufhöre, glaube ich, dass ich sie im Stich lasse. Ich fühle mich so schuldig. Sie kam zu uns, um es besser zu haben, und wir haben sie verloren.«

»Das dürfen Sie sich nicht einreden, immerhin helfen Sie gerade proaktiv mit, den Fall endlich aufzulösen«, erwiderte Marcel. »Bei dem Spaziergang haben Sie den Schuh entdeckt?«

»Genau. An dem Haus sind Bewegungsmelder. Eine Katze ist vorbeigehuscht. Da ging das Licht an und ich habe gesehen, dass etwas Komisches an der Wand hing. Ich habe mich gefragt, weshalb der Alte einen Schuh an der Fassade befestigt und ob er Familie Bayer nachmachte, die neun Paar Schuhe am Haus kleben hat. Dann hat mich der Schock getroffen, als ich Finjas Lieblingsschuh erkannt habe.«

»Haben Sie irgendjemanden gesehen, der dort herumgelaufen ist, oder ein Auto, das Ihnen entgegengekommen ist?«

»Nein, die Straße war menschenleer. Deshalb gehe ich so gern zu dieser Uhrzeit, wenn alles schläft und ich allein bin.«

»Haben Sie dann den Schuh abgemacht?«

»Ja, einfach abgerissen. Deshalb ist die Sohle an dem Schuh nicht mehr ganz, ein Teil davon hängt noch an der Wand.«

»Darum kümmern wir uns. Bitte warten Sie einen Augenblick, ich möchte die Spurensicherung informieren. Wir werden weiter nach Ihrer Tochter suchen, damit Sie endlich Gewissheit bekommen.« Marcel ging nach draußen.

Wolfgang stand gerade bei Konrad.

»Schickst du jemanden in die Aldegundisstraße 4 in Arzheim? Sie sollen sich die Wand ansehen und Spuren sichern, da hat offenbar der Schuh von Finja Hanser dran geklebt.«

Wolfgang nickte, zog sein Handy aus der Tasche und verschwand.

Konrad strich sich über das Kinn. »Komische Sache mit diesen Schuhen. Was kann ich tun?«

»Organisiere bitte jemanden, der zu dem Hausherrn zur Befragung fährt, auch wenn ich befürchte, dass er ebenso wenig wie Herr Keim gestern weiß. Ich bete, dass er eine Überwachungskamera hat. Glaubst du, dass die Auswahl der Häuser eine Bedeutung hat?«

»Möglich. Ich schicke Mareike und Stefan hin.«

»Und danach macht ihr alle Feierabend.«

»Ich bleibe hier«, antwortete Konrad und ging zu Mareike.

Marcel verstand ihn, auch er wollte weiterarbeiten. Also betrat er das Besprechungszimmer wieder und sammelte kurz seine Gedanken, um den Faden wieder aufzunehmen. Er wollte die Adoptivmutter noch einmal zur Vergangenheit fragen, um herauszufinden, ob es doch noch mehr Parallelen gab. »Frau Hanser, Sie haben 2010 mehrfach ausgesagt, dass Sie keine Idee hatten, wem Sie zutrauen würden, Ihre Tochter zu entführen. Bleiben Sie dabei oder kam Ihnen im Laufe der Jahre doch jemand verdächtig vor? Hat sich jemand zum Beispiel besonders stark um Sie gekümmert, war ständig bei Ihnen?«

»Nein, ich habe mir oft den Kopf darüber zerbrochen. Es gibt niemanden, von dem ich sagen würde, dass mit dem etwas nicht stimmt. Meine Freunde waren natürlich für uns da, doch im ganz natürlichen Rahmen. In keiner Form auffällig.«

»Was ist mit Finjas Adoptivvater? War das Verhältnis zwischen den beiden immer gut wie damals angegeben?«

»Ja, er leidet sehr unter ihrem Verschwinden. Wir sind zwar nicht mehr zusammen, aber ich weiß, dass er sich nichts sehnlicher wünschen würde, als Finja wiederzubekommen.«

»Wann haben Sie sich getrennt?«

»Seit ungefähr einem Jahr sind wir geschieden.«

Marcel notierte es sich, weil er abgleichen wollte, ob der Zeitpunkt etwas damit zu tun haben könnte, dass die Entführungen wieder angefangen hatten.

Schließlich kamen die Kinder diesmal aus zerrütteten Familien, bei denen die Eltern getrennt lebten. Vielleicht gab es eine Verbindung zu der Scheidung von Finjas Eltern.

Marcel würde diese Theorie im Hinterkopf behalten.

»Okay, Frau Hanser, das war es erst einmal. Wenn ich weitere Fragen habe, melde ich mich. Es tut mir furchtbar leid, dass Ihre Wunden erneut aufgerissen wurden. Ich wünschte, ich könnte Ihnen Ihre Tochter zurückbringen.«

»Finden Sie Finja, damit ich sie wenigstens beerdigen kann.« Die Adoptivmutter erhob sich. »Und schnappen Sie endlich diese Schweine, die den Kindern das angetan haben.«

Marcel wollte nichts lieber als das.

Frau Hanser verließ das Zimmer mit gesenkten Schultern.

Als sie ins Präsidium gekommen war, hatte sie voller Hoffnung geklungen. Nun hatte er ihr diese genommen und sie war in sich zusammengefallen. Den Angehörigen den Mut und die Zuversicht zerstören zu müssen, war das Schlimmste an seinem Job.

Das Klopfen an der Tür riss ihn aus seinen Gedanken.

Konrad trat ein. »Wolfgang hat das LKA am Apparat.«

Marcel folgte ihm.

Im Großraumbüro legte der leitende Kriminaltechniker gerade auf. »Spannende Entwicklung. Das

Landeskriminalamt hat einige DNA-Spuren auf dem Schuh von Louis Kramer sicherstellen können. Die Typisierung war bei dreien nicht mehr ganz so einfach, vermutlich weil sie etliche Jahre alt sind. Der Schuh schien unter guten Bedingungen gelagert worden zu sein, sonst wäre es nicht mehr möglich gewesen. An dem Sneaker wurden fünf verschiedene DNA-Proben gefunden. Zwei passen zu den vier unbekannten Proben, die damals an der Unterwäsche des entkommenen Justus Och sichergestellt werden konnten. Dazu zählt auch die DNA, die bei dem Vergewaltigungsopfer gefunden wurde. Eine Spur auf dem Schuh ist von Herrn Keim, der ihn von der Wand geholt hat. Die vierte bestätigt, dass es der von Louis Kramer ist. Es besteht eine einhundertprozentige Übereinstimmung zu der Vergleichsprobe, die wir gestern bei seiner Pflege-mutter geholt und nachgeschickt haben.«

»Damit haben wir unseren Beweis, dass Louis und Justus bei denselben Tätern waren. Ich bin sicher, dass auch Finja von denen entführt wurde.« Marcel war so-wieso davon ausgegangen, die Informationen von Justus und die Ähnlichkeiten der Zusammenhänge hatten das bereits vermuten lassen. »Was ist mit der fünften Probe, von der du geredet hast? Haben wir zu der etwas im System?«

»Das ist das Interessante«, sagte Wolfgang Becker. »Sie stimmt mit einer der vier DNAs, die damals bei Justus si-chergestellt wurden, zu 48,7 Prozent überein. Die scheint auch frischer zu sein, denn bei ihr war die Typisierung deutlich leichter.«

Marcel wurde warm. »Das bedeutet, dass ein naher Verwandter eines Täters von damals an der Tat beteiligt sein könnte.«

Wolfgang nickte. »Entweder Geschwister, Elternteil oder leibliches Kind. Noch nützlicher ist für uns, dass auf dem Schuh unseres derzeit vermissten Kindes Mila Paule dieselbe DNA-Spur gefunden wurde. Deine Vermutung, dass die Fälle von 2009 bis 2011 mit den derzeitigen Vermissten zusammenhängen, könnte also richtig sein. Wir müssen nur noch mehr Beweise finden.«

Obwohl es Marcel bereits geahnt hatte, verkrampfte sich sein Magen.

Wenn diese Verbindungen bestanden, befanden sich Mila, Samuel und Michel in Lebensgefahr.

12

Das dumpfe Geräusch von schweren Stiefeln schreckte mich auf.

Im Geschoss über mir ertönten die Schritte der Männer. Das hieß, dass Tag drei nun starten würde.

Ich musste noch einmal tief eingeschlafen sein. Schnell richtete ich mich auf, setzte mich in die Position, die ich am besten aushalten konnte, und atmete tief durch.

Gott sei Dank hatte ich mich nachts etwas mehr bewegt. Ich war durch das Haus gegeistert und hatte heimlich in den Keller geschaut, in dem Finja lag. Noah und die anderen hatten dort von außen den Schlüssel im Schloss stecken lassen. Es hatte mich etwas gewundert, aber wahrscheinlich rechnete mein Vater nicht damit, dass ich zu ihr gehen würde. Immerhin hatte er mir deutlich genug erzählt, was passieren würde, wenn ich erwischt werden würde. Es machte mir nur keine große Angst, meine Neugier war stärker.

Finja faszinierte mich sehr, ich fand sie viel interessanter als Louis.

Ich hatte unbedingt sehen wollen, was sie in dem dunklen Loch trieb. Schlief sie oder lag sie wach in der Dunkelheit? Weinte sie oder war sie auch allein so tapfer wie im Wohnzimmer?

Ich hatte etwas Sorge gehabt, dass sie mich sehen würde. Sie hätte es dann vielleicht den Männern gesagt.

Aber sie hatte wie ein kleiner Engel tief geschlafen.

Fast war es enttäuschend gewesen, dass sie einfach nur dagelegen hatte. Es hätte mir gefallen, wenn sie geweint hätte, denn ich fand auch, dass es diesem Mädchen nicht viel besser als mir ergehen durfte. Ihre Pflegeeltern schienen sie zu lieben, während sich meine leibliche Mutter nicht für mich interessierte. Sonst hätte sie mich niemals weggegeben. Ich lebte in einem alten heruntergekommenen Haus, mein Vater hatte nicht viel Geld und ich durfte niemanden treffen. Selbst der Keller war besser als der Hohlraum, in dem ich hausen musste. Sie lag wenigstens auf einer Matratze.

Ich war wirklich ein wenig sauer gewesen, aber dann hatte ich das schöne Mädchen beim Schlafen beobachtet und mich damit beruhigt, dass sie es trotzdem härter traf. Sie musste Qualen erleiden und würde in wenigen Tagen sterben.

Ich hätte ihr gern über das Haar gestreichelt. Doch ich hatte mich zurückgehalten, um sie nicht zu wecken. Ich hatte mich zwingen müssen, wieder von ihr fortzugehen, sonst wäre die Zeit vorbei gewesen, in der ich unbemerkt durchs Haus geistern konnte. Schließlich hatte ich unbedingt noch essen und trinken wollen.

Aus dem Kühlschrank hatte ich etwas Cola und Wurst gestohlen. Danach war ich auf die Toilette geschlichen. Dafür hatte ich das kleine Bad im Erdgeschoss genutzt, weil die Männer oben im Haus schliefen. Dort war das Bad zwar bequemer und wärmer, aber die Gefahr war zu groß gewesen, von jemandem erwischt zu werden.

Ehe ich mich in den Hohlraum zurückgezogen hatte, hatte ich den Eimer entleert und mich auf dem Sofa langgemacht, um es wenigstens für ein paar Minuten bequem zu haben. Doch da mir die Augen immer wieder zugefallen waren, war ich nicht lange liegen geblieben, aus Angst, fest einzuschlafen und nicht zu bemerken, wenn Noah mit den anderen kam.

Dafür war ich in meinem Bunker umso fester eingenickt, aber Gott sei Dank von dem Getrampel rechtzeitig aufgewacht, ehe sie ins Wohnzimmer kamen.

Ich war gespannt, wie Finja den dritten Tag meistern würde.

Mein Vater führte sie in den Raum. Er linste kurz in meine Richtung. Seine Augenränder waren dunkel und seine Lider hingen. Offenbar hatte auch er nicht viel geschlafen.

Knasti schlurfte wieder mal mit einer Flasche Bier hinein, Rolli wirkte auch müde und Noah grinste breit wie immer.

Finja senkte den Kopf, ihre Arme hingen schlaff nach unten.

»Ich habe echt beschissen geschlafen«, maulte Rolli. »Das Haus ist unheimlich. Ich bin mir sicher, dass ich in der Nacht Geräusche gehört habe, so als wäre jemand hier durchgegeistert.«

Mir wurde heiß. Hatte ich mich zu laut verhalten? Ich hatte doch extra darauf geachtet, keinen Ton zu machen.

Mein Vater warf erneut einen kurzen Blick in meine Richtung, der Bände sprach. Sicherlich wusste er, dass ich nachts im Haus herumgelaufen war.

Das würde mir großen Ärger einbringen. Ich musste das nächste Mal unbedingt vorsichtiger sein.

»In so einem alten Gebäude ist das Holz morsch und knirscht halt manchmal«, erwiderte mein Vater.

»Es war nicht nur ein Knirschen. Ich hatte echt das Gefühl, dass jemand herumläuft.«

»Mach dir nicht in die Hosen, du Waschlappen«, sagte Noah. »Das Haus ist für uns das beste Versteck. Ich bin froh, dass Kilians Vater immer noch für Strom und Wasser aufkommt. Da nehmen wir ein paar gruselige Geräusche in Kauf.«

»Warum ist dein Alter so bescheuert und zahlt für ein heruntergekommenes Haus?«, fragte Knasti.

Mein Vater zuckte mit den Schultern. »Er macht das bestimmt für mich. Ich glaube, er weiß, dass ich mich hierher verkrümle, damit ich meine Ruhe habe.«

»Du bist ein kleines verwöhntes Söhnchen.« Noah lachte laut auf. »Du hasst deine Eltern, behandelst sie wie Dreck und trotzdem tun sie alles, damit du ein schönes Leben hast.«

»Sie haben einiges gutzumachen. Schließlich haben sie nichts unternommen, außer mich zu verstecken, als ich im Ort der pädophile Vergewaltiger war. Vielleicht finden sie es deshalb auch gut, dass ich hier im Wald lebe, so sieht mich keiner.«

»Scheiß egal, was der Grund ist, es ist optimal«, warf Noah ein.

Gott sei Dank war das Thema, dass Rolli etwas gehört hatte, damit erledigt. Ich hatte kurzzeitig die Befürchtung gehabt, dass sie nach der Quelle suchen würden.

»Fangen wir an!« Noah stellte sich vor Finja. »Ich hoffe, du hast gut geschlafen.« Seine Stimme war sanft, fast freundlich gewesen.

Sie reagierte nicht.

Er trat näher, setzte sich auf einen Stuhl direkt vor sie, lehnte sich zurück. »Heute ist ein besonderer Tag. Du darfst zeigen, wie klug du bist. Wenn du Intelligenz beweist, bekommst du sogar etwas zu essen. Du hast doch tierischen Hunger, oder?«

Finja schaute Noah an und nickte.

»Das verstehe ich gut.« Er schnippte mit den Fingern.

Knasti zog einen Holzstuhl aus der Ecke und stellte ihn in die Mitte des Raums.

»Es scheint eine beliebte Masche von Eltern zu sein, Kinder mit Essensentzug zu bestrafen. In meiner dritten Pflegefamilie musste man sich Nahrung und Schlaf verdienen. Du kennst es bestimmt so, dass du einfach in die Küche gehen kannst, dir etwas zu essen oder trinken nimmst und es genießt. Ich durfte das dort nicht, sondern musste Leistung bringen, damit ich solche grundlegenden

Dinge als Belohnung bekam. Du sollst auch erleben, wie es ist, sich Essen zu erarbeiten.«

Knasti riss Finja zu dem Stuhl und setzte sie drauf. Er drückte ihre Arme auf die Lehnen und band sie mit Gurten fest.

Um das Leder war Draht gewickelt.

»Ich mache es bei dir strenger«, fuhr Noah fort. »Immerhin hattest du ein paar gute Jahre in deiner Pflegefamilie, ich nicht. Deshalb ist es fair, wenn es dich härter trifft. Ich bestrafe dich nicht nur mit Essensentzug, wenn du falsch antwortest, sondern tu dir auch weh.« Er zeigte auf Knasti. »Das war seine Idee, weil er ein kleiner Sadist ist und es liebt, Menschen zu quälen.«

Knasti schlug sich stolz auf die Brust. »Ich habe als Kind und Jugendlicher einige Schmerzen ertragen, es ist also gerecht, wenn du es auch erfährst. Heute lassen wir es harmloser sein, denn der Tag des Schmerzes kommt erst noch auf dich zu.«

Finja schaute verängstigt auf die Gurte um ihre Arme. Sie schluckte. Aber anscheinend versuchte sie, tapfer zu sein, sie zitterte nicht mal.

»Ich stelle dir Fragen. Je mehr richtige Antworten du mir gibst, desto mehr wirst du essen können. Bei jeder falschen bekommst du zur Strafe einen Stromstoß.«

Mir dröhnten Louis' Schreie in den Ohren.

Er hatte keine richtige Antwort gesagt, deshalb hatte er einige Bestrafungen einkassiert.

Noah ließ sich einen Notizblock geben. Ein Stift klickte, als er ihn öffnete. »Fangen wir leicht an. Wie viel ist acht mal sieben?«

Mir war klar, dass Finja das noch nicht wusste. Sie war offenbar in der zweiten Klasse und hatte wahrscheinlich gerade erst mit dem Einmaleins begonnen.

Ich war mir ziemlich sicher, dass es Noahs Plan war, so schwere Aufgaben zu stellen, damit die Opfer die Antworten nicht kannten und er sie quälen konnte.

Finja schluckte. Ihre Finger krallten sich um die Armlehnen des Stuhls. »Das … das … weiß ich noch nicht«, antwortete sie mit zitternder Stimme.

Es summte kurz.

Ihr Körper versteifte sich bei dem ersten Stromstoß. Sie keuchte leise, als hätte jemand sie in den Bauch geboxt. Es kam nicht einmal ein Schmerzensschrei aus ihrem Mund.

Ich bewunderte, wie stark sie sich hielt.

»Sechsundfünfzig wäre das Ergebnis gewesen«, sagte Noah und schrieb mit ruhiger Hand etwas auf seinen Block. »Nächste Frage. In welchem Jahr begann der Zweite Weltkrieg?«

Ihre Brust hob und senkte sich heftig. »Ich … ich weiß es nicht … Das hatten wir noch nicht in der Schule.«

Wieder summte es.

Ihr Rücken bog sich leicht nach hinten, ihre Finger krampften sich um das Holz. Doch auch dieses Mal ertönte kein Laut.

Ich biss mir auf die Lippe, weil ich den Schmerz fast selbst spüren konnte.

»1939.« Noah deutete auf einen Teller mit Brot, der auf einem Regal stand. »Möchtest du heute etwas essen?«

Finja nickte.

»Dann streng dich an. Ohne Leistung gibt es für dich nichts.« Er klappte den Notizblock um. »Nächste Aufgabe. Wiederhole den folgenden Satz. Der Wind kriecht flach über das Feld, durch Halme webt er ein Geflüster, das klingt wie Worte, brüchig und kalt.«

Finja schloss ihre Augen. »Der ... der Wind kriecht ... Feld ... ähm ... flach ...«

»Falsch.«

Das Summen ertönte.

Dieses Mal krümmte sie sich. Ihr Atem ging stoßweise.

Noah seufzte. »Schwache Leistung. Das ist typisch für solche verwöhnten Bälger wie dich. Wahrscheinlich musstest du dich noch nie in deinem Leben für irgendetwas anstrengen.« Er winkte seinen Freunden zu. »Schnallt sie ab.«

Rolli löste Finjas Fesseln und setzte sie auf die Decke am Boden.

Sie zog die Beine eng an den Körper. Ihr Blick ging in meine Richtung und war so leer, dass es mich gruselte. Sie sah wie ein Geist aus, der mir durch die Wand hindurch direkt in die Augen starrte. Es war, als würde sie stumm schreien: *Du feiges Arschloch. Hilf mir.*

Aber das wollte ich nicht. Ich hatte bei Louis einmal darüber nachgedacht, ihn nachts heimlich zu befreien. Doch mein Vater wüsste sofort, dass ich es gewesen wäre, und ich hätte riesigen Ärger bekommen. Außerdem war es spannend, was Noah mit diesen verwöhnten Kindern anstellte.

Der nahm sich den Teller mit dem Brot.

Finja leckte sich über die aufgesprungenen Lippen.

Er riss ein kleines Stück der Stulle ab und hielt es in die Luft. »Du siehst so hungrig aus, aber du hast dir nichts verdient. Jammerschade.« Trotzdem warf er das Stück Brot auf den Boden. Direkt vor ihre Füße.

Ich hielt den Atem an, denn es war eine Falle.

Louis hatte es genommen, ohne zu zögern, und es bitter bereut.

Finja rührte sich hingegen nicht.

Die Männer schwiegen.

Sekunden verstrichen, sie kamen mir lang und unerträglich vor.

Dann zitterten ihre Finger. Ihre Hand glitt langsam nach vorne.

Ich verstand das sogar sehr gut, denn auch ich kannte Hunger. Hunger war Folter.

Gerade als sie das Brot greifen wollte, trat Knasti mit seinem Stiefel auf ihre Hand. »Du hast es nicht verdient«, schimpfte er.

Finjas Schultern zuckten, sie kniff die Augen zusammen, Tränen kullerten über ihre Wangen und dann schrie sie.

Erst nach einer ganzen Weile ließ Knasti von ihr ab und lachte freudig wie ein Kleinkind, das eine Überraschung bekommen hatte.

Das Mädchen hielt sich die Hand.

Noah erhob sich, holte aus und schlug ihr ins Gesicht. »Du wagst es, nach etwas Essbarem zu greifen, das du dir nicht erarbeitet hast?! Auch heute wirst du hungrig schlafen gehen.«

Ich seufzte innerlich, weil ich wusste, dass es nun langweilig werden würde, denn die Männer hatten sich ein Bier aufgemacht. Meistens erzählten sie dann stundenlang von ihren Pornos und Weibern. Das widerte mich an. Ich würde niemals Sex haben.

»Boah, Leute, es ist echt öde«, meckerte Knasti. »Ich würde die Kleine gern noch ein wenig quälen.«

»Du kleines Arschloch. Du bist ein viel größerer Sadist als ich«, plärrte Noah fröhlich.

Bei Louis hatten sie nichts weiter getan, sondern nur vor ihm gegessen und getrunken, bis es Abend geworden war.

Mir war es recht, wenn sie bei Finja etwas anderes machen würden, damit ich noch ein wenig Unterhaltung hatte.

»Ich will sie weiter bestrafen, weil sie so wenig weiß«, sagte Knasti. »Wie wäre es, wenn ich sie auspeitsche?«

Rolli schluckte und starrte Noah an.

Meinen Vater konnte ich nicht sehen, er hatte sich wahrscheinlich in eine Ecke gestellt.

Noah erhob sich und zog seinen Ledergürtel aus. »Wir müssen uns schon an den Tag halten. Heute ist die Intelligenz gefragt, du quälst sie nicht einfach aus Lust. Ich bin damit einverstanden, wenn Finja noch ein weiteres Mal getestet wird, aber die Zügel behalte ich in der Hand.« Er stellte eine kleine Schale mit Brot auf den Boden, daneben legte er den Ledergürtel. »Schauen wir einmal, ob Finja vielleicht doch schlauer ist, als sie es uns vorhin bewiesen hat.«

Knasti grinste über beide Ohren.

»Ich werde nicht noch einmal dein Wissen abfragen, sondern gebe dir eine Wahl. Wenn du intelligent genug bist, triffst du die richtige.«

Finja bewegte sich nicht.

»Option eins. Du bekommst das Brot, das ich dir hingestellt habe. Dafür, dass ich es dir so leicht mache, etwas essen zu können, wirst du von Knasti mit dem Gürtel ausgepeitscht.« Er baute sich bedrohlich vor ihr auf. »Hast du das verstanden?«

Einen Augenblick starrte Finja Noah an, nickte dann jedoch.

»Deine zweite Option ist, dass du nichts bekommst. Weder etwas zu essen noch eine Bestrafung. Du gehst hungrig schlafen und das war es für heute.«

Ich konnte mein Lächeln nicht unterdrücken. Es faszinierte mich, dass eine einzige Person so viel Macht hatte.

Noah bestimmte alles und jeder gehorchte.

Ich wünschte mir, auch solche Kontrolle über jemanden zu haben.

»Hast du dich schon entschieden?«, fragte Noah Finja und zog mich aus meinen Gedanken.

Ich überlegte, was ich wählen würde, konnte es aber nicht beantworten.

Finjas Blick wechselte zwischen der Schale und dem Gürtel. Ich konnte fast hören, wie eine innere Stimme sie anflehte, sich für das Essen zu entscheiden und die Strafe in Kauf zu nehmen.

Ich war aufgeregt und wettete, dass sie das Brot wählen würde, denn tagelang Hunger auszuhalten, war viel schlimmer als die Angst vor der Strafe.

Sie presste die Lippen zusammen. »Ich …« Wieder starrte sie die Schale an.

Noah beugte sich vor. »Was wolltest du sagen?«

»Ich nehme Option zwei«, flüsterte sie und weinte bitterlich.

Überrascht über die Entscheidung blinzelte ich.

»Wie du möchtest«, erwiderte Noah. Er ergriff die Schale mit dem Brot und setzte sich an den Tisch. Genüsslich aß er. »Tut mir leid, Knasti, heute gibt es keine Möglichkeit mehr, sie zu quälen. Sie hat schlau entschieden.«

Knasti presste schmollend die Lippen zusammen. »Der Gürtel hätte bestimmt schön auf ihren Hintern gepeitscht.«

Finja schluckte und rieb sich den Bauch, während sie in Noahs Richtung blickte.

Auch mir grummelte der Magen.

Als er fertig gegessen hatte, erhob er sich und schlenderte zur Tür. »Morgen geht's weiter. Der Tag des Schmerzes.«

»Darauf freue ich mich besonders«, sagte Knasti. »Das wird ein besonderer Spaß.«

Alle lachten.

Rolli nahm Finja und trug sie aus dem Wohnzimmer.

Sofort drehte ich mich, streckte meine Gelenke und positionierte mich anders. In der Nacht würde ich mir irgendwo ein Kissen stehlen, damit ich weicher sitzen konnte.

Es kamen noch vier Tage, in denen ich in diesem Bunker verharren musste.

13

15. Januar 2023

Michel saß auf der feuchten Matratze und presste den Rücken an die Wand. Die Knie hatte er an die Brust gezogen, weil ihm bitterkalt war. Er trug nur ein Unterhemd und seine Unterhose.

Neben ihm lag Mila, die irgendwann eingeschlafen war. Ihr Atem ging unregelmäßig und ein Schluchzen entwich ihrer Kehle.

Bestimmt träumte sie davon, als das Monster mit ihnen schreckliche Filme gemacht hatte. Alle drei hatten nebeneinandersitzen und in die Kamera schauen müssen. Er hatte sie beschimpft und als schuldige Kinder bezeichnet. Samuel hatte sogar einen Tritt gegen das Schienbein bekommen, weil er gesagt hatte, dass er nach Hause will. Es war schlimm gewesen, dass der Mann gefilmt hatte, weil Michel sich vor Angst in die Hosen gemacht hatte. Das war nun auf Video und Michel fragte sich, wer die alles zu sehen bekam. Der Mann hatte gemeint, dass er sehr viele Filme von ihnen drehen würde.

Michel schüttelte sich bei dem gruseligen Gedanken. Er konnte nicht schlafen, weil er Sorge hatte, was das Monster beim nächsten Mal mit ihnen machen würde. Er war aber froh, dass sich wenigstens Mila etwas beruhigt hatte.

Ob Samuel schlief oder nicht, war nicht eindeutig. Der hatte sich nicht zu ihnen auf die Matratze gelegt. Michel hörte jedoch, wie er sich bewegte und schniefte.

Seit sie am Abend wieder in die Dunkelheit einge-schlossen worden waren, hatte kaum einer gesprochen. Michel hatte nur ab und zu versucht, Mila zu beruhigen, wenn sie geweint hatte, bis sie eingeschlummert war.

Die Dunkelheit machte ihm zu schaffen, sie drückte wie eine Last auf seine Schultern.

Kein bisschen Licht drang in den Keller. Die ganze Zeit war irgendein Knacken zu hören.

Wieder stiegen ihm Tränen in die Augen, weil seine Angst ihn überwältigte.

Bestimmt suchte seine Mutter bereits nach ihm. Vielleicht würde sein Vater helfen, obwohl sich seine Eltern nicht gut verstanden und er seinen Papa nicht sehen durfte. Doch möglicherweise konnten sie sich zusammenreißen, da Michel verschwunden war.

Von draußen näherten sich Schritte, die ihn aus sei-nen Gedanken holten. Er presste sich noch enger an die Wand, obwohl ihm eiskalt war.

Die Tür öffnete sich mit einem schrillen Quietschen.

Michel hielt die Luft an, weil er keine Geräusche machen wollte. Sollte er sich schlafend stellen? Doch er hatte viel zu viel Angst, die Augen zu schließen. Er musste sehen, was als Nächstes passierte.

Ein Schatten fiel von draußen in den Raum.

Das Licht blendete Michel. Aber er konnte die Gestalt sehen, die direkt auf ihn zukam. Er zitterte am ganzen Körper, denn er hatte Angst, dass der Mann ihn holen würde.

Der packte ihn und riss ihn hoch.

»Hilfe, nein! Bitte tun Sie mir nichts.« Michel strampelte mit den Beinen, zappelte und machte sich extra schwer, doch der Mann schaffte es trotzdem, ihn hinauszutragen.

Das Monster presste ihn mit aller Gewalt gegen die Wand, stemmte seinen Körper dagegen, sodass sich Michel nicht befreien konnte, und schloss hinter ihnen ab. Dann packte er ihn wieder.

»Nein!«, brüllte Samuel.

Jemand hämmerte gegen die Tür.

»Lassen Sie ihn in Ruhe«, schrie Samuel.

Der Mann trug Michel eine Treppe nach oben und brachte ihn dann in ein Zimmer. Dort setzte er ihn auf einen Stuhl.

Ihm gegenüber stand noch einer, auf dem eine große Puppe saß.

Der Typ ging wortlos hinaus und sperrte die Tür zu.

Michel rannte sofort hinterher. »Ich will hier sofort raus!«

Das Licht ging aus.

»Setz dich auf den Stuhl«, befahl die Stimme über einen Lautsprecher.

Michel tastete sich schluchzend durch die Dunkelheit und erreichte einen Stuhl.

Es war der, auf dem die Puppe saß.

Er ging weiter, bis er den leeren fand, und nahm darauf Platz. Dann wartete er, doch nichts passierte. Die Dunkelheit und die Ungewissheit machten ihm zu schaffen. »Hallo, wo sind Sie?«, fragte er zögerlich.

An der Wand oben leuchtete plötzlich ein Licht auf wie in dem Kellerraum, wo er mit den beiden anderen gefangen gewesen war.

Mit den Kameras fühlte er sich zunehmend unwohl. Michel wischte sich die Tränen weg. »Bitte lassen Sie mich hier raus«, flehte er erneut.

Er bekam weder eine Antwort, noch geschah etwas.

Mit jeder Minute, die er der gruseligen Puppe in völliger Dunkelheit gegenübersitzen musste, wurde seine Angst größer. Er hatte das Gefühl zu ersticken, so als wäre er in einem Sarg eingesperrt. »Hallo!«, schrie er noch einmal. »Bitte helfen Sie mir, ich kriege keine Luft mehr.«

Doch der Mann ignorierte ihn.

Ein Knirschen ertönte.

Michel riss die Augen auf, um in der Dunkelheit etwas zu sehen, doch er erkannte nichts.

War schon die ganze Zeit jemand mit im Raum gewesen? Vielleicht jemand, der ihm wehtun wollte?

Sein Herz raste. Er schüttelte den Kopf, weinte bitterlich und schrie noch einmal verzweifelt um Hilfe.

Auch dieses Mal wurde er nicht erlöst.

Er wusste nicht, wie lange er zitternd auf dem Stuhl gesessen hatte. Irgendwann legte er sich davor auf den Boden, weil er erschöpft war. Er schloss die Augen, summte ein Lied, rechnete Aufgaben im Kopf, buchstabierte Wörter und dachte an etwas Schönes, damit er das unwohle Gefühl loswurde, es könnte noch jemand im Zimmer sein.

Nach einer gefühlten Ewigkeit wurde es ohne Vorwarnung hell.

Schnell setzte er sich wieder auf den Stuhl. Er blinzelte, das Licht tat ihm in den Augen weh.

Es knackte erneut, dieses Mal erkannt Michel jedoch, dass es von dem Lautsprecher kam.

»Es ist nicht schön, wenn man komplett ignoriert wird, oder?«, sagte die Stimme.

Michel nickte hastig.

»Ihr wart Luft und genauso nutzlos wie die Puppe, die euch gegenübersitzt. Für die interessiert sich auch kein Mensch. Könnt ihr euch vorstellen, dass wirklich grausame Familien existieren, in denen Kinder so behandelt werden? Sie müssen immer ganz still sein und dürfen den Erwachsenen nicht auffallen. Sonst werden sie bestraft.«

Michel schüttelte den Kopf, er hatte noch nie von solchen gemeinen Eltern gehört.

»Es gibt insbesondere Väter, die wirklich abgrundtief böse sind. Sie haben andere Prioritäten als Kinder und tun nicht das, was ihre Pflicht wäre.«

Michel verstand nicht, was ihm der Mann sagen wollte. Es war ihm aber auch egal, er wollte nicht mehr allein sein. »Kann ich zurück zu den anderen?«, fragte er deshalb.

»Du musst Geduld haben, ich brauche etwas Zeit, um euch die Lektionen beizubringen. Dafür muss ich euch trennen, denn nur so ist es fair. Aber ich ziehe alles allein durch und ihr seid zu dritt.«

Es klackte erneut, dann war Stille.

Michel standen schon wieder Tränen in den Augen. Er betrachtete die Puppe, die auf dem Stuhl saß. *Ihr wart Luft und genauso nutzlos wie die Puppe*, wiederholte er gedanklich die Worte, die der Mann gesagt hatte. »Ich bin keine scheiß Puppe«, schimpfte er. Er stand auf und schlug gegen das Spielzeug, sodass es vom Stuhl fiel.

Die Tür ging auf.

Erschrocken starrte er in ihre Richtung.

Der Mann kam herein. »Soll ich dich auch so behandeln, wie du es mit der Puppe getan hast?«

»Nein!« Schnell hob Michel die Puppe vom Boden. »Es tut mir leid.«

»Komm mit.«

»Wohin?«, fragte er ängstlich. »Willst du mich jetzt bestrafen?«

Der Mann packte seinen Arm und riss ihn hinter sich her. Er schleifte ihn über den Flur, der zu der Kellertür führte.

»Bitte tun Sie mir nicht weh, ich wollte nicht ungehorsam sein. Es ist doch nur eine Puppe.«

Der Mann antwortete nicht, sondern zerrte ihn die Treppe hinunter und sperrte ihn in den Kellerraum.

Obwohl die Dunkelheit in Michel sofort wieder Unbehagen auslöste, war er froh, dass er keinen Ärger bekam. »Seid ihr hier?«, fragte er zaghaft.

»Ja, auf der Matratze«, antwortete Mila.

Michel tastete sich dorthin und setzte sich zu ihnen. »Wart ihr auch in der Dunkelheit eingesperrt?«

»Wir waren in unterschiedlichen Zimmern oben im Haus und wurden wie Luft behandelt«, sagte Samuel.

Mila schluchzte.

Michel nahm sie in den Arm. »Schon gut, wir kommen wieder nach Hause. Meine Mama sucht bestimmt schon nach mir.« Er war sich sicher, dass sie ihn finden würde, sie war eine starke und mutige Frau. Zur Not würde sie den Mann zusammenschlagen, um Michel zu retten.

14

»Ist der Schuh von Finja Hanser schon auf dem Weg nach Mainz?«, fragte Marcel, der seit einigen Minuten im Büro auf und ab lief.

»Mareike fährt ihn höchstpersönlich hin, weil sie heute eh ein paar Freunde besuchen will. Sie ist bereits unterwegs«, antwortete Konrad.

Marcel las sich noch einmal die DNA-Auswertungen durch, die sie bisher hatten. »Wolfgang sagte, dass diese DNA, die zu 48,7 Prozent auf eine der bei Justus gefundenen Spuren passt, einfacher zu analysieren war. Ein Grund könnte sein, dass derjenige gerade erst mit diesen Schuhen in Kontakt war.«

»Du denkst an den jetzt agierenden Täter?«

»Ja. Mir geht Justus' Aussage nicht mehr aus dem Kopf, dass er beobachtet wurde. 48,7 Prozent bedeutet, dass es sich um einen Vater und sein Kind oder um zwei Geschwister handelt. Vielleicht war derjenige, der hinter dieser vermeintlichen Wand alles beobachtet hat, damals noch jünger und fängt deshalb erst jetzt mit den Taten an.«

»Diese Idee haben wir ja schon einmal angerissen. Derjenige könnte das Verbrechen von damals fortführen beziehungsweise nachahmen, weil er jemanden als Vorbild hatte. Du könntest recht haben, dass er möglicherweise damals zu jung war und nicht aktiv an den Quälereien und Tötungen teilgenommen hat.«

»Wir haben also zwei Optionen. Entweder die Täter von damals sind zurück, machen weiter und verhöhnen uns mit dem Schuhspielchen. Oder dieser Beobachter führt ihre Verbrechen fort. Vielleicht ist der Anführer gestorben oder körperlich nicht mehr in der Lage.«

Konrad nickte. »Wir müssen rausfinden, wer 2009 bis 2011 dabei war. Das viele DNA-Material sagt uns leider nicht direkt etwas über die Täter. Es könnte theoretisch immer noch sein, dass die DNA gar nicht von den Tätern ist.«

»Das bedeutet erst mal nur, dass wir keine Beweise haben. Mir tauchen die Spuren zu oft auf und ich vertraue auf mein Bauchgefühl, dass wir den Tätern auf der Spur sind. Möglicherweise ist eine dieser beiden Personen, zu denen die teilweise übereinstimmenden DNA-Sequenzierungen gehören, in Besitz des Hauses, in dem Justus und die anderen beiden Kinder festgehalten wurden. Wir müssen dieses Haus finden. Haben wir bei der Suche nach den vermissten Kindern alle Gebäude im Arzheimer Wald auf dem Schirm?«

»Die Kollegen recherchieren noch eingetragene Häuser, Scheunen und Hütten in dem Wald. Wenn die Kinder dort irgendwo sind, finden wir sie.«

Marcels Telefon klingelte.

Er nahm ab. »Kriminalhauptkommissar Schweißer«, meldete er sich.

»Hier ist Kriminalhauptkommissar Denzer aus Frankfurt. Ihr hattet eine Anfrage zu einer unserer Ermittlungen.«

»Ja, vielen Dank für den schnellen Rückruf. Wir brauchen mehr Informationen zu den beiden verschwundenen Kindern aus den Jahren 2002 und 2003, weil wir gerade ein paar Parallelen zu aktuellen und vergangenen Fällen prüfen.« Marcel gab seinem Kollegen kurz die Informationen. »Kommt dir etwas bekannt vor, das mit eurem Fall übereinstimmt?«

»Nein, tut mir leid. Abgesehen davon, dass sie in der Altersgruppe waren, ebenfalls spurlos verschwanden und niemals zurückkamen, passt nichts weiter. Wir haben weder derartige Botschaften bekommen noch sind ihre Schuhe aufgetaucht. Die zwei Kinder waren nicht in Pflegefamilien. Ein Elternpaar lebte getrennt, das andere nicht. Also auch da gab es keine Anhaltspunkte bei uns.«

»Hattet ihr einen Verdächtigen?«

»Wir haben einen pädophilen Straftäter verhört, jedoch keine Beweise, dass er dahintersteckt.«

»Und ist euch im Laufe der Ermittlung eine Familie Namens Bayer untergekommen? Die hat in Frankfurt zu dieser Zeit drei Pflegekinder betreut.«

»Nein. Sollten wir die uns genauer anschauen? Habt ihr da Hinweise?«

»Noch nicht. Sie tauchen im Rahmen unserer Ermittlungen auf und haben in dem Zeitraum in Frankfurt gelebt. Mir ist das zu viel Zufall, als dass ich es ignorieren möchte. Wenn wir dahingehend etwas beweisen können, gebe ich euch Bescheid.«

»Alles klar. Tut mir leid, dass ich nichts Hilfreiches für euch habe. Ich hoffe, ihr schnappt den Täter bald.«

»Danke. Auf Wiederhören.« Marcel legte auf. »Frankfurt hat uns genauso wenig wie Mainz genützt. Es gibt Teilähnlichkeiten, aber nichts deutet stark darauf hin, dass die Täter in den anderen Städten dieselben sind.«

»Was erst einmal nichts heißt«, erwiderte Konrad. »Sie können ihre Taktik ja ändern.«

Es klopfte an die Bürotür.

»Ja, bitte«, rief er.

Eine Kollegin kam herein. »Draußen ist Jana Martens, die ehemalige Pflegetochter der Familie Bayer.«

Den Termin hatte Marcel fast vergessen. »Setze sie bitte ins Befragungszimmer zwei.« Er drehte sich zu Konrad. »Ich spreche mit Frau Martens. Erkundige dich bitte beim leitenden Kollegen der Suchtrupps, ob sie irgendetwas haben.«

»Erledige ich.«

Marcel lief in das Besprechungszimmer.

Am Tisch saß eine sehr schlanke Frau. Sie rieb sich die Hände über die Oberschenkel.

»Guten Tag, Frau Martens, ich bin Kriminaloberkommissar Schweißer. Vielen Dank, dass Sie heute zu uns gekommen sind.« Erst als er ihr ins Gesicht sah, erkannte er, dass sie noch sehr jung war. Er hoffte, dass sie nicht mehr minderjährig war, denn sonst dürfte er sie nicht ohne ihren Vormund befragen. »Wie alt sind Sie?«

Das Mädchen lächelte. »Ich weiß, ich sehe wie ein Teenie aus, bin jedoch schon zwanzig. Weil meine leibliche Mutter in der Schwangerschaft geraucht und getrunken hat, bin ich etwas klein geraten.«

Marcel lächelte. »Es wird die Zeit kommen, da werden Sie sich freuen, wenn man Sie jünger schätzt.«

Sie lachte. »Jetzt ist es ätzend, dass ich ständig meinen Ausweis zeigen muss.«

Marcel fand die Zeugin sehr angenehm und unter anderen Umständen hätte er sich gern weiter mit ihr unterhalten, doch die vermissten Kinder brannten ihm unter den Nägeln. »Derzeit ermitteln wir in einem Fall, bei dem Schuhe an eine Wand geklebt wurden, weshalb wir auf Ihre damaligen Pflegeeltern Michaela und Ronon Bayer gestoßen sind. Dort haben sich ein paar Ungereimtheiten ergeben. Dazu haben wir ein paar Fragen.«

»Sie sprechen bestimmt von diesen Anschuldigungen gegen Ronon.« Sie senkte den Blick. »Die sind Unsinn, er hat uns Kindern niemals etwas angetan.«

»Wie ist es denn zu den Vorwürfen gekommen?«

Jana Martens holte tief Luft. »Ich weiß es ehrlich gesagt nicht. Ronon und Michaela haben nie darüber gesprochen und ich war noch sehr klein.«

»Ihre damaligen Pflegeeltern weigern sich, eine Aussage dazu zu machen, was uns irritiert. Haben Sie eine Ahnung, weshalb Herr Bayer darüber schweigen will?

Durch diese Anschuldigungen ist es immerhin zu harten Konsequenzen für Sie als Familie gekommen. Sollte er sich dann nicht lieber verteidigen?«

»Das stimmt. Es war schrecklich, weil wir nicht bleiben durften. Die beiden Jungs waren erst wenige Monate da und mussten schon wieder weg. Die Bayers waren sehr nette Menschen, die alles für uns getan haben. Ich habe keine Ahnung, warum Ronon es nicht erzählen will. Fakt ist, dass er niemals einem Kind etwas angetan hat.« Die Frau presste die Lippen zusammen.

Marcel wusste nicht, ob sie log oder wirklich nie Opfer von Ronon Bayer geworden war.

Letzteres würde trotzdem nicht ausschließen, dass die Misshandlungsvorwürfe stimmten. Es könnte vor ihrer Zeit geschehen sein.

Marcel überlegte, ob er einen Schritt weitergehen sollte, um die junge Frau zum Reden zu bewegen. Etwas in ihm schrie, dass Familie Bayer nicht umsonst in den Ermittlungen aufgetaucht war. Also entschloss er sich, der Frau die Tragweite vor Augen zu führen. »Die Schuhe, die wir an Hauswänden sichergestellt haben, stammen von vermissten Kindern. Wir finden die Parallele zu der Tradition Ihrer Pflegeeltern merkwürdig.«

»Denken Sie, dass mein Pflegevater jemanden entführt hat, weil er wegen Kindesmisshandlung angezeigt wurde? Oder vermuten Sie, dass meine Pflegeeltern Kinder stehlen, weil sie vom Jugendamt keine mehr vermittelt bekommen? Warum sollten sie denn dann deren Schuhe an eine Wand kleben und sich damit selbst verraten?«

»Wir verdächtigen die beiden nicht, doch wir müssen dahingehend ermitteln.« Marcel entschied, erst einmal auf ein anderes Thema zu lenken, möglicherweise konnte er darüber an Informationen gelangen. »Wir haben uns alle neun Pflegekinder angeschaut, die bei Frau und Herrn Bayer untergekommen waren. Kennen Sie die?«

»Die aus Frankfurt nicht. Aber manchmal kamen die von Koblenz zu Besuch. Mit dem einen oder anderen habe ich Kontakt.«

»Auch mit Noah Reiter?«

Frau Martens zuckte etwas zurück. »Nein, den kenne ich nur vom Erzählen. Er ist 2009 aus der Pflegschaft raus und ich bin dafür gekommen.«

»Haben Sie eine Ahnung, wo wir ihn finden? Er ist nirgendwo gemeldet, seine letzte offizielle Adresse war bei Familie Bayer. Wir fragen uns, warum das so ist.«

Jana Martens senkte den Kopf und nestelte mit den Fingern.

»Ist er möglicherweise der Grund, weshalb es zu einer Anzeige kam? Gab es Streit zwischen ihm und Familie Bayer?«

»Ärger gab es andauernd mit ihm. Noah soll ein schreckliches Monster gewesen sein. Er war gewalttätig, launisch und kein guter Umgang. Er hat seine Pflegegeschwister gequält, sie haben mir von ihm erzählt. Michaela und Ronon waren seine achte Pflegefamilie, vorher hatte er wohl nie Glück mit den Familien, in denen er war. Mein damaliger Pflegebruder hat mir mal berichtet, dass Noah mit elf Jahren in Frankfurt zu Familie Bayer kam.

Sie haben ihn nicht weggeschickt, sogar mit nach Koblenz genommen, weil sie ihm nicht antun wollten, noch eine Familie zu verlieren. Ronon und Michaela haben ihm echt viele Chancen gegeben, haben ihn lange geduldet. Anfang 2009 wurde er achtzehn, da haben sie ihn rausgeschmissen. Er glaubte, dass ihn das System im Stich gelassen hat. Ob er diese Anzeige gegen Ronon gemacht hat, weiß ich jedoch leider nicht.«

»Das bedeutet wahrscheinlich, dass er bei den Besuchen nicht anwesend ist und dass niemand der ehemaligen Pflegegeschwister Kontakt mit ihm hat.«

»Ganz sicher nicht, er wäre nicht willkommen.«

In Marcels Magen breitete sich ein mulmiges Gefühl aus.

Könnte dieser Mann hinter den Entführungen damals gesteckt haben, weil er hinausgeworfen worden war? Zeitlich passte es. Anfang 2009 hatte er Familie Bayer verlassen müssen, am Ende des Jahres war Louis Kramer verschwunden. Ein Pflegekind, das wohlbehütet aufgewachsen war.

Marcel wurde heiß.

Noah Reiter hatte sich möglicherweise an kleinen Kindern rächen wollen, weil er nie das erlebt hatte, was diese in den Pflegefamilien gehabt hatten.

Es war reine Spekulation, aber sie fraß sich in Marcels Gehirn.

Zu den aktuellen Fällen könnte Noah Reiter ebenfalls als Täter passen, immerhin kannte er die an die Wand geklebten Schuhe von seiner Pflegefamilie.

Marcel notierte sich, dass sie mit Familie Bayer über Noah Reiter reden mussten. Auch mit seinen vorherigen Familien würde er Kontakt aufnehmen.

»Kommissar Schweißer? Ist alles in Ordnung?«, hakte die junge Frau nach.

»Entschuldigen Sie bitte, ich war in Gedanken. Sie haben mir sehr geholfen. Ich habe erst einmal keine Fragen mehr. Vielen Dank, für Ihre Zeit.«

Die Frau erhob sich. »Ronon ist ein guter Mann. Er hätte niemals jemandem wehgetan. Auf Wiedersehen.« Sie verließ das Zimmer.

Marcel ließen die Gedanken um diesen Noah Reiter nicht los.

War Frau Bayer wegen dieses Jungen während der Befragung so nervös gewesen, weil sie wusste, dass Noah zu Kindesentführungen fähig war?

Konrad stürzte ins Zimmer. »Marcel, es gibt eine neue Entwicklung. Wir haben möglicherweise eine heiße Spur.«

Es fühlte sich an, als würde ein Vogel wild durch Marcels Brust flattern, so sehr hatte er sich erschreckt. Er erhob sich und folgte Konrad zu Wolfgang.

Der Kriminaltechniker hielt ein Fax hoch. »Ich hatte gerade ein nettes Gespräch mit dem LKA. Sie haben mich angerufen, weil sie bei unseren eingeschickten DNA-Proben etwas Entscheidendes gefunden haben. Wir hatten doch diese Übereinstimmung bei der DNA-Probe von dem Vergewaltigungsopfer letzte Woche mit einer Probe, die bei Justus Och 2011 sichergestellt wurde. Da in der Probe, die beim Vergewaltigungsopfer genommen wurde, nicht nur die DNA des Täters enthalten war, sondern auch die der Frau selbst, wurde das Y-Chromosom analysiert. Diese Sequenzierung kann durch Vergleichsproben dem Täter zugeordnet werden, aber das ist nicht ganz eindeutig, weil männliche Verwandte mit kleinen Abweichungen dieselbe Y-Chromosomen-DNA haben. Für unseren Fall jedoch war die Bestimmung dieses Chromosomens Gold wert, denn es stimmt nahezu zu einhundert Prozent mit dem Y-Chromosom von Samuel Koch überein.«

Marcel war sich nicht sicher, ob er es richtig begriffen hatte. »Was heißt das genau?«, fragte er deshalb nach.

»Dass derjenige, der die Frau vergewaltigt hat und möglicherweise auch an Justus' Entführung beteiligt war, ein Verwandter aus der männlichen Linie von Samuel Koch ist.«

»Also ist es der Vater oder ein Bruder von Samuel?«, hakte Marcel nach.

»Zum Beispiel. Es könnte aber auch ein Cousin oder der Opa sein. Für die Ermittlung können wir den Vater oder einen möglichen Bruder ausfindig machen, um von da die männlichen Verwandten weiterzuverfolgen.«

»Du meine Güte, das ist ein Wirrwarr.« Marcel atmete tief ein und schrieb sich die möglichen Verstrickungen auf. »Wenn dieser Mann unser Entführer von 2009 bis 2011 war und jetzt auch der von Mila, Samuel und Michel ist, hat er potenziell seinen Sohn oder seinen Bruder entführt. War seine DNA ebenso an den Schuhen unserer aktuell vermissten Kinder?«

»Nein«, antworte Wolfgang. »Dort war nur die DNA von den Kindern selbst, den Müttern und diese DNA, die zu 48,7 Prozent auf einen möglichen Täter von damals passt. Das ist aber noch nicht alles. Von zwei weiteren Vergleichsproben, die wir früher bei Justus gefunden hatten, stimmt eine DNA zu 47,3 Prozent mit Mila Paules und eine zu 49,3 Prozent mit Michel Sondermanns überein.«

Marcel rieb sich die Schläfen, bei so viel DNA verlor er langsam den Überblick. »Wir haben im Grunde viele Ergebnisse, allerdings keinen einzigen Hinweis auf den oder die Täter. 2009 bis 2011 schienen sich die Entführungen auf Pflegekinder beschränkt zu haben, dieses Mal auf Kinder aus zerrütteten Elternhäusern, die zudem offenbar mit den damaligen Beteiligten verwandt sind. Verstehe ich das richtig?«

Konrad nickte. »Ich habe mir schon Gedanken darüber gemacht, ob diese Familienverhältnisse etwas bedeuten könnten. Als Wolfgang gerade erzählt hat, dass diese Y-Chromosomen-DNA zu fast hundert Prozent auf Samuel Koch passt, ist mir sofort der Gedanke gekommen, dass die Väter unserer aktuellen Opfer möglicherweise die Entführer sein könnten. Auch damals von Louis, Finja und Justus. Wir kennen von Samuel den Vater nicht. Milas und Michels Väter haben wir bis heute nirgendwo gefunden. Sie scheinen spurlos verschwunden zu sein und sich nicht darum zu scheren, dass ihre Kinder entführt wurden.«

»Das klingt nach einer guten Theorie«, erwiderte Wolfgang. »Da man 2011 bei Justus' Flucht von vier Tätern ausgegangen ist, fehlt noch einer im Bunde.« Er hob den Zeigefinger. »Wir dürfen uns jedoch nicht festbeißen, genauso gut könnte es sich bei den Übereinstimmungen um Geschwister handeln.«

Marcel verzog das Gesicht. »Möglich, aber ich kann mir nicht vorstellen, dass alle drei Mütter keine Ahnung haben, ob ihre Kinder noch Geschwister haben. Die Täter damals sollen laut Justus schon erwachsen gewesen sein. Das bedeutet, dass sie deutlich älter als die heute vermissten Kinder sind. Deren Mütter sind noch recht jung. Sie müssten alle drei mit deutlich älteren Herren ihre Kinder gezeugt haben, wenn die schon erwachsene Kinder haben. Das wäre zu viel Zufall. Deshalb würde ich die Geschwister-Theorie erst mal zurückstellen.« Er rieb sich über das Gesicht. »Die Option, dass die damaligen Entführer die Väter von Mila, Michel und Samuel sind, kommt mir plausibler vor. Aber warum haben sie sich früher auf Pflegekinder beschränkt, nehmen jetzt aber ihre eigenen Kinder ins Visier? Weshalb gehen sie so anders vor?«

»Gute Frage, das müssten wir herausfinden«, erwiderte Konrad.

Marcel erzählte seinen beiden Kollegen, warum ihm Noah Reiter ebenfalls als potenzieller Verdächtiger in den Sinn gekommen war.

»Diese Überlegungen könnten in die Vätertheorie passen«, erklärte Konrad. »Vielleicht waren seine Komplizen auch Pflegekinder, die schlechte Erfahrungen gemacht haben. Sie könnten ihre Wut an Pflegekindern ausgelassen haben, die es besser als sie hatten. Und heute entführen sie möglicherweise ihre eigenen Kinder, um die Kontrolle über die Erziehung zu übernehmen. Möglich wäre es, dass die Mütter die Kinder ihren Vätern vorenthalten haben und diese jetzt reagieren.«

Marcel massierte sich das Kinn. »So richtig schlüssig ist es nicht, dass die eigenen Väter die Kinder entführt haben. Würden die wirklich die Schuhe liefern und sich verraten?«

»Das ist ein berechtigter Einwand. Aber haben wir jemals die Logik eines Schwerkriminellen verstanden?«

Damit hatte Konrad recht, es könnte einige Gründe haben, weshalb die Täter die Schuhe präsentierten, die für die Ermittler jedoch nicht zu erklären waren.

Konrad massierte sich die Schläfen. »Möglich ist auch, dass gar nicht sie selbst die Schuhe verteilen. Bei unseren aktuellen Opfern ist nur diese 48,7-prozentig übereinstimmende DNA zu finden, keine mit voller Übereinstimmung zu den Proben, die damals genommen wurden. Vielleicht tut derjenige, zu dem die DNA gehört, das mit den Schuhen allein.«

»Wir können noch so viel spekulieren, wir müssen Beweise finden«, sagte Wolfgang.

Konrad atmete tief durch. »Wir knöpfen uns als Erstes Frau Koch vor. Sie wird wahrscheinlich nicht wissen, ob Samuel noch Halbgeschwister väterlicherseits hat. Aber vielleicht verrät sie uns endlich den Namen ihres Vergewaltigers. Wenn wir den finden, können wir die Verwandtschaft weiterverfolgen.«

Marcel zog sich die Jacke an. Er ging zu Stefan. »Konrad und ich sind jetzt unterwegs zu Frau Koch. Bitte recherchiert bei den damaligen Pflegefamilien, die für Noah Reiter zuständig waren. Was war der Grund, dass er überall herausgeflogen ist? Meldet euch, sobald es irgendeine Entwicklung gibt.«

»Erledige ich«, versprach Stefan, der sich müde die Augen rieb.

Nachdem Marcel bei Frau Koch an der Haustür geklingelt hatte, öffnete diese bereits wenige Sekunden später, als hätte sie nur auf sie gewartet. »Haben Sie meinen Jungen gefunden?«, fragte sie unvermittelt. Ihre Augen waren rot und die Lider geschwollen.

Marcel wollte sich nicht ausmalen, wie sehr die Frau durch die Hölle ging. »Leider nicht, aber es gibt eine Entwicklung, die wir gern mit Ihnen besprechen möchten«, sagte er behutsam. »Dürfen wir hereinkommen?«

Die Schultern der Mutter sanken nach unten. Sie holte tief Luft, bat sie ins Haus und führte sie ins Wohnzimmer. Mit verschränkten Armen blieb sie stehen. »Wie kann ich Ihnen helfen?«

»Wir müssen mit Ihnen über Verwandte von Samuel sprechen. In erster Linie über einen etwaigen Bruder und den Vater Ihres Sohnes.«

»Wieso? Was hat sein Erzeuger denn damit zu tun? Ich sagte doch, dass ich ihn nicht kenne.« Sie rieb sich über die Arme. »Ob Samuel noch Geschwister hat, kann ich Ihnen nicht beantworten. Vielleicht war ich nicht die einzige Frau, die der Typ vergewaltigt hat.«

Wieder hatte Marcel das Gefühl, dass sie log, den Vater nicht zu kennen. »Wir haben eine beunruhigende Entwicklung und müssen dringend wissen, wer der Mann ist. Es könnte sein, dass er Ihren Sohn in seiner Gewalt hat. Uns fehlen Beweise. Deshalb brauchen wir Ihre Hilfe.«

Die Mutter schüttelte den Kopf. »Das ist unmöglich, er weiß nicht, dass Samuel existiert. Wie kommen Sie auf so was?«

Marcel erzählte der Mutter von der übereinstimmenden DNA zu Samuels. »Helfen Sie uns, die Zusammenhänge zu verstehen. Wenn es nicht der Vater selbst ist, bekommen wir vielleicht über den heraus, wie viele Kinder er noch hat oder welcher andere männliche Verwandte der Täter sein könnte.«

Die Frau starrte Marcel mit weit aufgerissenen Augen an. Ihr Mund bewegte sich auf und zu. »Sie müssen sich irren, niemand der mit meinem Vergewaltiger zu tun hat, kennt Samuel. Das …« Sie schüttelte den Kopf und hielt sich den Mund zu.

»2011 haben wir eine unbekannte DNA bei einem der früheren Opfer sichergestellt, die auf diesen mit Samuel verwandten Mann passt«, sagte Marcel, weil die Mutter nicht weitersprach. »Er hat also möglicherweise schon im Zeitraum von 2009 bis 2011 drei Kinder entführt und zwei davon getötet. Sagen Sie uns bitte, wenn Sie Informationen haben, die uns zu dem Vater von Samuel führen. Es ist Eile geboten, die Kinder sind in großer Gefahr.«

Die Mutter schlug sich die Hände vor das Gesicht. »Ich habe Samuel doch extra die ganze Zeit geschützt.«

»Was ist damals passiert? Wissen Sie, wer Ihnen das angetan hat?« Marcel wollte die Frau am liebsten schütteln. Sein Herz raste.

Sie schluchzte heftig. »Ich war erst achtzehn Jahre, als ich 2012 auf ihn getroffen bin. Allein, alkoholabhängig und mittellos. Er war so nett zu mir und hat mir geholfen. Ich habe von ihm Essen bekommen, konnte etwas trinken und hab mich bis über beide Ohren in ihn verliebt. Eine Woche lief es gut, dann wollte er mehr, ich aber nicht. Er hat mich vergewaltigt und danach habe ich ihn nie wieder gesehen. Gott sei Dank. Auch wenn ich geschockt war, als ich von Samuel erfuhr, hat es mein Leben komplett verändert. Ich habe nicht mehr getrunken, einen Job gefunden und mich zu einer besseren Person entwickelt.«

Ihr Schicksal rührte Marcel, doch diese Informationen brachten ihn nicht weiter. »Frau Koch, bitte sagen Sie uns, ob Sie seinen Namen kennen«, drängte er deshalb.

»Er heißt Noah Reiter«, antwortete sie mit zittriger Stimme.

»Vielen Dank, das war mutig. Wenn er hinter Samuels Entführung steckt, haben wir jetzt mehr Hinweise«, sagte Marcel.

»Bitte finden Sie ihn. Noah ist ein Monster, er wird meinem Sohn wehtun.«

Da war sich Marcel sogar sehr sicher, wenn er an die Verletzungen von Justus Och dachte. »Wir tun alles uns

Mögliche und melden uns, wenn wir etwas haben. Auf Wiedersehen.«

Konrad und er verließen das Haus.

Marcels Magen flatterte, er hoffte, dass sie Noah Reiter schnell finden würden. »Familie Bayer wird uns hoffentlich mehr zu ihrem ehemaligen Pflegekind sagen, wenn wir sie mit den neuen Entwicklungen konfrontieren.«

15

Ich lag zusammengekauert in dem Hohlraum und presste mein Gesicht gegen das raue Mauerwerk, um mein Veilchen zu kühlen. In der Nacht hatte ich heimlich Essen gestohlen und war auf der Toilette gewesen.

Dort hatte mich Papa erwischt und mir eine Tracht Prügel verpasst. »Bist du lebensmüde? Willst du, dass dich Noah in die Hände bekommt?«, hatte Papa mir zugeraunt. Er hatte zwar leise gesprochen, doch trotzdem hatte ich die Schärfe aus seiner Stimme herausgehört. »Er wird dich töten und mich wahrscheinlich gleich mit, wenn er weiß, dass es einen ungewollten Zeugen gibt.«

»Ich bin doch wie ihr ein Niemand. Lasst mich mitmachen.«

»Glaube mir, Noah hasst Kinder und wird dich nicht aufnehmen.« Die Stimme meines Vaters hatte sich etwas sanfter angehört. »Halte die paar Tage noch aus, danach fahren wir ein bisschen mit dem Auto herum. Ich zeige dir, wo ich gewohnt habe. Okay?«

Ich war froh, aus dem Haus und dem Wald zu kommen, aber ich hatte weder Bock, meine Großeltern kennenzulernen, noch Lust darauf, erwischt zu werden. »Deine Mutter und dein Vater waren gemein, weil sie dir nicht geholfen haben, als alle im Ort dachten, dass du ein …« Die Aussprache für das Wort mit P fiel mir nicht ein. »Ich will die nicht kennenlernen. Was, wenn uns jemand entdeckt und sie mich dir wieder wegnehmen? Dann sehe ich dich nie mehr. Außerdem würden die mich zwingen, wieder in die Schule zu gehen. Das will ich auf keinen Fall.«

Mein Vater hatte die Hand auf meine Schulter gelegt. »Ich werde niemals das Risiko eingehen, dich erneut zu verlieren. Deine Mutter und ihre Eltern haben das einmal geschafft, aber es wird kein zweites Mal geben. Du sitzt hinten im Wagen, da sind die Scheiben getönt. Niemand kann dich sehen. Außerdem fahren wir, wenn es dunkel ist.«

Ich hatte gelächelt. »Okay.«

Mein Vater hatte ebenfalls gegrinst und mich dann zurück in den Hohlraum geschickt. »Es tut mir leid, dass ich vorhin ausgerastet bin, ich wollte dich nicht verletzen. Ich war wütend über deine Unvorsichtigkeit. Da sind mir die Sicherungen durchgebrannt. Ich möchte nur, dass dir nichts passiert.«

Auch wenn er mich beschützen wollte, war ich sauer, dass ich so ewig in diesem Hohlraum hocken musste und er mich verhauen hatte. Ich fragte mich, ob es mir bei meiner Mutter nicht doch besser ginge. Sie hatte mich noch nie geschlagen und hatte nicht solche gewalttätigen Freunde.

Bestimmt gab es auch tolle Väter, die ihren Kindern nicht wehtaten, aber ich hatte solche noch nicht kennengelernt. Ich hoffte, dass Knasti, Rolli und Noah niemals Kinder bekommen würden, denn denen würde es nicht gut gehen.

Mittlerweile richtete sich meine Wut auch auf Finja und Louis. Nur weil die so verwöhnt waren, hatte Noah sie überhaupt ins Haus geholt, und deshalb musste ich sieben Tage in diesem Bunker sitzen. Waren die Pflegekinder da, fühlte ich mich eingesperrt. Die paar Male, die Noah, Knasti und Rolli sonst vorbeikamen, waren auszuhalten. Da verbrachte ich höchstens ein paar Stunden oder einen ganzen Tag darin.

Als ich die Treppen knarzen hörte, setzte ich mich schnell auf. Dabei schmerzte meine Flanke, in die Papa hineingeboxt hatte. Am liebsten hätte ich gegen die Tür geschlagen, so sehr kochte die Wut in mir. Aber niemand durfte von mir erfahren. Sie sollten lieber das Mädchen weiterquälen. Ich schaute nur zu. Vielleicht konnte ich noch mehr von Noah lernen, wie ich später zu einem starken Anführer werden würde.

Die Wohnzimmertür öffnete sich mit einem Quietschen.

Noah trat mit diesem Grinsen hinein, das keine Freundlichkeit, sondern Grausamkeit in sich trug. Wieder führte er Finja wie einen Hund an der Leine.

Sie war so zerbrechlich, das gefiel mir. Ganz abgemagert und blass. Ihre dünnen Ärmchen hingen kraftlos herab und ihr blondes Haar klebte strähnig in ihrem Gesicht.

In der Nacht hatte ich die Idee gehabt, dass ich sie auch mal schlagen wollte, und mit dem Gedanken gespielt, in den Keller zu gehen, um es zu tun. Ich war neugierig, wie es sich anfühlte, einem Menschen Gewalt zuzufügen. War es so wie bei dem Vogel, den ich mal geschlagen hatte? Es war nicht meine Absicht gewesen. Er war mir auf den Kopf geflogen und ich hatte mich erschrocken. Deshalb hatte ich wild herumgefuchtelt und ihn fest getroffen, sodass er auf den Boden gefallen war und sich nicht mehr gerührt hatte. Ich hatte schon gedacht, er wäre tot gewesen. Aber dann war er aufgesprungen und weggeflogen. Ich hatte mich einerseits schuldig gefühlt, doch andererseits war es mir auch egal gewesen, wäre er wirklich verletzt gewesen. Würde ich bei Finja genauso empfinden? Hätte ich Mitleid mit ihr, wenn sie mich anflehen würde, aufzuhören, oder hätte ich Spaß daran, sie zu quälen?

Weil ich von meinem Vater erwischt worden war, hatte ich mich jedoch entschieden, nicht mehr in den Keller zu gehen. Nun war ich wieder nur Zuschauer.

Der Tag des Schmerzes stand bevor.

»Du bist ein braves Kind und gehorchst mir«, sagte Noah zu Finja.

Sie kauerte sich auf den Boden.

Noah hockte sich neben sie. »In meiner vierten Pflegefamilie waren wir nur stark, wenn wir Schmerz ertragen konnten. Ist jemand hingefallen und hat sich die Fresse aufgeschlagen, durfte er nicht flennen, denn das taten Schwächlinge. Mein Arschloch-Pflegebruder war ein ganz harter Brocken. Er hat sich jeden Tag ein heißes Eisen auf die Hand gelegt, um zu lernen, die Qualen auszuhalten. Heute wird sich alles um deinen Schmerz drehen.«

In mir kribbelte es. Ich hörte Louis' Schreie von Tag vier in meiner Erinnerung. In ihnen steckte so viel Leid. Ich war gespannt, ob Noah es schaffte, Finjas Tapferkeit zu brechen.

Finja verzog das Gesicht, als hätte Noah Mundgeruch.

»Hast du Angst?«, fragte er erneut.

Sie nickte und ihr Kinn zitterte.

»Du musst keine Angst haben«, fuhr Noah fort. »Schmerz ist nichts Schlechtes, er macht dich stark. Genau wie mich damals.« Noah richtete sich auf und schnippte mit den Fingern. »Sieh dir Knasti an. Er ist ein starker Mann, weil er seine Kindheit mit Schmerz ertragen hat.«

»Auch ich wurde oft verprügelt«, warf Rolli ein. Es hatte etwas geklungen, als wäre er empört, da Noah ihn gar nicht mit erwähnt hatte.

»Ja, mein Freund, das wissen wir.« Noah schaute Rolli einen Augenblick an, ich konnte nicht erkennen, wie sein Blick war, aber durch Rollis Reaktion war mir klar, dass Noah nicht nett schaute. »Stör mich nicht noch einmal. Ich möchte jetzt anfangen.«

Rolli und Knasti packten Finja an den Armen.

Sie schrie, trat um sich, aber traf immer nur die Luft.

Ich musste grinsen, weil es mir gefiel, dass sie solch eine Angst hatte.

Louis hatte auch geschrien, weil er vor dem Schmerz Panik gehabt hatte.

Mein Vater hielt Finja fest, damit sie genau vor Noah stand, der auf einem Stuhl saß.

Noah zeigte auf den Boden. »Mach Liegestütze.«

Finja blinzelte ihn verwirrt an.

Ich kicherte stumm in mich hinein.

Sie dachte bestimmt, Liegestütze würden keine Schmerzen verursachen, aber sie ahnte sicherlich nicht, was Noah mit ihr vorhatte.

»Ich sagte, dass du Liegestütze machen sollst.« Sein Ton war fester, bedrohlicher gewesen.

Ihre Lippen bebten. »Ich kann keine.«

»Jeder kann die. Streng dich an.«

Mein Vater ließ sie los und sie fiel auf die Knie. Sie stützte sich zögernd auf die Hände und streckte die Beine. Die Muskeln an ihren Armen zitterten, wahrscheinlich war sie viel zu schwach, um ihr Gewicht darauf zu halten.

»Eins«, zählte Noah.

Sie senkte sich langsam und keuchte schon beim ersten Stütz. Ihre Arme gaben fast sofort nach. Nur mit Mühe schaffte sie es, diese wieder durchzudrücken.

»Zwei.«

Sie presste die Lippen zusammen und ging erneut nach unten.

»Drei«, sagte Noah, noch ehe sie oben war. Er seufzte genervt. »Das dauert mir zu lange.«

Ich wusste genau, was das bedeutete.

Bei Louis war es jedoch erst beim sechsten Liegestütz passiert.

Knasti trat mit einer kleinen Kerze in der Hand näher.

Alles in mir kribbelte, weil ich gespannt war, wie Finja den Schmerz ertragen würde.

»Jedes Mal, wenn du zu lange brauchst, gibt es eine Bestrafung«, sagte Noah und nickte Knasti zu.

Ein Tropfen heißes Wachs fiel auf ihren Rücken.

Finja zuckte zusammen, ein erstickter Laut entkam ihr.

Fast schon war ich enttäuscht von der wenigen Reaktion.

Es war heiß, das musste ihr doch wehtun. Warum schrie sie nicht?

»Vier«, zählte Noah weiter.

Sie versuchte offensichtlich, schneller nach unten zu kommen, doch ihre Arme zitterten stark.

»Fünf.«

Unter leisem Wimmern drückte sich Finja ein weiteres Mal hoch.

»Sechs.«

Noch ein Tropfen Wachs fiel auf ihren Rücken. Wieder zuckte sie nur kurz zusammen.

»Sieben.«

Finja schloss ihre Augen, biss sich auf die Lippe und ging erneut nach unten. Dann gaben ihre Arme endgültig nach. Sie brach auf dem Boden zusammen und blieb liegen.

Ich konnte die roten Wachsflecken auf ihrem Rücken sehen.

Bestimmt behielt sie schmerzende Brandwunden davon zurück. Aber das war egal, an Tag sieben würde sie sowieso sterben.

Noah klatschte in die Hände. »Die Liegestütze waren wirklich nicht gut, jedoch warst du stark. Du hast den Schmerz ertragen, ohne zu schreien.«

Das Mädchen setzte sich auf und presste den Rücken gegen die Wand. Sie atmete schwer. Ihr Blick ging in meine Richtung. Er war leer, fast unheimlich. Es wirkte, als wäre ihr Körper nur noch eine Hülle.

Die Männer öffneten sich ein Bier und alberten herum.

Ich hasste diese Pausen, sie waren langweilig. Wenn die Typen wenigstens hinausgehen würden, könnte ich mich bewegen.

Aber die meiste Zeit hockten sie im Wohnzimmer, bis der Tag beendet war.

Ich war froh, als es endlich weiterging.

Noah stellte sich mit einer brennenden Zigarette vor Finja. »Willst du mir beweisen, dass du noch stärker bist?«

In Finjas Blick änderte sich etwas. Die Verletzlichkeit, die Angst und die Verzweiflung waren plötzlich gewichen. Ihr Blick blieb ruhig, sie verzog keine Miene, als würden die Worte an ihr abprallen.

Dieses siebenjährige Mädchen faszinierte mich wirklich, sie war so anders als Louis, dieser kleine Jammerlappen.

Noah kniete sich hinunter und nahm Finjas Hand. Er hielt die Zigarette in der anderen zwischen zwei Fingern, schwenkte sie leicht. »Ich warte auf eine Antwort. Willst du es mir beweisen?«

Ich schluckte, denn ich wollte unbedingt, dass sie mutig war und es freiwillig tun würde, auch wenn ich wusste, dass sie sowieso nicht drumherum kommen würde.

Louis hatte sich geweigert und war gezwungen worden. Seine fehlende Tapferkeit hatte mich angeekelt. Mutig zu sein war viel besser.

Finja antwortete noch immer nicht.

»Du brauchst die brennende Zigarette nur fünf Sekunden in deiner Hand halten. Natürlich muss die geschlossen sein.«

Tränen rannen Finja über das Gesicht, aber in ihrem Blick lag Entschlossenheit.

Gänsehaut fuhr mir über den Rücken.

»Fünf Sekunden«, wiederholte Noah ruhig. Diese Sanftheit, die er manchmal an den Tag legte, war gruselig, denn ich spürte, dass sie nur gespielt und brandgefährlich war.

Finja biss die Zähne zusammen. Ihr Kiefer mahlte. Dann öffnete sie schließlich ihre zittrige Hand.

Mein Herz sprang vor Freude.

Noah legte die Zigarette hinein, als würden ihre Finger einen Aschenbecher bilden.

Finja machte eine Faust.

»Eins«, zählte er.

Der Rauch kräuselte sich nach oben.

Finja schluchzte. Ihre Schultern zuckten.

»Zwei.«

Ich war sicher, dass Noah viel langsamer zählte, als eine Sekunde dauerte, damit das Mädchen den Schmerz länger ertragen musste.

»Drei.«

Halte durch, dachte ich. So erlebte ich beide Dinge, die mich faszinierten - Mut und Leid. Ich konnte vor Spannung kaum atmen.

»Vier.«

Ich empfand ein klein wenig Stolz, weil Finja so tapfer war, und dieses Gefühl irritierte mich. Sie war ein Kind, das nicht zu mir und meinem Leben passte, deshalb durfte ich sie nicht mögen.

»Fünf.« Noah nahm die Zigarette aus ihrer Hand und betrachtete die Haut. »Nicht schlecht. Es ist auch nur eine kleine Brandstelle. Ich find es fast ein bisschen langweilig, wenn du so mutig bist.«

»Wir sollten ihre Tapferkeit anerkennen«, sagte mein Vater. »Sie hat es getan, dafür muss sie belohnt werden. Das nächste Kind ist vielleicht wieder ein verwöhnteres Gör, mit dem du richtig Spaß haben wirst.«

Noah schüttelte den Kopf. »Ich entscheide hier, wie wir was tun. Wir geben ihr noch eine Aufgabe.«

»Natürlich tun wir das«, mischte sich Knasti ein. »Uns hat auch keine Sau gefragt, ob wir den Schmerz ertragen oder nicht. Er wurde uns einfach zugefügt. Selbst im Knast habe ich die Hucke vollgekriegt. Ich will, dass sie genauso leidet.«

»Ich …« Rolli nestelte mit den Händen. »Ich gebe Kilian recht. Wir haben doch einen Plan und sie hat Stärke bewiesen. Sie wird morgen wieder genug leiden.«

Noah stellte sich vor Rolli und meinen Vater. »Ihr zwei habt offenbar auch noch nicht genug Schmerz erlitten, vielleicht sollte ich die brennende Zigarette auf euch ausdrücken oder euch die Fresse polieren.«

»Nein«, schrie Rolli. »Ich wollte dir nicht widersprechen.« Er fiel fast in sich zusammen.

Ich könnte Noahs Aufträge bestimmt besser ausführen als Rolli, der nur mitmachte, weil er Angst vor Noah hatte. Vielleicht würden sie mich irgendwann miteinbeziehen.

Mein Vater hob die Hände. »Mach, was du willst, es ist deine Show.«

»Ganz genau, denn ich bin durch die meisten Familien gereicht worden.« Noah drehte sich wieder zu Finja.

Die saß reglos auf dem Boden, ihre Arme hingen schlaff an ihren Seiten.

Noah nahm ihr Kinn und hob ihren Kopf an. »Du musst noch einmal beweisen, dass du stark bist. Dieses Mal hältst du zehn Sekunden durch.«

Sie blinzelte und presste die Lippen zusammen.

Noah griff nach ihrer Hand, in der sie eben die Zigarette gehalten hatte, und drückte leicht auf die Innenfläche.

Finja zuckte, gab aber keinen Laut von sich. Ihr Kiefer spannte sich an. Dann riss sie ihre Hand weg. »Nein«, sagte sie mit tiefer Stimme.

Mir blieb das Herz fast stehen.

»Nein?«

»Ich will das nicht noch einmal machen.« Ihre Stimme war dieses Mal kaum mehr als ein Flüstern gewesen, nicht mehr entschlossen.

Einen Moment lang herrschte absolute Stille. Es war so leise, dass ich Angst hatte, jemand könnte meinen

Atem oder meinen Herzschlag hören. Ich war sprachlos. Auf der einen Seite bewunderte ich ihren Mut, sich gegen Noah aufzulehnen, auf der anderen Seite war ich geschockt, dass sie sich widersetzt hatte.

Sie musste doch nach vier Tagen verstanden haben, dass man Noah niemals widersprechen durfte. Warum hatte sie gegen ihn rebelliert, statt die zehn Sekunden auszuhalten? Woher hatte sie plötzlich den Mut genommen? Hatte die Angst um ihr Leben sie verändert oder hatte sie sich schon aufgegeben?

Noah stand langsam auf. »Ich wusste, dass du nicht stark bist. Eben doch eine kleine verwöhnte Drecksgöre.« Er packte ihre Hand und drückte die brennende Zigarette auf die Innenfläche. Er zählte dabei nicht, sondern starrte Finja nur an.

Sie schrie markerschütternd.

Doch Noah drückte schweigend die Zigarette auf ihre Hand. Nachdem er sie weggenommen hatte, wandte er sich zu den anderen Männern. »Bringt sie in die Dunkelheit.«

Finja keuchte, als Knasti sie grob mit sich zerrte.

»Damit du auch in der Dunkelheit verstehst, was Schmerz bedeutet, wirst du bis morgen früh stehen. Du darfst dich nicht setzen oder hinlegen. Ansonsten wird dich Knasti verprügeln, er passt die ganze Nacht auf dich auf. Dir werden die Beine schmerzen, sie werden krampfen, dein Rücken wird brennen. So wirst du sehen, wie quälend Schmerz sein wird.«

Die Männer gingen mit Finja nach draußen.

Sie konnte froh sein, dass sie nur in den Keller kam, wo sie den restlichen Tag verharren musste. Es hätte sie viel schlimmer treffen können, wenn Noah seine Wut komplett auf ihr abgeladen hätte, doch Dunkelheit und Stille waren auch grausame Folter. Nachts war es okay, weil man da schlief. Aber schon am Morgen dort hineinzukommen und es bis zum nächsten Tag auszuhalten war grauenhaft.

Ich hatte auch einmal stundenlang in dem Kellerraum bleiben müssen, weil mein Vater mir für alles, was bei ihm an diesem Tag schief gegangen war, die Schuld gegeben hatte und mich nicht mehr hatte ertragen können.

Finja hatte Noah richtig wütend gemacht und das war ihre Konsequenz.

Sie tat mir ein bisschen leid, aber sie war selbst schuld.

Schade, dass ich nicht dabei zuschauen konnte, weil Knasti da sein würde.

Ich bewegte mich endlich. Hoffentlich blieben sie eine Weile fort, denn ich musste dringend meine Blase entleeren. Ich pinkelte in den Eimer, kreiste meine Gelenke und setzte mich anders hin. Erschöpft lehnte ich mich an die Wand und schloss die Augen.

Ich stellte mir vor, wie Finja in Unterhemd und Unterhose im dunklen Keller stand. Ihre Beine zitterten bestimmt, sie weinte und fror. Ich grinste, denn der Gedanke gefiel mir.

Es war ihre Strafe, weil sie rebelliert hatte.

Wenn ich erwachsen war, würde ich die Menschen auch hart bestrafen, die mir widersprechen würden.

16

Marcel hastete die Einfahrt hoch und klingelte Sturm bei Familie Bayer. »Ich wette, sie wissen, dass Noah an den Verbrechen damals beteiligt war, und haben deswegen so abweisend reagiert.«

»Bleib ruhig, Marcel. Noch haben wir nur die DNA von Noah Reiter an den Schuhen der damaligen Opfer. Das heißt nicht unbedingt, dass er einer der Entführer war. Es könnte auch andere Gründe geben, weshalb diese Spuren existieren. Selbst wenn es verdächtig wirkt, müssen wir es mit weiteren Beweisen stützen.«

Marcel wusste das, aber für ihn stand fest, dass dieser Noah etwas mit den Fällen zu tun hatte. Sowohl mit denen von früher als auch mit den aktuellen.

Da niemand öffnete, klingelte er erneut.

Endlich regte sich etwas hinter der Tür. Kurz darauf schaute Marcel in die überraschten Augen des ehemaligen Pflegevaters. »Ist etwas passiert?«

»Wir haben noch ein paar Fragen an Sie«, sagte Marcel. »Es geht um Noah Reiter.«

Die Kinnlade des Mannes fiel nach unten. Er starrte Marcel an, als wäre der ein Geist. »Noah?«

»Den haben Sie sieben Jahre lang bei sich betreut, korrekt?«

Herr Bayer schluckte schwer. »Ja, das haben wir.«

»Wir haben Grund zu der Annahme, dass er hinter einigen Kindesentführungen steckt, und brauchen Ihre Hilfe, um ihn zu finden.«

Herr Bayer seufzte. »Ich habe keine Ahnung, wo der sich aufhält. Wir sind seit 2009 nicht mehr für ihn zuständig. Ich kann Ihnen also nicht helfen.«

Marcel stellte schnell seinen Fuß auf den Türrahmen, damit der Mann nicht die Tür schließen konnte. »Herr Bayer, wir haben das Gefühl, dass Sie uns etwas verheimlichen, denn Sie weigern sich, mit uns zu sprechen, oder weichen Fragen aus. Ihre Frau wirkt nervös, wenn wir über Ihre Vergangenheit reden. Sollten Sie nicht kooperativ sein und uns die Wahrheit erzählen, werden Sie uns auf das Präsidium begleiten und dort befragt. Wir könnten es aber auch schnell hier erledigen.«

Herr Bayer verdrehte die Augen. »Meinetwegen, es wird Ihnen sowieso nichts nützen.« Er ließ sie eintreten.

Seine Ehefrau stand im Flur und hatte Tränen in den Augen. Sie schaute nicht erschrocken, sondern eher still wissend, als hätte sie geahnt, dass Konrad und Marcel zurückkehren würden und als hätte sie diese Szene schon hundertmal in Gedanken durchgespielt.

Gemeinsam setzten sie sich ins Wohnzimmer.

»Wir haben keinen blassen Schimmer, wo sich Noah aufhält«, sagte der Mann erneut. »Sie verschwenden bloß Ihre Zeit.«

»Liebling, bitte lass die Ermittler ihre Arbeit machen.« Frau Bayer sah Marcel an und nestelte mit den Händen. »Wie kommen Sie darauf, dass Noah hinter den Entführungen steckt?«

»Noah Reiter hat vorige Woche eine Frau vergewaltigt, bei der wir seine DNA sicherstellen konnten. Daraus ergab sich ein Treffer zu einem Beweismittel von den damaligen Entführungen, die zwischen 2009 und 2011 stattfanden. Noah hatte also mit großer Wahrscheinlichkeit zumindest Kontakt zu den drei Opfern.« Marcel beobachtete die Reaktionen des Ehepaares und sah nicht einmal einen Hauch von Entsetzen. »Sie wirken nicht sonderlich überrascht darüber.«

Frau Bayer seufzte. »Noah ist kein feiner Kerl, deshalb würde es mich nicht wundern, wenn er solche grausamen Dinge getan hat. Wir haben immer unser Bestes gegeben, um ihn zu einem besseren Menschen zu erziehen. Er hatte es als Kind nicht leicht. Wir wollten ihm die Chance geben, endlich anzukommen, damit er den richtigen Weg einschlagen kann. Aber leider war er schon zu kaputt, als wir ihn aufgenommen haben.«

»Seine Vergangenheit ist keine Entschuldigung«, erwiderte Herr Bayer schnell. »Wir konnten diesen Jungen nicht retten. Er ist seit 2009 nicht mehr bei uns und seitdem besteht auch kein Kontakt mehr.«

»Noah hat Ihre Familie verlassen, sobald er achtzehn war?«, hakte Konrad nach.

»Korrekt«, antwortete Ronon Bayer knapp.

»Meines Wissens nach endet die Pflegschaft mit dem Ende des achtzehnten Lebensjahres«, fuhr Konrad fort. »Aber die Kinder werden nicht einfach sich selbst überlassen. Das Jugendamt oder das Sozialamt bietet da diverse Unterstützung an. Wie kann es also sein, dass Noah Reiter nirgendwo mehr gemeldet ist?«

Der Mann verschränkte die Arme, als wollte er verhindern, dass Marcel und Konrad Zugang zu seinem Inneren bekamen. »Das ist nicht unsere Schuld. Die Pflegschaft wurde regulär beendet. Wir haben mit ihm gesprochen, gesagt, dass wir ihn nicht mehr im Haus haben möchten, und das dem Jugendamt gemeldet. Zum Termin, um alles Weitere zu regeln, ist Noah aber nie erschienen. So wie es aussieht, hat er sich wohl bis jetzt nicht um Sozialleistungen bemüht. Er ist von hier aus verschwunden und hat sich anscheinend nirgendwo gemeldet. Wir haben keine Ahnung, wo er sich aufhält.« Der Mann blinzelte nervös.

»Ich habe den Eindruck, dass Sie uns nicht ganz die Wahrheit sagen. Derzeit vermuten wir, dass Noah Reiter die aktuell vermissten Kinder aus Arzheim entführt hat, darunter seinen eigenen Sohn. Wenn Sie irgendetwas wissen und verheimlichen, machen Sie sich mit strafbar.«

»Wie bitte?«, schrie Frau Bayer. »Er hat ein Kind?«

Herr Bayer hielt ihren Arm und schaute Marcel reglos an. »Das geht uns nichts mehr an. Wir wissen nichts über sein jetziges Leben, also verheimlichen wir auch nichts. Ich möchte Sie bitten, nun zu gehen.«

Marcel wollte sich nicht abwimmeln lassen. Die Ehefrau wirkte interessierter daran, bei der Lösung des Falls zu helfen. Deshalb schaute er sie an, um das Gespräch mit ihr zu führen, in der Hoffnung, dass er über sie mehr in Erfahrung bringen konnte. »Noah Reiter hat 2012 eine Frau vergewaltigt, die davon schwanger wurde. Die hat das Kind behalten und heimlich großgezogen. Gerade verfolgen wir einen Hinweis, der darauf hindeutet, dass er seinen Sohn entführt hat. Möglicherweise sind seine damaligen Komplizen die Väter der anderen beiden derzeit vermissten Kinder. Kennen Sie jemanden, mit dem Noah damals viel zu tun hatte und der ihm bei den Entführungen geholfen haben könnte?«

Frau Bayer senkte wieder den Kopf. Sie schluckte so schwer, dass es aussah, als müsste sie einen mit Nadeln bestückten Gummiball hinunterkriegen.

Marcel wollte unbedingt verhindern, dass sie dichtmachte. »Frau Bayer, ich habe Ihnen schon bei unserem letzten Besuch angesehen, dass Sie uns am liebsten etwas sagen möchten. Bitte reden Sie, wenn Sie hilfreiche Informationen haben. Es geht um drei Kinderleben.«

»Er hatte zwei Freunde, die aus dem Nachbarort kamen«, antwortete ihr Ehemann für sie. »Mit denen hat er viel Zeit verbracht. Wir wissen nicht, wie die anderen Jungs hießen.« Herr Bayer warf seiner Frau immer wieder kurze Blicke zu, Marcel hingegen konnte er kaum in die Augen schauen.

»Sind Sie sicher, dass das alles ist, was Sie uns sagen möchten?«

»Was wollen Sie denn noch hören?«, fragte Herr Bayer. »Noah war nicht zu händeln, gewaltbereit, hat den anderen Kindern ständig gedroht und sich an keine Regeln gehalten. 2009 hatten wir die Nase voll und haben ihn rausgeschmissen.«

»Es klingt in der damaligen Anzeige gegen Sie so, als wären Sie selbst sehr gewaltbereit, Herr Bayer«, erwiderte Marcel. »Gab es vielleicht Krach zwischen Ihnen und Noah, der in einer Handgreiflichkeit ausgeartet ist? Hat er Sie daraufhin angezeigt?«

Herr Bayers Gesicht verfärbte sich rot. »Das ist Unsinn, ich habe Noah nie geschlagen, auch wenn er vielleicht eine strengere Hand benötigt hätte. Ich wurde nicht verurteilt, weil es keinerlei Beweise gegen mich gab.«

»Sie haben meine Frage nicht beantwortet. Hat Noah die Anschuldigung gegen Sie erhoben? Möglicherweise weil er sauer war, dass Sie ihn rausgeworfen haben, und sich rächen wollte?«

»Nein, die Anzeige hat nicht Noah erstattet«, antwortete Frau Bayer.

»Michaela, sei still«, fauchte Ronon Bayer.

»Von wem kam sie dann?«, hakte Marcel strenger nach.

Wieder schaute Herr Bayer seine Frau warnend an.

»Bitte rede endlich. Es wird sowieso herauskommen«, sagte diese mit brüchiger Stimme.

»Was wird herauskommen?«, fragte Konrad eindringlich.

Herr Bayer holte tief Luft und sank in sich zusammen. Eine unfassbare Traurigkeit überschattete sein Gesicht. »Die Anzeige hat unser leiblicher Sohn gemacht.«

Marcel starrte den Mann an, versuchte, die Worte zu ordnen.

Sie hatten sich bei den Ermittlungen so sehr auf die Pflegschaft konzentriert, dass sie das leibliche Kind vollkommen übersehen hatten.

Es ärgerte Marcel, doch er musste konzentriert bleiben, denn gerade ergaben sich neue Entwicklungen. »Ihr leiblicher Sohn hat Sie wegen körperlicher Gewalt an Schutzbefohlenen angezeigt?«, wiederholte er unnötigerweise. »Was ist vorgefallen, dass er diese Anschuldigungen gegen Sie erhoben hat?«

»Ich wette, Noah hat ihn dazu angestiftet. Unser Sohn war dessen dritter Freund und hat sich von dem schlechten Verhalten beeinflussen lassen. Noah war natürlich sauer, dass er gehen musste. Er wollte uns zerstören und hat damit auch das Leben aller Kinder kaputt gemacht, die bei uns ein schönes Leben gehabt hätten.«

Konrad sah ebenso verdutzt aus, wie sich Marcel fühlte.

Vier DNAs waren bei Justus Och 2011 gefunden worden, eine davon war Noah Reiter zuzuordnen. Waren die anderen drei von Noahs Freunden?

»Ist es möglich, dass auch Ihr Sohn an den Verbrechen von damals beteiligt war?«

»Nein!«, sagte Frau Bayer entschieden. »Kilian hätte so etwas Grausames niemals getan. Er war ein lieber Mensch.«

»War?«, hakte Konrad nach.

Die Augen der Frau füllten sich mit Tränen.

Herr Bayer nahm ihre Hand. »Er ist vor einigen Jahren gestorben.«

Marcel machte sich Notizen. Dann schaute er an die Wand. »Wer von den Kindern auf den Fotos ist Ihr Sohn?«

Frau Bayer räusperte sich. »Er ist nicht dabei. Das sind nur unsere Pflegekinder bis auf Noah.«

Marcel wunderte sich, dass es in dem Raum keine Fotos vom Sohn gab.

Auch wenn es Streit gegeben hatte, blieb der dennoch ihr Kind.

»War der Krach zwischen Ihnen so groß, dass Sie gänzlich mit ihm abgeschlossen haben?«, hakte Marcel nach.

»Nicht wir haben das entschieden. Kilian hat den Kontakt zu uns abgebrochen. Wir wussten nie, wo er gesteckt hat. Vermutlich war er mit Noah unterwegs.« Herr Bayer fuhr sich über das Gesicht. »Kilian wollte, dass wir keine Fotos von ihm aufhängen. Es war seine Entscheidung, wir haben sie akzeptiert, auch wenn ich denke, dass er von Noah gezwungen wurde. Der ist ein furchtbarer Mensch, er hätte wirklich ein wenig mehr Härte vertragen.«

»Ronon!«, rief Frau Bayer empört.

Die Worte über die Härte, die Noah verdient hatte, zeigten, dass Herr Bayer möglicherweise doch zu Gewalt neigen könnte.

Der unbedingte Versuch, seinen Sohn als Unschuldslamm hinzustellen und ihn gar bis eben zu verheimlichen, weckten in Marcel den Gedanken, dass Ronon Bayer damals möglicherweise selbst an den Entführungen beteiligt gewesen war. Die beiden DNA-Spuren, die zu 48,7 Prozent übereinstimmten, stammten vielleicht von Ronon und Kilian Bayer. Damit die Kripo nicht dahinterkam, könnte Herr Bayer bei der ersten Befragung seinen Sohn nicht erwähnt haben, und Kilian Bayer war nicht mehr in der Lage, eine Aussage zu machen.

Allerdings könnte die Übereinstimmung von fast 50 Prozent auch noch eine andere verwandtschaftliche Konstellation bedeuten.

»Haben Sie noch andere leibliche Kinder?«, fragte Marcel deshalb.

Der Mann runzelte die Stirn. »Nein, wir hatten nur den einen Sohn.«

Marcel schaute Frau Bayer an und hoffte durch eine Reaktion ihrerseits zu erkennen, ob das gelogen war.

»Das stimmt, ich bin mit Ronon zusammengekommen, da waren wir sechzehn. Wir waren seitdem nie getrennt.«

Marcel verkniff sich den Kommentar, dass es auch außereheliche Kinder geben könnte. Er würde sich erst einmal auf Kilian Bayer als Verdächtigen konzentrieren, aber im Hinterkopf behalten, dass Ronon Bayer möglicherweise noch anderen Nachwuchs haben könnte. »Wir brauchen eine DNA-Probe Ihres Sohnes. Haben Sie Sachen von ihm aufgehoben?«

»Wozu ist das nötig?«, fragte Ronon Bayer pikiert. »Der Junge ist lange tot.«

Marcel kochte innerlich.

Mit seinem abwehrenden Verhalten wurde Ronon Bayer zunehmend verdächtig.

Marcel probierte ruhig zu bleiben. »Wir suchen nach vier Tätern, die zwischen 2009 und 2011 Kinder entführt haben. Zwei davon haben sie wahrscheinlich getötet. Durch dieses Gespräch gerade erhärtet sich der Verdacht, dass einer der vier Männer Ihr Sohn Kilian gewesen sein könnte. Das möchten wir gern mit einem DNA-Test überprüfen. Geben Sie uns nicht freiwillig eine Probe, werden wir mit einem richterlichen Beschluss wieder kommen.«

»Kilian war kein Verbrecher«, plärrte Herr Bayer.

Marcel schaute zu Frau Bayer, weil er hoffte, dass sie vernünftiger agieren würde. »Haben Sie noch Sachen von Ihrem Sohn, die wir nutzen können? Wenn Sie glauben, dass er daran nicht beteiligt war, wird es keine Überein-stimmung ergeben. Bitte denken Sie an die Pflegeeltern, die bis heute nicht wissen, was ihren Kindern zugestoßen ist. Sie haben die Wahrheit verdient.«

Michaela Bayer schluckte und nickte. »Ich habe noch einige Dinge von ihm im Keller. Sie können schauen, ob es Ihnen was taugt.« Sie verließ das Wohnzimmer und kam einen Augenblick später mit einer Kiste wieder.

Marcel und Konrad packten in der Hoffnung, dass Wolfgang etwas damit erreichen konnte, ein T-Shirt, ein Basecap und ein Taschenmesser ein.

»Vielen Dank«, sagte Marcel und wandte sich an Ronon Bayer. »Ihre Abneigung, mit uns zu kooperieren, macht Sie verdächtig, Herr Bayer. Haben Sie die Kinder dieser Männer entführt? Rächen Sie sich gerade an den ehemaligen Freunden Ihres Sohnes, weil die ihn damals in solch eine Lage gebracht haben?«

»Das ist unerhört«, schrie Herr Bayer. »Ich würde niemals einem Kind etwas antun.«

Frau Bayer schluchzte. Ihre Hände zitterten. »Sie irren sich gewaltig. Ronon hat keine Kinder entführt.«

»Dann haben Sie bestimmt nichts gegen eine Speichelprobe. Mit der können wir überprüfen, ob sich Ihre DNA an Beweismitteln von den damaligen und den aktuellen Entführungen befindet.« Marcel schaute Herr Bayer eindringlich an.

»Ich gehe davon aus, dass Sie dafür auch keinen Beschluss haben«, sagte er mit einer leichten Arroganz, sodass Marcel speiübel wurde.

»Nein, doch wenn ich dem Staatsanwalt den Sachverhalt erläutere, kommen wir noch heute mit einem wieder. Sie können es leicht haben, indem Sie uns jetzt freiwillig helfen. Es ist in Ihrem Interesse, dass Sie entlastet werden.«

»Die Probe werde ich Ihnen nicht freiwillig geben. Ich habe nichts getan und ich werde mich ganz sicher nicht in Ihre verzweifelte Suche nach den wahren Tätern reinziehen lassen.« Herr Bayer stürzte aus dem Wohnzimmer.

Marcel fluchte innerlich. Er hatte leider keine Handhabe, die Probe zu erzwingen. Er schaute die Ehefrau an. »Vielleicht dringen Sie zu Ihrem Mann durch. Es wäre sehr hilfreich, wenn wir ihn als Täter ausschließen könnten.«

Sie nickte nur.

Marcel und Konrad liefen zum Auto.

»Dass die 49,7-prozentige Übereinstimmung zu Kilian und Ronon Bayer gehören könnte, war ein guter Gedanke«, sagte Konrad. »Ebenso deine Theorie über Ronon Bayers Motiv, dass er die leiblichen Kinder aller Beteiligten entführt hat, die seinen Sohn mit in die Scheiße geritten haben, sollte Kilian Bayer damals wirklich beteiligt gewesen sein. Vielleicht gibt Bayer Noah und seinen beiden Freunden die Schuld am Tod seines Sohnes.«

»Und die Schuhe hängt er an die Hauswand, damit wir die Täter endlich schnappen.«

»Warum stellt er dann die Schuhe von Mila, Michel und Samuel vor die Türen? Er hätte auch nicht sonderlich gut aufgepasst, wenn sich wirklich seine DNA daran befindet.«

»Möglicherweise will er den Kindern gar nichts tun, sondern nur, dass wir den Fall aufklären. Allerdings ist er anscheinend voller Wut, die könnte er vielleicht an den Kindern auslassen.«

»Indem wir herausfinden, woran Kilian Bayer gestorben ist, verstehen wir wahrscheinlich besser, ob sein Vater ein Motiv für Rache hat.«

Marcel nickte und rief Stefan an.

»Hey, was kann ich tun?«, meldete sich dieser.

»Uns ist während der Ermittlungen nicht aufgefallen, dass diese ehemalige Pflegefamilie einen leiblichen Sohn hatte. Kilian Bayer. Er ist laut den Aussagen der Eltern bereits tot. Bitte prüf das. Ich möchte wissen, woran er gestorben ist.«

»Wird erledigt.«

»Wir sind gleich zurück.« Marcel legte auf. »Wenn wir im Präsidium sind, tragen wir das der Staatsanwaltschaft vor. Hoffentlich reicht es für einen Beschluss, damit wir die DNA von Ronon Bayer bekommen.«

17

15. Januar 2023

Marcel rieb sich die müden Augen und überflog zum gefühlt hundertsten Mal seine Notizen. Mit roten Kringeln hatte er die Namen Noah Reiter und Ronon Bayer markiert.

Es klopfte.

»Herein«, sagte Marcel, ließ allerdings seinen Blick und seine Gedanken nicht von den Mitschriften.

»Der Nachtdienst übernimmt«, sagte Konrad. »Stefan und ich wollen in die Stadt ins Bistro. Wir brauchen dringend ein bisschen Abstand. Begleitest du uns?«

Marcel hatte zwar gehört, was Konrad gesagt hatte, doch er konzentrierte sich weiter auf den Fall und kramte die Notizen heraus, die er sich bei der Befragung von Justus gemacht hatte. Er wollte nicht ohne einen kleinen Hinweis darauf, wer die drei Kinder entführt hatte, ins Bett gehen.

»Erde an Marcel. Redest du noch mit mir?« Konrad kam herein und stellte sich vor Marcels Schreibtisch.

»Entschuldige. Mich lässt die Theorie nicht los, dass dieser Bayer die Kinder hat. Ich gehe noch mal Justus'

Befragung durch, vielleicht gibt es doch einen kleinen Hinweis auf Ronon Bayer.«

»Nichts in seiner Aussage hat auf Bayer hingewiesen. Morgen kriegen wir sicher unseren Beschluss und holen uns die DNA, das wird uns weiterbringen.« Konrad lächelte. »Du warst über dreißig Stunden nicht daheim. Wir gehen jetzt gemeinsam was essen. Dann fährst du zu Kim und lässt dich verwöhnen.«

Marcel streckte sich. »Du hast recht. Ich will ein Bier trinken und brauche dringend frische Luft.«

»Sag ich doch.«

Sie verließen das Büro.

Stefan übernahm das Fahren, weil er keine Lust auf Alkohol hatte. Er würde sie auch am nächsten Tag von zu Hause abholen und sie mit zum Präsidium nehmen.

Er parkte das Auto am Peter-Altmaier-Ufer, von wo sie in ihr Stammbistro liefen. Das war es erst seit einigen Monaten, nachdem die Kneipe, in der sie sonst immer gewesen waren, geschlossen hatte.

Marcel hatte das Ende der Bar traurig gemacht.

Die war beinahe automatisch zu einer Polizeikneipe geworden, weil sich fast ausschließlich nur Kollegen dort getummelt hatten. Er selbst war oft mit seiner inzwischen verstorbenen Freundin und Kollegin Susanne dort gewesen. Nach ihrem Tod war das weniger geworden und seit er seine Nichte Marlene bei sich hatte, ging er sehr selten aus. Er genoss es jedes Mal, wenn er Zeit fand, um mit Kollegen in das neue Lokal zu gehen.

»Aye, wer behelligt denn mein bescheidenes Bistro mal wieder?«, begrüßte die Besitzerin die drei. Sie war eine attraktive Frau in den Fünfzigern, die sich immer freute, wenn Polizisten bei ihr vorbeikamen. »Nehmt Platz. Die erste Runde geht auf mich.«

»Vielen Dank«, sagte Konrad.

Sie setzten sich in die hintere Ecke an einen Tisch, der etwas abseitsstand.

Eine junge Frau mit blauen Haaren kam zu ihnen. »Was kann ich Ihnen bringen?« Sie blätterte in einem zerfledderten Notizblock.

»Wow«, sagte Konrad lachend. »Das ist ein seltener Anblick.«

Die Kellnerin sah ihn irritiert an.

Auch Marcel runzelte die Stirn.

Wollte Konrad etwa mit der jungen Frau flirten? Das war gar nicht seine Art.

»Ich rede von dem Notizblock. Heutzutage sieht man das in keiner Gaststätte und in keinem Café mehr. Alles geht doch nur noch digital.«

Die Frau grinste. »Meine Chefin meint, es hat früher so funktioniert, also ändern wir es nicht.«

»Sie ist eine weise Frau«, sagte Konrad und bestellte sich ein Bier.

Marcel lachte über sich, weil er wirklich geglaubt hatte, dass Konrad fremdgeflirtet hatte.

Dabei war dem seine Sonja heilig. Er könnte sie niemals verletzen.

Marcel orderte sich ein Radler, Stefan sich eine Cola.

Alle drei wählten das *Mutti-Super-Sandwich*, für das das Bistro bekannt war.

Sie mussten nicht lange warten, da kamen die Getränke und kurz drauf auch die Sandwichs.

Als Marcel den ersten Bissen nahm, bekam er eine Gänsehaut. Er hatte vor lauter Stress nicht viel gegessen und merkte erst in diesem Moment, wie hungrig er war. »Mein Gott, das ist vorzüglich.« Kaum hatte Marcel den letzten Happen seines warmen mit Bacon, Sour Cream und Käse belegten Sandwichs hinuntergeschluckt, ging ein leises Knacken durch den Raum. *Oh nein, bloß nicht,* schoss es ihm durch den Kopf.

Die alte Musikanlage des Bistros war angesprungen. Erst ertönte ein kurzes Rauschen, dann setzte ein schriller Ton ein.

»Test, Test, Test«, sagte die Besitzerin in das Mikrofon. »Zeit für Karaoke.«

Lauter Jubel.

»Ich hasse Karaoke«, meinte Marcel.

»Ach was, uns tut ein wenig Ablenkung gut«, erwiderte Konrad. »Du singst doch wie ein Engel.«

»Lasst uns gehen, ich bin todmüde.« Marcel erhob sich.

»Na los, ihr drei Schlafwandler da hinten!«, rief die Besitzerin mit ihrer Stimme, die rauen Charme versprühte. Sie stand auf der kleinen Fliesenecke, die sie großzügig als Bühne hergerichtet hatte, hob das Mikro und zeigte damit auf den stehenden Marcel. »Keine Gnade, hier muss jeder ran.«

Konrad kicherte leise.

»Nee, lieber nicht«, rief Marcel.

»Oh doch.« Die Frau grinste und winkte mit einem Zettel. »Hier ist der Vertrag. Jeder der den Laden heute Abend betritt, muss ein Ständchen trällern.« Sie lachte laut.

Marcel wollte sich mit allen Mitteln herauswinden. »Ich bin von der Polizei und singe so schlecht, dass ich mich selbst verhaften müsste.«

»Dann gib deinen Ausweis für heute ab und nimm das Mikro, Kommissar!«, konterte die Bistrobesitzerin trocken. »Was Leichtes für den Anfang. Wie wär's mit *Mambo No. 5*?«

»Ich kenne nur die Namen der ersten drei Frauen, die im Lied erwähnt werden«, protestierte er.

»Nun sei kein Spielverderber«, sagte Konrad.

Marcel merkte, dass er nicht aus der Nummer herauskam. »Dann mach mit«, erwiderte er an seinen Partner gewandt.

Zu Marcels Verwunderung ging Konrad auf die Bühne und griff sich das Mikrofon. »Wir brauchen ein zweites für meinen Kollegen«, bat er.

Ehe sich Marcel versah, schnappte sich die Besitzerin seine Hand und zog ihn zu Konrad.

Er seufzte, weil er wusste, dass er sich blamieren würde. Sobald die Musik startete, versuchte er, den Einsatz zu treffen, verfehlte ihn jedoch.

Konrad plärrte voller Inbrunst schief und kräftig in das Mikrofon.

Marcel setzte ebenso schief ein, mehr im Sprechgesang als melodisch.

Der ganze Saal brach in Lachen aus. Es wirkte aber freundlich. Niemand machte sich offenbar über ihn lustig.

Nachdem das Lied vorbei war, verbeugte er sich und sprintete von der Bühne. Dabei übersah er den Barhocker und stolperte dagegen.

Alle im Raum klatschten.

Marcel wusste nicht, ob sie das taten, weil er gesungen hatte oder fast gefallen war. Seine Wangen glühten, er lachte sich über seine Tollpatschigkeit tot.

Konrad setzte sich auch wieder und leerte sein Glas. »Verhören kannst du besser.«

Stefan grinste.

Für einen winzigen Moment hatten sie etwas Spaß gehabt, aber in Marcels Gedanken rumorte der Fall. »Deshalb gehe ich jetzt lieber heim, ich will morgen für das Verhör fit sein.«

18

16. Januar 2023

Samuel hielt sich den vor Hunger krampfenden Bauch. Er setzte sich auf, schlang die Arme um den Körper und drückte die Knie fest an die Brust. »Mir ist schlecht.« Seine Zähne hatten beim Sprechen geklappert, weil ihm zudem noch eiskalt war.

»Mir auch ganz schrecklich«, sagte Mila.

Michel setzte sich neben Mila und nahm sie in die Arme.

Samuel war froh, dass der Mann an dem Tag das Licht angeschaltet hatte, auch wenn das wahrscheinlich nicht lange so bleiben würde.

Samuels Augen brannten vor Erschöpfung. Er war müde, schaffte es aber nicht, einzuschlafen, weil er Angst hatte, dass der Mann ihn wieder holte.

»Ist es gerade Nacht oder Tag?«, fragte Michel.

Samuel zuckte die Schultern. »Ist doch egal, nützt uns nichts, wenn wir es wissen. Gerade haben wir andere Probleme. Wir sind schon lange hier und haben nichts zu essen bekommen.«

»Mir ist ganz schlecht vor Hunger«, wiederholte Mila.

»Lasst uns nicht ans Essen denken«, sagte Michel. »Wir müssen uns ablenken.«

»Wie alt bist du?«, fragte Mila.

»Ich bin schon acht. Und sehr stark«, antwortete Michel.

Mila lächelte. »Und du, Samuel?«

»Ich bin zehn.«

»Dann bin ich die Jüngste, ich bin erst sechs Jahre alt.«

Plötzlich ertönte ein mechanisches Klicken. Samuel wusste sofort, dass es die Tür gewesen war.

Mila krallte die kalten Finger in seine Arme. »Ich habe so Angst«, flüsterte sie.

»Pssst, sei ganz leise.« Michel streichelte sie.

Quietschend öffnete sich die Tür.

»Samuel, komm mit.«

Mila schaute ihm ins Gesicht und weinte. »Bitte geh nicht weg.«

Schritte kamen auf ihn zu.

»Was wollen Sie Monster von uns?«, fragte Samuel mit kratziger Stimme. Er hustete.

»Du sollst mich begleiten.« Der Mann packte ihn und schleifte ihn mit sich.

Mila schluchzte. »Ich will zu meiner Mama, bitte lassen Sie mich gehen.«

Darauf bekam sie keine Antwort. Das Monster zog Samuel aus dem kalten Raum, schloss die Tür, stieß ihn die Treppe hinauf und führte ihn durch den Flur.

Samuel hielt den Blick starr auf den grauen Boden unter seinen Füßen gerichtet. Auf seiner Haut spürte er das Kitzeln von kalter Luft.

Der Mann öffnete eine weitere Tür und schob ihn in einen Raum, der sehr hell war. Es war ein anderer als der, in den er ihn beim letzten Mal gebracht hatte.

Der klapprige Tisch, der sich vor Samuel befand, war bestimmt uralt. Darauf stand ein Teller voller Kekse und Brötchen. An der Wand hing eine kleine Kreidetafel.

»Setz dich hin.«

Samuel gehorchte und schaute sich um, um herauszufinden, was ihn dieses Mal erwartete. Seine Übelkeit hatte sich vor Angst noch verstärkt.

Der Mann ging ohne ein weiteres Wort hinaus und schloss die Tür.

Samuel war verwirrt, er wusste nicht, wie er sich verhalten sollte. Durfte er sich etwas von dem Teller nehmen? Automatisch schüttelte er den Kopf und wartete ab. Wahrscheinlich dauerte es nur so lange, weil der Mann Michel und Mila erst noch in ihre Räume brachte, wo sie dieselben Dinge machen mussten, wie er in diesem Zimmer.

Er betrachtete die Lebensmittel und das Wasser lief ihm im Mund zusammen.

Vielleicht war das Essen auch mit zu viel Salz versehen oder gar vergiftet.

Er verharrte ruhig, vermied, auf die Kekse zu schauen, um nicht noch mehr Hunger zu bekommen. Sein Magen krampfte schon schmerzhaft ohne diesen Anblick.

Nach einer gefühlten Ewigkeit knackte der Lautsprecher.

»Kommen wir zu Tag drei. Heute könnt ihr euch Essen verdienen. Die Kekse und Brötchen sind die Belohnung. Ihr müsst Hunger haben, also strengt euch gut an.«

Samuel runzelte die Stirn, weil er nicht verstand, wobei er sich anstrengen sollte.

»Ihr sollt eure Intelligenz beweisen. Als Erstes möchte ich wissen, wie viel drei mal neun ist. Schreibt das Ergebnis an die Tafel.«

Das war einfach.

Samuel stand auf und notierte *27*.

Der Mann stellte noch weitere Aufgaben.

Bis auf eine wusste Samuel alle Antworten.

»Samuel hat acht Richtige und darf acht Kekse essen.«

Er schaute auf den Teller, wagte sich aber nicht, etwas zu nehmen, weil der Gedanke, dass es wieder eine Falle sein könnte, ihn nicht losließ.

»Trau dich, Samuel, es sind ganz normale Kekse. Ehrenwort. Du hast sie dir verdient. Mila und Michel, ihr bekommt keine, ihr habt alles falsch beantwortet.«

Samuel hatte bei den letzten Worten Mitleid überfallen. Schnell schaute er sich um, ob er noch eine weitere Kamera, als die an der Decke entdeckte.

Aber es gab nur die eine.

Samuel würde den anderen welche klauen, damit sie auch etwas essen konnten. Doch vorher musste er probieren, ob sie nicht vergiftet waren. Er kehrte der Kamera den Rücken zu und schob sich einen Keks in den Mund.

Der schmeckte normal.

Deshalb steckte Samuel hastig sieben unter sein Hemd und klemmte sie in seine Unterhose. Das war nicht appetitlich, aber besser, als würden sie nichts bekommen.

»Machen wir weiter«, sagte die Stimme. »Wenn ihr jetzt etwas richtig habt, bekommt ihr Brötchen. Die sättigen doch viel besser, nicht wahr? Erste Frage. Wann war der Erste Weltkrieg?«

Samuel riss die Augen auf. Das wusste er nicht, er schrieb einfach irgendeine Zahl an die Tafel. Auch die Fragen, wie viel ein ausgewachsener Elefant wog und wann Mozart geboren worden war, konnte er nicht beantworten.

»Tja, Kinder, das war keine gute Leistung. Bis auf Samuel durfte niemand etwas essen. Setzt euch, bis ich euch abhole.«

Samuel gehorchte. Er schwitzte stark, weil er große Angst hatte, dass der Diebstahl auffliegen würde. Sieben waren für sie alle zu wenig, aber er traute sich nicht, noch mehr zu verstecken, denn möglicherweise zählte der Mann nach. Außerdem konnte er nicht so viele in seine Unterhose klemmen, ohne dass es auffiel.

Aufgeregt wartete er und grübelte, was das Monster mit ihm tun würde, wenn er ihn beim Keksklau erwischen würde.

Der Entführer war komisch. Er quälte sie zwar, ließ sie hungern, frieren und nicht ordentlich auf die Toilette gehen, aber die meiste Zeit tat er ihnen nicht weh. Nur sobald er die Filme mit ihnen drehte, gab es auch mal

Schläge oder Tritte. Er redete dann sehr schlimm mit ihnen, so sehr, dass Samuel Angst hatte. Das machte den Mann unberechenbar, denn man wusste nie, wann er sich wieder änderte.

Wahrscheinlich war es am besten, wenn sich Samuel möglichst ruhig verhielt, sobald der Typ ihn abholte. Er atmete tief durch, starrte auf die Tür und versuchte, sich gedanklich von seiner Angst abzulenken, indem er noch ein paar Aufgaben im Kopf rechnete.

19

2010 – Tag 5

Seit einiger Zeit lag Finja zusammengekauert auf der Decke. Wahrscheinlich wartete sie genauso wie ich selbst darauf, dass etwas passierte.

Mein Vater hatte sie vor einiger Zeit ins Wohnzimmer gebracht, doch von den anderen war nichts zu sehen. Ich wunderte mich, dass sie Finja so lange allein ließen, das war bei Louis nie passiert. Offenbar war ein Streit der Grund dafür, ich hörte sie laut herumschreien. Vielleicht war Noah mit irgendetwas nicht zufrieden. Gerade an diesem Tag war das problematisch, denn es war der fünfte und an dem ging es um Perfektion.

Finja musste perfekt sein, wie es Noah verlangte.

Louis hatte an diesem Tag häufig Schläge kassiert, weil er es nicht hinbekommen hatte, die Erwartungen zu erfüllen. Noah hatte ständig etwas an Louis auszusetzen gehabt. Mittlerweile wusste ich, dass niemand ihn je zufrieden stellen konnte. Er wollte, dass die verwöhnten Kinder genauso leiden mussten wie er als Kind.

Ich bewegte mich noch einmal, ehe es losging.

Plötzlich stieß ich mit dem Knie gegen die Wand. Ich schaute durch das Loch, weil es mir nicht ganz egal war, ob Finja mich entdeckte.

Mein Vater würde ausflippen, wenn sie etwas darüber zu den anderen sagen würde, weil ich nicht gut genug aufgepasst hatte.

Finja sah in meine Richtung.

Verdammt.

Langsam krabbelte sie erst auf mich zu, kehrte dann jedoch um und stellte sich hin. Warum hatte sie es sich anders überlegt? Hatte sie etwas von draußen gehört? Sie schlich zur Tür und berührte die Klinke. Wollte sie etwa abhauen?

Mit einem Mal wurden die Stimmen der Männer lauter.

Finja legte sich hastig zurück auf die Decke.

Mein Vater und seine Freunde traten ein.

Ich presste meine Stirn gegen das Mauerwerk, um alles beobachten zu können. Wieder meldete sich das Kribbeln in meinem Bauch. Es wurde jeden Tag stärker, weil ich gespannt war, wie Finja reagieren würde. Außerdem wollte ich verstehen, was in den Köpfen der Männer vorging. Warum war es für sie nicht schwer, Kinder zu verletzen? Würde es mir auch leichtfallen?

Finja sah die Männer abwechselnd mit geröteten Augen an.

Rolli hielt das Kleid in der Hand.

Ich musste grinsen, weil ich sofort an Louis dachte, der es nicht gut gefunden hatte, es anzuziehen.

Er hatte wie ein Baby geheult.

Finja hatte da mehr Glück, ganz sicher würde sie keine Probleme haben, es zu tragen, immerhin war sie ein Mädchen.

Noah trat langsam an sie heran. Er ließ sich auf einen Stuhl vor sie sinken und verschränkte die Arme. »Steh auf, Finja.«

Stur schaute sie auf den Boden. Ihr Kinn war leicht vorgeschoben.

Am liebsten hätte ich geschrien, dass sie das nicht machen sollte. Ich hatte Mitleid mit ihr, sie hatte schon so viel Leid erfahren. Aber ich hatte auch nichts dagegen, dass sie eine Bestrafung bekam, weil das Spannung in den Tag brachte. Außerdem waren Konsequenzen bei Fehlern fair.

Noah stöhnte auf. »Ach, Mädchen. Wenn du nicht willst, dass ich dir wehtue, stehst du jetzt auf.«

»Kleine Göre!« Knasti packte sie am Arm und zog sie grob hoch.

Ihre Schultern bebten, aber sie gab keinen Laut von sich.

Noah beugte sich vor. »Heute kommt es darauf an, dass du perfekt bist. So wie ich das will.« Er winkte Rolli zu, der das Kleid in der Hand hielt.

Dieser gab es Noah.

»Zieh das an«, befahl er Finja.

Sie starrte ihn an, blickte zu dem glatten, hellen Kleid, aber berührte es nicht.

»Du willst ein gutes Mädchen sein, oder?«, fragte Noah. Dieses Mal hatte seine Stimme strenger geklungen.

Ich wusste, dass es kein gutes Zeichen war.

Finja rührte sich noch immer nicht.

Ich hielt den Atem an.

Gleich war Noahs Geduld am Ende, dann würde es für Finja unschön werden.

Einen langen Augenblick standen sich Noah und Finja gegenüber. Im Raum herrschte Stille.

Schließlich griff Finja mit zitternder Hand nach dem Kleid.

Noah nickte. »Siehst du, so schwer ist es nicht. Schlüpf hinein, ich habe es extra für dich gekauft.«

Ich riss mich zusammen, damit ich nicht laut loslachte, denn das war eine Lüge.

Auch Louis hatte es schon angehabt und nach Finja würde es noch jemand anderes tragen müssen.

Sie zog sich das Kleid an. Es hing an ihrem dürren Körper wie das weiße Gewand von einem Gespenst hinunter. Die Träger rutschten von ihren Schultern.

»In meiner fünften Pflegefamilie musste ich ein perfektes Kind sein. Das war ich nur, wenn ich absolut gehorsam war. Das bedeutete, nicht zu widersprechen und das zu tun, was die Eltern von mir verlangten. Alle Pflegekinder mussten eine makellose Haltung zeigen, damit wir für sie perfekt waren. Aufrecht sitzen, nicht bewegen. Es war verboten zu heulen oder wütend zu sein. Haben wir das eingehalten, haben sie uns geliebt. Ich war noch ein kleiner Junge, ich wollte weinen oder schimpfen, wenn ich sauer war. Ich wollte mit meinen Pflegegeschwistern streiten. Alle Geschwister tun das. Aber ich durfte nicht. Kannst du dir vorstellen, wie es sich anfühlt, wenn du wütend bist und dir verboten wird, es herauszulassen, weil du sonst nicht geliebt wirst?«

Finja schluckte und schüttelte zögerlich den Kopf.

Er zeigte auf das Kleid. »Sei ehrlich. Gefällt dir das Teil? Würdest du es zu Hause bei deiner Mama und deinem Papa anziehen?«

Finja zögerte etwas, schüttelte dann den Kopf.

»Deine Antwort zeigt, dass du wirklich verwöhnt bist und deine Pflegeeltern dir alles durchgehen lassen. Das zu tun, was jemand von dir verlangt, gehört dazu, um perfekt zu sein, egal, ob du es gutheißt oder nicht. Ich musste mich so kleiden, wie die es erwartet haben, obwohl mir die Sachen nicht gefallen haben, und musste dafür noch dankbar sein. Was ich dir auftrage, führst du sofort aus. Beim nächsten Mal, wenn du nicht gehorchst oder zu lange zögerst, werde ich dir wehtun.«

Ich sah in Finjas Augen kaum eine Regung. Es wirkte ein wenig so, als wäre ihr egal geworden, was Noah ihr androhte.

»Schauen wir mal, ob du mich verstanden hast«, sagte Noah.

Rolli lehnte den großen Spiegel an die Wand.

»Stell dich davor«, befahl Noah.

Finja gehorchte.

»Du darfst keine schlechten Emotionen zeigen. Ich möchte, dass du dich anschaust. Den Rücken gerade durchstrecken, die Schultern nach hinten ziehen, das Kinn leicht nach oben heben. Dann lächelst du. Du musst pure Freude ausdrücken, egal, wie elend du dich fühlst, egal wie hässlich du dich findest. Ich will keine Miene sehen, die Angst, Wut, Ekel oder Traurigkeit zeigt. Hast du mich verstanden?«

Finja zitterte, dennoch nickte sie. Sie streckte den Rücken, drückte die Schultern nach hinten und blickte in den Spiegel.

Ich war gespannt, wie lange sie das durchhielt.

Sie würde gleich ewig so stehen müssen, obwohl sie seit Tagen kaum gegessen, sicher schlecht geschlafen und vom Vortag noch tierische Schmerzen hatte.

»Lächeln nicht vergessen«, sagte Rolli und lachte.

Knasti knackte seine Finger und bewegte sie schnell. »Ansonsten übernehme ich die Bestrafung.«

Finja zog gequält die Mundwinkel zur Seite, ich konnte es im Spiegelbild sehen.

»Ich erkenne, was du wirklich fühlst«, sagte Noah genervt. »Hast du mir vorhin nicht richtig zugehört?«

Finja schluckte erneut, holte tief Luft und lächelte noch mehr.

Dieser schöne Anblick raubte mir den Atem. Ich konnte nicht wegsehen. Mein Herz pochte.

»So ist es gut. Du wirkst wie ein Engel«, meinte Noah.

So stand sie da und quälte sich von Minute zu Minute.

Mir wurde wieder langweilig.

Finja stellte sich recht gut bei den Aufgaben an und hielt meist lang durch. Sie machte es besser als Louis, der nicht wirklich geschafft hatte zu lachen. Zudem hatte er immer geheult. Er war ständig bestraft worden, weil er nichts zu Noahs Zufriedenheit ausgeführt hatte. Finja hingegen stand schon eine Weile kerzengerade und griente sich selbst an. Was sie wohl dabei empfand? Gab es ihr ein gutes Gefühl, sich so freundlich zu sehen? Dachte sie an etwas Schönes, das sie zum Lächeln brachte, oder konnte sie mit sieben Jahren so gut schauspielern?

Sie so zu beobachten, machte auch mich etwas fröhlicher, obwohl ich wusste, dass es ein langer Tag ohne Bewegung werden würde. Es stimmte, was meine Mutter immer gesagt hatte, ein Lachen steckt andere an.

Nach zwei Stunden kam endlich etwas Bewegung in die Sache. Finjas Beine wackelten heftig.

»Na, du wirst wohl jetzt nicht schlappmachen, oder?«, fragte Knasti und rieb sich die Hände.

Finja richtete sich noch einmal auf, ihre Muskeln zuckten jedoch weiter. Ihre Mundwinkel zitterten bei dem Versuch, oben zu bleiben. Schließlich fiel sie auf den Boden.

Knasti sprang auf sie zu und schlug ihr mit der flachen Hand auf den Rücken.

Finja legte die Arme schützend über den Kopf. Ihr Körper schlotterte, auch dieses Mal ertrug sie den Schmerz stumm.

Als Knasti aufhörte, grinste er.

Noah hockte sich zu Finja. »Das war nicht perfekt, obwohl du es lange ausgehalten hast. Ich weiß, dass du erschöpft bist. Aber warum sollte es dir besser gehen als mir? Ich hatte nie eine Pause. Jede Bewegung wurde beobachtet, jede Geste analysiert. Nie konnte ich einfach so sein, wie ich bin. Ich finde es also nur fair, dass du spürst, was ich zu spüren bekommen habe, wenn ich in den Augen meiner Pflegeeltern nicht perfekt war.«

Finja schaute auf. »Haben die Ihnen auch weh getan, wie Sie es mit mir machen?«, sagte sie zitternd.

Ich war sprachlos, weil sie sich getraut hatte, Noah solch eine Frage zu stellen. Ich mochte sie nicht, weil ich sie ebenfalls für verwöhnt hielt. Aber trotzdem schätzte ich ihre Tapferkeit. Ich war gespannt, was Noah antworten würde, und kurz darauf enttäuscht, dass er gar nichts darauf erwiderte.

Er erhob sich und ging zu meinem Vater. »Hol ein nasses Tuch.«

Ich biss mir auf die Unterlippe. *Autsch.*

Die nächste Aufgabe würde nicht spaßig werden.

Mein Vater kam einige Minuten später zurück und reichte den Lappen Noah.

Dieser stellte sich vor Finja. »Steh auf.«

Finja gehorchte, doch ihre Beine wackelten.

»Es bleibt dabei. Ich will, dass du sehr freundlich lächelst, ein kleines hübsches Mädchen bist, egal, wie schwer es für dich wird. Wenn du das schaffst, bekommst du etwas zu essen. Ansonsten wirst du wieder hungern.«

»Wie lange muss ich durchhalten?«, fragte Finja zögerlich.

Noah schaute die anderen an. »Was meint ihr?«

»Zwei Stunden«, erwiderte Knasti laut lachend wie aus der Pistole geschossen.

»Übertreib es nicht«, mahnte mein Vater. »Sie ist doch schon geschwächt.«

»Du Waschlappen hast wohl Mitleid«, bemerkte Knasti spitz. »Kein Wunder, du bist ja auch so ein verwöhntes Balg.«

»Hör auf mit deinem Geschwätz, ich bin alles andere als verwöhnt«, schrie mein Vater seinen Freund an. »Ich kann dich gern aus meinem Haus schmeißen, wenn du mir mit deinen Sticheleien auf den Sack gehst, denn hier habe ich noch immer das Sagen.«

Ich war irritiert über die heftige Reaktion meines Vaters, der das meiste stumm ertrug.

Dieses Mal schien es ihm aber genug zu sein.

»Noch bestimme ich«, warf Noah ein. »Wenn ich euch nicht geholfen hätte, wäre jeder von euch weiterhin ein Niemand und würde wahrscheinlich längst in der Gosse liegen. Deshalb entscheide ich, wie es läuft oder wer das Haus verlässt. Das hier ist mein Plan. Und da ihr Arschlöcher euch nicht einigen könnt, lege ich allein fest, wie lange sie aushalten muss.« Noah schaute dann zu Finja. »Du wirst es eine halbe Stunde schaffen.«

Das glaubte ich nicht.

»Zieh das Kleid aus«, befahl Noah ihr.

Sie riss sich das Teil förmlich vom Leib, als wäre sie froh, den hässlichen Stofffetzen endlich loszuwerden.

»Dreh dich zum Spiegel. Und denk dran, du musst lächeln. Ich will, dass du mir immer wieder dankst, weil ich mich um dich kümmere.«

Es verging nur eine Sekunde zwischen den letzten Worten und dem ersten Hieb mit dem feuchten Tuch auf Finjas Körper.

Ich sah im Spiegelbild, dass sie lächelte, doch ihre Augen sprachen eine andere Sprache. »Dan… danke, dass … Sie … sich um … um … mich kümmern«, wimmerte Finja. Sie wiederholte den Satz noch dreimal, dann fiel sie laut schluchzend auf den Boden.

»Es hätte mich auch gewundert, wenn du kleines verwöhntes Balg perfekt wärst. Dafür wurdest du falsch erzogen. Du widerst mich an.« Noah hatte ein rotes Gesicht. »Bringt sie in den Keller. Ich ertrag sie nicht mehr.«

Noahs Reaktion irritierte mich.

Er wirkte enttäuscht, nicht einfach nur wütend. Wollte er etwa unbedingt, dass Finja es schafft? Erkannte er möglicherweise sich selbst ein wenig in ihr wieder?

Ich fragte mich, ob er die Quälerei, die er bei den Kindern durchzog, immer haargenau so in seinen Familien erlebt hatte und diese original so nachspielte. Oder dachte er sich die Strafen aus, weil er Spaß daran hatte, die Kinder zu foltern?

Auf jeden Fall war ich froh, dass der fünfte Tag nun um war. Ich musste nur noch warten, bis alle das Zimmer verließen.

In zwei Tagen würde Finja tot sein. Ihre Qualen würden damit vorbei sein und ich würde mich wieder frei bewegen können.

Ich freute mich auf die Mathestunden mit meinem Vater.

Sobald wir allein im Haus waren, entspannte er sich etwas, so mochte ich ihn am liebsten. Wenn ihn seine Freunde besuchten, wirkte er oft gereizt. So richtig wollte er die Kinder nicht mitquälen, das bemerkte ich, aber er war Noah verfallen und hatte Angst vor ihm. Er würde nicht mehr aus der Sache mit den Entführungen und den Morden herauskommen, ohne dabei selbst in Gefahr zu geraten.

Ich würde später kein Opfer, sondern ein Noah sein.

20

»Hast du Kim von deiner Showeinlage gestern erzählt?«, fragte Konrad, als sie auf dem Weg zu Familie Bayer waren.

»Natürlich, wir haben keine Geheimnisse.«, antworte- te Marcel. »Sie hätte es gern mit eigenen Augen gesehen. Kann ich bei meinem Talent verstehen.«

Grinsend fuhr Konrad den Wagen in den Pelzerweg und stellte das Auto ab.

Marcel war froh, dass der Staatsanwalt dem Beschluss für eine DNA-Probe stattgegeben hatte. Er klingelte an der Tür.

Dieses Mal öffnete Frau Bayer. Sie sah blasser als am Tag zuvor aus. »Sie wieder? Was wollen Sie denn noch? Die Nachbarn reden schon.«

»Das tut uns leid. Wir hatten ja gehofft, dass Sie uns freiwillig helfen.« Marcel hob das Schreiben der Staatsan- waltschaft. »Jetzt haben wir den Beschluss. Ist Ihr Mann im Haus?«

Frau Bayer stöhnte. »Er ist im Wohnzimmer.« Sie brachte Konrad und Marcel zu ihm.

»Kaum zu glauben, dass Sie für so einen Unsinn einen richterlichen Beschluss bekommen«, maulte Ronon Bayer, ohne sie zu begrüßen.

»Wir hoffen, dass Sie jetzt bereit sind, besser mit uns zu kommunizieren, damit wir die drei vermissten Kinder finden. Ich frage Sie frei heraus. Ist Ihre DNA auf den Schuhen der aktuell vermissten Kinder?«

»Nein, ich habe nichts damit zu tun«, beharrte Herr Bayer weiterhin.

»Sollte sich bei der DNA-Analyse herausstellen, dass Ihr Sohn Kilian damals an den Verbrechen beteiligt war und seine Probe zu der knapp fünfzigprozentigen Übereinstimmung passt, müssen wir herausfinden, zu welchem seiner Verwandten die andere DNA gehört. Wenn Sie kein weiteres Kind verheimlichen, besteht noch eine weitere Möglichkeit, die die Übereinstimmung begründen würde. Nämlich die, dass Kilian selbst Vater war. Hatte er ein Kind?«

Ronon Bayer schluckte schwer. Er musste nichts erwidern, sein Blick war Antwort genug.

»Hatte er?«, drängte Marcel, weil der Gesichtsausdruck allein nicht als Aussage gelten würde.

Herr Bayer sah Marcel wieder nicht in die Augen. »Er hat einen Sohn, der in Koblenz geboren wurde. Aber wir haben diesen nie kennengelernt und wissen nicht, wo er ist.«

Mittlerweile war Marcel wütend, er glaubte der Familie kein Wort mehr. »Sie wollen mir sagen, dass Sie keine Ahnung haben, wo sich Ihr Enkel aufhält?«, fragte er in scharfem Ton und riss sich dabei sehr zusammen, nicht noch zorniger zu klingen.

»Richtig, ich weiß es nicht. Kilian hatte ab 2009, nachdem wir Noah rausgeschmissen haben, nichts mehr mit uns zu tun. Wir wissen nicht einmal, ob er je Kontakt zu seinem Kind hatte, seit er von hier weg ist. Vorher bestand dieser nicht. Ich denke, dass er keinen Bock hatte, sich um seinen Sohn zu kümmern, denn er hat lieber mit dem Scheißkerl Noah abgehangen. Eigentlich hatten wir gedacht, dass Kilian vernünftig ist, immerhin war er sieben Jahre älter als Noah, aber da haben wir uns geirrt. Er hat auf den Verbrecher wie ein treuer Hund gehört und sich von uns distanziert. Selbst von Kilians Tod haben wir nur zufällig erfahren.«

»Warum gab es keinen Kontakt zu seinem Kind?«

»Kilian wurde 1999 als Teenager Vater. Der Junge ist bei der Mutter aufgewachsen. Es war nicht so einfach.«

»Was genau war nicht einfach?«, fragte Konrad. »Obwohl er ein Teenager war, hätte er seinen Sohn doch trotzdem kennenlernen können.«

»Ich kann es Ihnen nicht erklären.«

»Herr Bayer, ich glaube Ihnen kein Wort. Die Timeline passt doch vorne und hinten nicht. 1999 war Kilian fünfzehn, als er Vater geworden ist, und das Kind wurde in Koblenz geboren. Habe ich das richtig verstanden?«

»Haben Sie«, erwiderte Herr Bayer und schaute Marcel ruhig an. Er schien nicht über die Frage verwundert zu sein.

»Sie sagten uns, dass Sie erst 2008 nach Koblenz-Arzheim gezogen sind. Wie konnte Ihr Sohn dann 1999 ein Kind mit einer Frau zeugen, die offenbar hier gelebt hat?«

»Meine Güte, wir haben vor Frankfurt schon hier gewohnt«, fuhr Ronon Bayer Marcel an. »Wissen Sie, was das für ein Aufruhr war, als unser Sohn dieses minderjährige Mädchen geschwängert hat? Die Blicke waren auf uns gerichtet, weil Kilian in den Augen der Bewohner ein Vergewaltiger war. Wir mussten unseren Sohn vor dieser Hetze beschützen. Deshalb sind wir umgezogen.«

»Das bedeutet also, dass nicht Kilian entschieden hat, sich von seinem Kind fernzuhalten, sondern, dass Sie die Beziehung durch den Umzug verhindert haben.«

»Wenn Sie es so nennen möchten. Wir haben es nur zu seinem Schutz gemacht.« Frau Bayer wischte sich die Tränen aus den Augen.

»Warum sind Sie wieder hergezogen?«

»Weil unser Sohn sein Kind unbedingt kennenlernen wollte«, erwiderte Herr Bayer. »Er hat uns dafür gehasst, dass wir ihm das verwehrt hatten. Sein Ziel war es, sich mit der Mutter seines Sohnes aussprechen und für den Kleinen da zu sein. Wir hatten immer noch das Haus hier und dachten, es wäre seit dem Skandal genug Zeit vergangen. Kilian und seine Ex waren volljährig, es musste doch Gras über die Sache gewachsen sein.«

»Hat er sich um den Jungen gekümmert?«, fragte Marcel.

Ronon Bayer schüttelte den Kopf. »Die Ex verbot jegliche Annäherung zu Deniz. Da unser Sohn schon viel zu lange unter dem Einfluss von Noah stand, bemühte er sich irgendwann wahrscheinlich nicht mehr.«

Marcel musste schnellstens herausfinden, wo sich das Enkelkind der Familie Bayer befand, denn die DNA auf den Schuhen könnte ebenso gut von diesem Jungen kommen. »Wer ist die Mutter des Kindes?«

»Was wollen Sie von der?« Herr Bayer strich sich übertrieben oft durch die Haare.

»Durch sie Kilians Sohn finden. Ich möchte wissen, ob es möglich ist, dass er 2009 ein Zeuge der Verbrechen war. Vielleicht war er sogar selbst ein Opfer. Seien Sie jetzt verdammt noch mal kooperativ.« Marcel kochte vor Wut.

Wie konnten dem Mann, der ein liebevoller Pflegevater gewesen sein sollte, die verschwundenen Kinder so egal sein?

Ronon Bayer verdrehte die Augen. »Sie spinnen sich da etwas zusammen, mein Sohn war niemals bei den Verbrechen dabei und somit auch nicht sein Kind. Das Mädchen heißt Carmen Haller, wenn Sie es unbedingt wissen müssen. Keine Ahnung, wo sie heute lebt, ihre Eltern wohnen noch hier in der Nachbarschaft.«

»Gut, dann werden wir vielleicht dort Antworten finden«, sagte Marcel. Auch wenn Deniz eine Option wäre, zu der die Übereinstimmung passen würde, ließ Marcel das Gefühl nicht los, dass Ronon Bayer log.

Was, wenn der Mann doch etwas mit den Kindesentführungen zu tun hatte? Möglicherweise wollte er nicht, dass man Noah oder seinen Enkel fand, weil Wahrheiten ans Licht kommen könnten, die Ronon Bayers Leben zerstören würden.

Gewissheit darüber, wer damals und bei den aktuellen Fällen verantwortlich war, konnten sie nur über einen DNA-Abgleich oder Geständnisse erlangen.

»Sie geben uns jetzt Ihre DNA«, sagte Marcel deshalb streng.

»Ich war an den damaligen Entführungen nicht beteiligt und auch nicht an den neuen, verdammt noch mal.« Er verschränkte die Arme. »In der Zeit, die Sie mich hier belagern, könnten Sie diese armen Kinder suchen.«

»Es liegt an Ihnen, wie schnell Sie es hinter sich bringen. Wenn Sie nichts zu verbergen haben, haben Sie nichts zu befürchten.« Marcel reichte ihm das Kit mit dem Watteträger. »Wir haben dafür einen Beschluss. Sollten Sie jetzt nicht kooperieren, nehme ich Sie mit auf das Präsidium.«

Frau Bayer schluchzte. »Wir sind eine gute Familie, niemand von uns hätte solche schrecklichen Taten begangen.«

Marcel empfand wenig Mitleid. »Wenn niemand aus Ihrer Familie verantwortlich ist, wird die DNA nicht übereinstimmen und die Ermittlungen wären dahingehend abgeschlossen.« Er schaute Herrn Bayer noch einmal eindringlich an.

»Nehmen Sie meinetwegen meine DNA. Es ist nicht das erste Mal, dass ich falsch beschuldigt werde.«

»Derzeit gelten Sie nicht als Tatverdächtiger, sonst würde ich Sie festnehmen. Wir möchten nur wissen, was den armen Kindern damals passiert ist und die aktuell vermissten drei finden. Deshalb ermitteln wir in unterschiedliche Richtungen. Wenn Sie also doch wissen, wo sich Noah Reiter aufhalten könnte oder wo wir Ihren Enkel finden, sagen Sie es uns bitte.«

»Wir haben wirklich keine Ahnung«, antwortete Ronon Bayer. »Das ist die Wahrheit. Versuchen Sie es über Deniz' Mutter Carmen. Ihre Eltern leben In der Felsch, Hausnummer vier.«

»In Ordnung«, erwiderte Marcel. »Mein Kollege entnimmt Ihnen jetzt die DNA-Probe. Wir melden uns wieder, wenn wir weitere Fragen haben.« Er nickte Konrad zu. Dann lief er nach draußen, weil er dringend seine Gedanken sortieren musste. Im Kopf ging er alle Verstrickungen noch einmal durch, um sich ein klareres Bild zu machen.

Mittlerweile glaubte er, dass Kilian Bayer mit Noah Reiter und den Vätern von Mila Paule und Michel Sondermann die Kinder 2009 bis 2011 entführt hatte.

Ronon Bayer könnte der Täter bei den aktuellen Entführungen sein, wenn nicht dieselben Männer von früher verantwortlich waren.

Allerdings gab es auch noch eine andere Möglichkeit. Deniz Haller, der Sohn von Kilian Bayer, war unter Umständen der heimliche Beobachter, den Justus gesehen haben wollte. Damals war Deniz gerade mal zehn Jahre alt gewesen, also im Alter der entführten Kinder. Es war nicht selten, dass die Nachkommen einen gleichen Weg einschlugen wie ihre Vorfahren, wenn sie unter solchen

Bedingungen aufgewachsen waren. War er möglicherweise selbst ein Opfer gewesen und wurde nun zum Täter? Sie brauchten zur Klärung unbedingt seine DNA und dazu mussten sie ihn finden. Hoffentlich funktionierte es über seine Mutter.

Er rief auf dem Präsidium an.

»Hey Marcel, was kann ich tun?«, sagte Mareike.

»Überprüfe bitte Carmen Haller aus Koblenz-Arzheim. Ihre Eltern leben wohl noch In der Felsch vier.«

»Erledige ich sofort, Moment.« Sie tippte im Hintergrund.

Während Mareike suchte, gab Marcel ihr die Informationen weiter, die sie gerade bei der Familie erhalten hatten.

»Ich habe etwas zu Carmen Haller. Ihre Eltern haben sie 2009 als vermisst gemeldet. Auch ihr Sohn Deniz Haller wird vermisst. Er verschwand einige Tage früher.«

Marcel wurde mulmig. »Dieser Fall wird immer undurchsichtiger. Ich glaube, wir haben es mit etwas Grauenvollem zu tun. Wir besuchen jetzt die Eltern Haller, vielleicht können die uns Hinweise darauf geben, was mit ihrem Enkelkind geschehen ist. Wenn dessen DNA auf Louis Kramers und den anderen Schuhen war, ist er möglicherweise ein wichtiger Zeuge.«

»Sag Bescheid, falls wir noch etwas tun können.«

»Danke.« Marcel legte auf und erzählte Konrad, der gerade aus dem Haus der Bayers kam, von der Neuigkeit über Carmen Haller.

Herr Bayer schloss langsam die Tür und sah Marcel dabei so tief in die Augen, dass er das Gefühl hatte, Ronon Bayer schaute in seine Seele.

»Er kann mir nicht weismachen, dass er von dem Verschwinden der Mutter seines Enkels nichts mitbekommen hat. Sie sind quasi Nachbarn, das hat sich doch rumgesprochen. Warum hat er so getan, als ob Carmen Haller noch da wäre?«

Konrad setzte sich ans Steuer. »Fragen wir die Eltern der Frau.« Er fuhr los, sobald Marcel auf dem Beifahrersitz saß.

Wenige Minuten später klingelte Marcel bei der Familie.

Als die Frau die Tür öffnete und Marcel in die Augen sah, schossen sofort Tränen hinein. »O Gott, Sie sind von der Polizei.«

Marcel stellte sich und Konrad vor, außerdem zeigte er seinen Dienstausweis. »Sind Sie die Mutter von Carmen Haller?«

»Ja, das bin ich. Haben Sie ihre Leiche gefunden?«

»Wir ermitteln nicht im Fall Ihrer verschwundenen Tochter, aber in einem, bei dem deren Sohn möglicherweise auftaucht. Wir haben ein paar Fragen an Sie. Dürfen wir einen Moment hineinkommen?«

»Natürlich.« Frau Haller öffnete die Tür ganz und ließ sie eintreten.

Im Flur standen einige Bilder auf der weißen rustikalen Kommode. Auf allen war eine junge Frau zu sehen, die fröhlich in die Kamera lächelte und ein Baby im Arm hielt.

»Das sind Carmen und Deniz. Wenn wir nur wüssten, was mit ihnen passiert ist …« Die Mutter seufzte.

»Kommen Sie. Ich koche Ihnen einen Kaffee. Mein Mann ist auch da.«

Dieser saß in der Küche und schaute mürrisch auf den Fernseher, der an der Wand hing. Als Marcel und Konrad eintraten, erhob er sich und schaltete das Gerät aus. »Ich habe mit keinem Besuch gerechnet«, sagte er.

»Die Herren sind von der Kriminalpolizei«, berichtete seine Frau. »Es geht um Carmen und Deniz.«

Dem Mann fiel alles aus dem Gesicht. »Haben Sie die beiden gefunden?«

»Nein, tut mir sehr leid. Es geht um einen anderen Fall, in dem wir ermitteln, bei dem Ihre Tochter und Ihr Enkel erwähnt wurden. Darüber würden wir gern mit Ihnen reden.«

Der Mann hielt sich am Tisch fest. »Es nimmt kein Ende. Ich möchte doch nur wissen, was mit den beiden passiert ist.« Er sank zurück auf den Stuhl.

»Nehmen Sie Platz«, sagte Frau Haller und stellte jedem einen Kaffee hin. Dann setzte auch sie sich. »Wie können wir Ihnen helfen?«

»Wir ermitteln gerade in einem Fall, bei dem eine DNA-Spur aufgetaucht ist, die möglicherweise zu Deniz gehört. Das können wir aber noch nicht beweisen. Es ist möglich, dass es nicht seine ist. Haben Sie Sachen von ihm hier, zum Beispiel eine Bürste oder Zahnbürste, von denen wir eine DNA-Probe entnehmen können? Dann hätten wir Gewissheit.«

Die Frau starrte Marcel mit offen stehendem Mund an. »Sie meinen, dass er lebt?«

»Dafür haben wir bisher keinerlei Hinweise. Wir wissen nicht, wo er sich aufhält oder was mit ihm passiert ist. Bisher vermuten wir nur, dass wir seine DNA an Beweisstücken gefunden haben, das müssen wir weiter untersuchen.«

»Alle seine Sachen bewahre ich in einem Karton auf. Ich hole etwas.«

»Das wäre super.« Marcel bedankte sich.

Frau Haller verließ die Küche und kam einen Augenblick später mit einer Haarbürste wieder. »Die hat Deniz gehört.«

Konrad packte sie in eine Beweismitteltüte.

»Können wir Ihnen sonst noch helfen, damit Sie Deniz und vielleicht auch unsere Carmen finden?«, fragte Herr Haller mit brüchiger Stimme.

»Wir würden gern ein paar Sachverhalte klären. Kilian Bayer ist der Vater Ihres Enkelkindes. Das ist korrekt?«

Der Mann verzog den Mund zu einer angewiderten Grimasse. »Das ist er und dazu ein großes Arschloch. Der hat sicher etwas mit dem Verschwinden der beiden zu tun. Erst hat er meine minderjährige Tochter geschwängert, dann hat er sich aus dem Staub gemacht. Einen Scheißdreck hat er sich um seinen Sohn gekümmert. Jahre später ist er bei Carmen aufgekreuzt und hat Ansprüche gestellt.«

»Er ist 2009 wieder aufgetaucht, nicht wahr?«, fragte Marcel.

»Ja, Anfang des Jahres«, antwortete Frau Haller. »Wir haben gedacht, dass er vernünftig geworden ist und sich wirklich kümmern wollte. Er hat zu Carmen gesagt, dass er ein Vater für Deniz sein möchte, sogar von Heiraten hat er gesprochen. Irgendwann haben wir bemerkt, dass Carmen sich verändert hat. Sie war still, sah immer krank aus. Ich habe so lange nachgebohrt, bis sie mir erzählt hat, dass Kilian ihr Deniz wegnehmen will.«

»War da noch jemand dabei, als Kilian hier vorbeikam?«, hakte Marcel nach.

»Wir haben nie jemanden gesehen. Er war auch nicht oft hier, meistens haben Carmen und er sich woanders getroffen. Eines Tages war dann Deniz plötzlich verschwunden. Die Polizei hat ihn nie gefunden.« Frau Haller schniefte ins Taschentuch. »Einige Tage später war plötzlich auch unsere Tochter weg. Kilian ist mittlerweile auch schon tot, er hat das Geheimnis mit ins Grab genommen. Wir machen uns keine Hoffnungen mehr, dass sie noch lebt. Aber ich würde sie so gern beerdigen und brauche Antworten, um mit dem Kapitel abschließen zu können.«

Der Ehemann räusperte sich. »Sie erzählten gerade, Sie haben Deniz' DNA gefunden. Was hat das zu bedeuten?«

»Das wissen wir noch nicht«, erwiderte Marcel. »Wenn es seine DNA ist, lebt er aller Wahrscheinlichkeit nach. Dann müssen wir herausfinden, wo er sich derzeit aufhält. Sollte er damals wirklich von seinem Vater entführt worden sein, stellt sich die Frage, wo er nach dessen Tod abgeblieben ist. Wissen Sie, ob Kilian Bayer einen bevorzugten Aufenthaltsort hatte? Möglicherweise hat Ihre Tochter Ihnen mal etwas erzählt.«

»Nein, tut mir leid. Carmen hatte so gut wie nichts mit Kilian am Hut, nachdem sie schwanger geworden war. Auch als er wieder aufgetaucht ist, hat sie sich nicht mehr auf ihn eingelassen. Sie hatte große Angst vor ihm. Er war kein guter Mensch.«

Eine Tatsache, die Familie Bayer offensichtlich verheimlichen wollte. Die redeten, als wäre er ein armer Kerl gewesen, der durch Noah Reiter beeinflusst worden war.

»In Ordnung, vielen Dank für Ihre Auskunft. Sollten wir Näheres über den Aufenthaltsort Ihres Enkelsohnes herausfinden, sofern er noch lebt, geben wir Ihnen Bescheid. Der Fall Ihrer Tochter wird weiterhin durch die Cold-Case-Experten verfolgt.«

»Vielen Dank«, sagte Frau Haller. Sie begleitete die beiden vor die Tür.

Im Auto rief Marcel Stefan an.

Dieser nahm schnell ab. »Habt ihr etwas Hilfreiches?«

Marcel erzählte Stefan das, was er von Familie Haller wusste. »Priorität hat die Fahndung nach Noah Reiter, der mit Sicherheit an den Entführungen damals beteiligt war. Außerdem müssen wir Deniz Haller finden, der seit 2009 verschwunden ist.«

»Ich habe nähere Informationen zu dessen Vater, Kilian Bayer. Die Todesursache war stumpfe Gewalt gegen den Kopf. Er wurde erschlagen, es gab aber keinen Tatverdächtigen. Man hat ihn damals so auf einer Parkbank gefunden, in der Nähe eines Clubs in der Koblenzer Innenstadt. Die Kollegen, die das aufgenommen haben, vermuteten eine Auseinandersetzung, weil Kilian Bayer 1,3 Promille im Blut hatte.«

Marcel seufzte. »Oder sein Tod hatte etwas mit den vermissten Kindern zu tun. Das heißt, wir müssen die Todesumstände aufdecken. Allerdings zählt in erster Linie, dass wir Deniz Haller finden. Wo ist er seit dem Tod seines Vaters, wenn der ihn wirklich entführt hat? Lebt Carmen Haller möglicherweise noch und versteckt sich mit Deniz?«

»Ich kann mir auch gut vorstellen, dass vielleicht Deniz das erste Opfer dieser Viererbande war. Möglicherweise haben sie ihn nicht getötet, weil er der leibliche Sohn von Kilian Bayer war«, mutmaßte Stefan. »Kilian Bayer könnte Carmen ermordet haben, damit sie nicht weiter nach ihrem Sohn sucht.«

»Spinnen wir mal, dass es wirklich so war. Deniz war ein Opfer der vier und es kam zwischen den Entführern zum Streit, weil Kilian seinen Sohn möglicherweise vor dem Tod beschützen wollte. Die drei haben ihren Komplizen dabei vielleicht getötet.«

»Dann lebt dieser Deniz wahrscheinlich auch längst nicht mehr«, erwiderte Stefan. »Den werden sie ja nicht behalten haben.«

Marcel nickte. »Möglich. Ronon Bayer könnte davon wissen und rächt sich nun an den Familienmitgliedern der Täter.«

»Oder aber Deniz Haller hat doch überlebt, nachdem er damals alles nur beobachtet hat, weil Kilian ihn versteckt hat. Er könnte auch den Tod seines Vaters mitbekommen haben und rächt sich jetzt. Vielleicht haben die anderen Täter nie herausgefunden, dass es einen heimlichen Zeugen gab. Er wäre heute vierundzwanzig Jahre alt, also könnte er irgendwo allein leben, wo er die Kinder versteckt hält«, mutmaßte Konrad.

»Dieser Deniz ist nirgendwo gemeldet, ich habe das schon geprüft«, sagte Stefan. »Seine letzte offizielle Adresse war bis zu seinem Verschwinden die seiner Mutter.«

Marcel war frustriert, weil sie zwar immer mehr Hinweise sammelten, doch keiner zu den verschwundenen Kindern führte. »Wir kommen jetzt zum Präsidium, dann besprechen wir noch einmal alle Eventualitäten mit dem restlichen Team.« Marcel legte auf.

Die Fahrt verlief recht still.

Konrad strich sich immer wieder durch den Bart.

»Was denkst du?«, fragte Marcel, der wusste, dass seinem Partner viel durch den Kopf ging, wenn er sich ständig das Kinn massierte.

»Ich glaube nicht, dass die Täter von damals auch Mila, Samuel und Michel entführt haben. Dafür ist der Ablauf zu unterschiedlich. Und warum sollten die sich mit der Schuhaktion selbst verraten? Ich finde unsere Theorien um Ronon Bayer und Deniz Haller plausibler. Ihr Motiv könnte Rache sein.«

»Du hast recht, aber die anderen dürfen wir nicht außer Acht lassen. Vielleicht sind es nicht mehr alle, sondern nur einer, der sich mit einem schlechten Gewissen plagt und nun die Kinder entführt hat, weil er will, dass die damaligen Taten aufgedeckt werden.«

Konrad fuhr auf den Parkplatz des Präsidiums im Moselring. »Komische Art und Weise. Derjenige hätte uns auch anonym einfach einen Brief zukommen lassen können.«

Als sie im Büro ankamen, rannte Stefan auf sie zu. »Wir hatten gerade einen Anruf. Sie haben Noah Reiter festgenommen und sind mit ihm auf dem Weg hierher. Der Freund des Vergewaltigungsopfers hat ihn sich geschnappt, Reiter soll wohl nicht ganz so gut aussehen.«

Marcels Mitleid hielt sich in Grenzen, auch wenn er es niemals laut aussprechen würde. »Wie hat der den gefunden?«

»Durch Zufall. Der Freund und das Opfer waren am Bahnhof unterwegs, wo sich Reiter gerade mit Stoff eingedeckt hat. Die Frau hat ihn sofort erkannt.«

»Hoffentlich kommt jetzt Bewegung in den Fall. Gebt mir Bescheid, wenn er da ist, ich befrage ihn selbst.« Marcel ging in sein Büro und biss von seinem Brot ab, weil ihm der Magen in den Kniekehlen hing. Als er auf das Bild von Karl Hohlbein sah, das er sich zum Andenken hingestellt hatte, seufzte er. »Du fehlst mir nicht nur als Freund. Ich hätte so gern deine Einschätzung, Karl.« Für Marcel war es noch immer sehr schlimm, dass er Karl verloren hatte. Dieser war im letzten Fall eines der Opfer geworden, als ein Mann im Krankenhaus sein Unwesen getrieben hatte. Jeden Tag spürte Marcel die Trauer.

21

Mila wischte sich die Tränen aus den Augen. Sie wusste nicht, wie lange sie schon in dem Raum wartete. Aber die Einsamkeit war nicht das Schlimmste. Sie bekam nichts zu essen, weil sie keine einzige Antwort gewusst hatte. Die Aufgaben waren viel zu schwer gewesen, sie war doch in der ersten Klasse.

Warum kam der Mann nicht zurück, um sie wieder zu den Jungs zu bringen?

Sie wollte nicht mehr allein bleiben, denn die Stille war unheimlich. Auch in diesem Raum fühlte sie sich nicht wohl, obwohl der viel besser als der dunkle, nasse Keller war. Das Licht über ihr flackerte gelegentlich, wodurch sie sich ständig erschrak. »Hallo? Kann ich jetzt zu Michel und Samuel?«, fragte sie.

Sie bekam keine Antwort.

Mila schaute auf den Teller vor sich und überlegte, ob sie ein paar Plätzchen unter ihr Hemd stecken sollte. Aber sie hatte Angst, dass der Mann dann wütend werden würde. Wieder kullerte eine dicke Träne an ihrer Wange hinunter. Sie fing sie mit der Zungenspitze auf. »Ich wünschte, ich könnte zu meiner Mama.«

Plötzlich vernahm sie Schritte vor der Tür. Sie schrak zusammen. Ihre Panik war so groß, dass sie sich in die Hose machte. Sie erstarrte, als der Mann in den Raum trat.

Er stellte sich vor sie. »Bestimmt hast du Hunger. Aber wenn man nicht intelligent genug ist, bekommt man nichts zu essen. Das müssen andere Kinder auch durchmachen.«

Mila nickte zögerlich, obwohl sie ihn am liebsten angeschrien hätte. Die Lösungen für die Aufgaben hatte sie noch gar nicht wissen können, aber sie wollte sich nicht mit dem Monster streiten.

Seine braunen Augen musterten sie lange. Er beugte sich zu ihr hinunter und der Gestank von Zigarettenqualm stieg ihr in die Nase. »Soll ich dir eine Chance geben, damit du doch was essen kannst, auch wenn du es heute nicht verdient hast?«

Hastig bejahte Mila. Sie würde alles tun, um ihren Magen füllen zu können.

Der Mann zog seinen Gürtel aus und reichte ihr ihn. »Du hast zwei Möglichkeiten. Entweder du isst, musst dich aber mit dem Gürtel schlagen, denn immerhin kann ich es dir nicht so einfach machen. Es gibt schließlich viele Kinder, denen es viel schlechter als dir geht. Du sollst lernen, dass man nicht immer alles einfach so bekommt. Oder du verzichtest auf Schmerzen, dann musst du jedoch hungrig zurück in den Keller.«

Mila riss die Augen auf. Sie schaute auf die Brötchen und Kekse, ihr lief das Wasser im Mund zusammen. Ihr Magen knurrte furchtbar. Tränen stiegen ihr in die Augen. Obwohl der Hunger schlimm war, fand sie den Gedanken, sich mit einem Gürtel auszupeitschen, viel schlimmer. Das tat bestimmt sehr weh. Mit zittrigem Kinn schüttelte sie deshalb den Kopf. »Ich will mich nicht schlagen.«

»Gut, dann bringe ich dich jetzt zurück.« Er nahm Mila an die Hand und führte sie über den Flur Richtung Treppe.

Sie lief kraftlos und traurig hinterher. Der Mann hielt sie so fest, dass sie es nicht schaffte, sich aus seinem Griff zu befreien.

Er öffnete die Tür, zog sie die Stufen hinunter und schob sie anschließend in den Kellerraum.

Michel sprang auf. »Ist alles gut bei dir?«

Mila ließ sich in seine Arme sinken und weinte bitterlich. »Ich habe nichts zu essen bekommen, weil die Aufgaben so schwer waren.«

»Das ging mir auch so«, sagte Michel. »Solltest du dich auch schlagen für Essen?«

»Ja, aber das habe ich nicht getan.«

»Ich auch nicht. Aber wir schaffen es, das hier auch mit Hunger durchzuhalten.«

Samuel saß ruhig in der Ecke. Sicherlich ging es ihm gut, weil er gegessen hatte. Das war gemein, er war viel älter und hatte die Lösungen für die Aufgaben gewusst.

Erneut verfiel Mila in einen Weinkrampf, weil ihr der Magen wehtat.

Samuel kroch zu ihr. »Sei nicht traurig«, flüsterte er. »Kommt beide mit zur Matratze, ich habe für euch Kekse gestohlen und gebe sie euch, sobald er das Licht ausmacht. Dann kann er es bestimmt nicht sehen.«

Eine ganze Weile mussten sie noch warten, bis es endlich dunkel wurde.

Mila war schon das Wasser im Mund zusammengelaufen.

Samuel gab ihr drei Kekse.

»Danke, dass du an uns gedacht hast und so mutig warst.« Mila umarmte Samuel. »Hat Michel auch welche?«

»Ja, er hat genauso viele wie du. Ich esse den einen noch. Einen habe ich dort schon verputzt, weil ich testen wollte, ob sie nicht versalzen sind. Leider habe ich es nicht geschafft, Brötchen zu bekommen, die hätten uns sicher satter gemacht.«

»Es ist unfair, dass du nur zwei Kekse isst, du hast sie dir doch verdient«, sagte Michel.

Auch Mila bekam ein schlechtes Gewissen.

»Schon gut, ich habe keinen Hunger. Wir schaffen das hier gemeinsam, wenn wir zusammenhalten.«

Mila hoffte sehr, dass Samuel recht behielt. Sie war froh, dass ein so mutiger und schlauer Junge mit ihnen im Keller war.

Vielleicht konnte er auch beim nächsten Mal, wenn der Mann sie holte, etwas zu essen gewinnen.

22

In der Nacht hatte ich etwas geschlafen und viel von meiner Mutter geträumt.

Sie war früher so lieb zu mir gewesen, deshalb war ich noch immer geschockt, dass sie mich nicht zu sich zurückholte. Mein Vater hatte mir versichert, dass sie genau wusste, wo ich war, und trotzdem ohne mich fortgegangen war. Bestimmt wollte sie verhindern, dass ihre Eltern mich entdeckten, damit die mich nicht zu sich holten. Ich verstand nur nicht, warum Mama mich nicht mitgenommen hatte. Das machte mich traurig, doch wenigstens versteckte mich mein Vater, damit ich ihn nicht auch verlor.

Während ich mich in der Nacht gezwungen hatte, wach zu bleiben, um die Bilder meiner Mutter nicht mehr zu sehen, hatte ich über Noah nachgedacht. Er hatte in seiner Kindheit viel erlebt und es war beeindruckend, wie er nun die Macht über alle Menschen in seinem Leben übernahm. Ich hoffte sehr, dass meine Erfahrungen als Kind mich auch so mutig und stark werden ließen.

Finja würde diese Möglichkeit nicht haben. Für sie wurde es langsam schwerer, die Qualen durchzustehen. Sie hatte kaum noch etwas mit dem Mädchen gemein, das sie an Tag eins gewesen war. Ihr Körper war ausgemergelt, die Haut so blass, dass sie fast durchsichtig wirkte. Die rissigen Lippen und die blutigen Striemen auf ihrer Haut zeigten, wie viel sie durchgemacht hatte.

Trotz allem, was ihr angetan wurde, blieb sie das mutigste und klügste Mädchen, das ich je kennengelernt hatte. Sie hatte Noahs Absichten offenbar schnell verstanden, sich kaum gewehrt und möglichst versucht, tapfer zu sein, damit sie nicht zu hart bestraft wurde. Aber nützen würde es ihr nichts, denn sie würde trotzdem sterben, weil sie ein verwöhntes Pflegekind war.

Es war der sechste Tag und ihre Stunden waren gezählt. Und in ein paar Wochen oder Monaten würde ich das nächste Kind dabei beobachten, wie es Noahs Erlebnisse am eigenen Körper spüren würde.

Schon einige Male hatte ich darüber nachgedacht, was ich an der Stelle der Opfer tun würde. Wäre ich so mutig wie Finja oder eher schwach wie Louis? Das wollte ich auf keinen Fall herausfinden, indem ich die Qualen am eigenen Leib erfuhr. Aber ich war auch kein verwöhntes Kind, sondern musste in diesem Hohlraum hausen.

Ich hatte mich in dem Bunker zusammengerollt. Die Stirn presste ich gegen den kalten Beton, sodass mein Auge am Loch lag. Ich kannte alle Winkel des Wohnzimmers, obwohl ich nicht in jede Ecke Einblick hatte. Ich kannte jedes Geräusch, wusste, wann die Männer kamen, wann Tag und wann Nacht war. Ich kannte ihren Schweißgeruch, und sogar wenn sie furzten, wusste ich, wer von ihnen es war. Und vor allem kannte ich den Ablauf der Quälereien.

Der sechste Tag war der Tag der Bestrafungen, über die aber dieses Mal nicht Noah bestimmen würde, sondern Finja selbst.

Dabei würde sie nicht allein bleiben. Ein weiteres Kind würde dazukommen. Würde es das gleiche wie damals bei Louis sein oder hatte Noah dieses kleine Mädchen danach auch getötet? Oder war sie an den Verletzungen gestorben, die Louis ihr zugefügt hatte?

Ich war sehr gespannt, wie Finja bei dieser Aufgabe entscheiden würde. Louis hatte sich dafür entschlossen, das andere Mädchen zu quälen. Ich glaubte, dass er die angestaute Wut der vorangegangenen Tage an dem Kind ausgelassen hatte. Doch Finja war nicht wie er. Ich wettete mit mir selbst, dass sie die Bestrafung über sich selbst ergehen lassen würde.

Die Tür öffnete sich mit einem Quietschen.

Finja zuckte nicht einmal mehr zusammen. Sie lag auf der Decke, schaute weder nach oben noch regte sie sich anderweitig.

Mein Vater, der auf sie aufgepasst hatte, saß auf dem Sofa und sagte nichts.

Noah trat ein. Seine Hände steckten in den Taschen seiner Hose und er hatte wieder dieses unheimliche Lächeln aufgesetzt. »Hallo Finja, es freut mich, dich zu sehen. Möchtest du mich nicht anschauen?«

Sie blinzelte langsam. Ihre Bewegungen waren träge, doch sie gehorchte und starrte Noah direkt in die Augen.

Dieser ließ seinen Blick über sie wandern, dann klatschte er einmal in die Hände. »Heute zeige ich dir, was ich in meiner sechsten Pflegefamilie erlebt habe. Da hat es mir am zweitbesten gefallen, die beste Familie war meine achte, dort wo ich endlich erwachsen werden konnte. In der sechsten war ich nicht immer allein das Opfer der Strafen. Die Eltern standen darauf, dass wir Kinder selbst erkannten, was richtig und falsch war. Wir mussten entscheiden, wer wie bestraft wurde. Das bedeutete, dass auch ich oft bestimmen durfte, wer meiner Pflegegeschwister eine Abreibung bekam.« Noah lief auf und ab. »Ich gebe zu, die Strafen hätten für meinen Geschmack etwas härter ausfallen können, aber da schoben mir meine Pflegeeltern einen Riegel vor.« Er stellte sich vor Finja und schaute auf sie hinunter. »Ich hätte diese kleinen Mistkröten gern ein bisschen gequält. Sie hätten ruhig erkennen sollen, was Schmerz bedeutet und dass er zu Gehorsam erzog. Schließlich musste ich das auch lernen.«

Von draußen kamen Knasti und Rolli mit dem kleinen Mädchen herein, das bereits bei Louis dabei gewesen war.

Sie hieß Lara.

Schon beim letzten Mal hatte ich mich gefragt, woher Noah sie geholt hatte, und hatte meinen Vater danach gefragt, jedoch keine Antwort erhalten.

Sie sah verwildert, blass und abgemagert aus. Ihre Haare waren strohig und strubbelig. Sie trug alte Kleidung, die dringend eine Wäsche nötig hatte.

Mein Magen zog sich zusammen. Einerseits weil ich großen Hunger hatte, anderseits wegen der Anspannung, denn ich hatte nie vergessen, was Louis der Kleinen angetan hatte.

Lara war deutlich jünger als Finja und es täte mir leid, wenn sie wieder die Bestrafung abbekäme. So wie sie aussah, verdiente sie diese Qualen nicht, denn sie war ganz sicher kein verwöhntes Kind. Vielmehr hätte sie Essen und Zuneigung nötig. Mit Lara hatte ich Mitleid, sobald sie Schmerzen ertragen musste, mit Finja aber nicht. Meine Einstellung war schon genauso wie die meines Vaters oder Noahs. Ich fand es nicht fair, dass es manchen Kindern so schlecht ging und anderen dafür umso besser.

Noah zog die Kleine näher an Finja heran und kniete sich zwischen die beiden. Er schaute zu Finja. »Das ist Lara. Sie spielt heute deine kleine Pflegeschwester. Du hattest bei deiner Pflegefamilie keine Geschwister, oder?«

Finja schüttelte den Kopf und verzog dabei keine Miene.

»Dann hast du nie gelernt zu teilen. Und du kennst nicht dieses zufriedene Gefühl, wenn dein Geschwisterchen anstatt dir selbst bestraft wird. Es ist echt großartig. Aber du darfst es nun lernen.«

Knasti stellte ein Tablett auf den Boden.

Darauf lagen Brötchen, Käse, Kekse und Tomaten.

Noah griente. »Ich stelle dir jetzt eine besondere Aufgabe«, sagte er mit gespielt netter Stimme und deutete auf das Brot. »Du kannst es essen, wenn du dafür Lara bestrafst.« Er zeigte auf die Kleine, die völlig in sich zusammengesunken Finja gegenübersaß. »Sie bekommt dann nichts von den Leckereien. Und glaub mir, sie ist sehr hungrig. Ihr mieser Vater kümmert sich nicht so gut um sie, wie deine Pflegeeltern es bei dir tun. Du darfst jedoch auch ihr das Essen geben. Aber du bist mittlerweile sehr hungrig, denn du hast tagelang nicht viel Nahrhaftes gehabt. Also entscheide weise. Entweder isst du oder sie. Die andere muss zuschauen.«

Finjas Kinn zitterte, sie blickte das Mädchen an.

Lara spielte an ihrem zerfetzten Pullover herum, starrte auf das Essen und leckte sich die Lippen.

Finja betrachtete die unterschiedlichen Lebensmittel. Wahrscheinlich kamen sie ihr wie Luxus vor. Nach einem Augenblick schaute sie auf. »Sie soll es essen.«

Ich war nicht überrascht, dass Finja so entschieden hatte. Auch wenn ich noch immer der Meinung war, dass sie ein verwöhntes Kind war, empfand ich etwas Respekt. Zum ersten Mal in den Tagen, an denen sie in diesem Haus festgehalten wurde, machte sich der Gedanke in mir breit, ob sie möglicherweise gar nicht so schlimm verwöhnt war, wie Noah sie sah.

Noah gab Lara das Essen frei.

Diese lächelte und stürzte sich darauf. Sie legte den Käse auf das Brötchen und stopfte sich einen Biss nach dem anderen in den Mund. Dabei kaute sie nicht richtig, so schnell schlang sie alles hinunter.

»Du bist aber nett«, sagte Noah zu Finja. »Ob du dir damit einen Gefallen getan hast?«

Finjas Lippen zitterten, sie nahm den Blick nicht von Lara und dem Essen.

Knasti stöhnte laut auf. »Ich habe nicht wirklich was anderes erwartet. Dieses kleine Gör scheint eine gute Erziehung genossen zu haben. Mit sieben schon so großherzig.« Er machte ein Würggeräusch. »Bei so viel Gutmensch wird mir ganz übel, außerdem ist es langweilig.«

Abwarten, dachte ich.

Es gab noch eine weitere Aufgabe. Vielleicht würde Finja da ganz anders als eben wählen.

Louis hatte beide Male für seinen Vorteil entschieden, aber trotzdem hatten sie ihn aus Spaß an der Freude nach dem Essen gequält. Knasti fand immer einen Grund, um ein Kind zu malträtieren. Bei Louis hatte er den Egoismus bestraft, obwohl es gar nicht Noahs Plan gewesen war. Knasti konnte ich am allerwenigsten von den Männern leiden. Er hatte einfach nur Spaß daran, anderen Schmerzen zuzufügen.

Noah nahm das Tablett weg.

Lara schaute hinterher, sie hatte in der kurzen Zeit fast alles aufgegessen.

Ich konnte es nachvollziehen, denn ich würde gerade am liebsten auch etwas in mich hineinschlingen.

Auf einen Wink von Noah hin ging Rolli nach draußen und kam mit einem zweiten Tablett wieder. Er stellte es vor die Mädchen.

Dieses Mal gab es noch leckerere und warme Lebensmittel, damit die Entscheidung für Finja schwieriger wurde.

Mir stieg der Duft von gebratenem Fleisch in die Nase. Auf dem Teller lagen Frikadellen und Kartoffeln mit Soße.

Noah legte eine Peitsche daneben.

Es war das Folterinstrument, mit dem Louis Lara damals geprügelt hatte.

Lara sprang auf und weinte. »Nein, nein, nein. Ich will nicht.«

Knasti packte sie und setzte sie wieder hin. »Schön sitzen bleiben, Fräulein.«

Lara schaute Finja an und schüttelte den Kopf.

Noah strich über das Leder der Peitsche. »Du warst gerade sehr selbstlos und hast dem kleinen Mäuschen das Essen überlassen, Finja. Deshalb hast du immer noch Hunger. Eigentlich wäre es doch jetzt fair, wenn du auch etwas Leckeres essen kannst, oder? Lara ist ja nun satt.« Er streichelte ihr über das Haar. »Isst du, wird sie bestraft. Du wirst dann Lara bestrafen.« Er legte die Peitsche vorsichtig in ihre Hände. »Entscheidest du dich dagegen und überlässt ihr das Essen, musst du dich selbst auspeitschen.«

Ich atmete flach, weil ich angespannt war.

Noah liebte solche Spielchen und Finja glaubte bestimmt, sie hätte eine Wahl. Doch die hatte sie nicht wirklich. Wenn sie Lara bestrafen würde, würde Knasti sie wahrscheinlich später quälen, weil sie egoistisch gewesen war.

Trotzdem interessierte mich brennend, ob Finja noch einmal auf Essen verzichten und sich selbst bestrafen würde.

Ihre Brust hob und senkte sich schnell. Ihr eh schon blasses Gesicht war noch bleicher geworden.

Ich presste meine Stirn gegen die Wand und wartete ungeduldig. In mir tobte ein Sturm, ich konnte die Aufregung kaum aushalten.

Nach einer langen Weile umklammerte sie mit zittrigen Händen die Peitsche.

Noah lächelte. »Wie hast du dich entschieden?«

Finja holte aus und peitschte sich das Leder über die Beine sowie den Bauch. Dabei hatte sie die Augen zusammengekniffen. Anschließend schaute sie Noah mit feuchten Augen an.

»Das reicht nicht, Finja. Mach weiter«, sagte Noah.

Sie holte erneut aus. Unermüdlich klatschte jeder Hieb auf ihrer nackten Haut, sodass sogar ich den brennenden Schmerz spürte.

»Du kannst jetzt aufhören«, sagte Noah nach zwanzig Schlägen und reichte Lara den Teller mit der warmen Mahlzeit.

Die lächelte wieder glücklich und stopfte sich erneut alles in den Mund.

»Wir machen eine Pause.« Noah griff sich an seinen Penis. »Ich habe etwas zu erledigen.« Dann ging er raus.

Ich hatte ein großes Fragezeichen im Kopf.

Was würde nun passieren? Finja hatte bestimmt nicht so reagiert, wie die Männer es lieber gehabt hätten. Hatten sie einen Plan, wie sie in dem Fall mit der Folter fortfahren würden?

Finja wischte sich die Tränen aus den Augen. Sie sah in meine Richtung. Wusste sie längst, dass ich hinter dieser Mauer zuschaute, wie man sie quälte?

Wieder schämte ich mich, weil ich es faszinierend fand.

Noah war eine ganze Weile fort gewesen, ehe er zurückkam. Zornesfalten zeichneten seine Stirn und er knabberte an seinen Fingernägeln. »Ich gebe dir eine letzte Chance dafür, dass du heute etwas zu essen erhältst, Finja. Wenn du Lara Peitschenhiebe verpasst, darfst du dir den Rest vom Tablett nehmen. Willst du das tun?«

Es verstrich gefühlt eine Ewigkeit, bis Finja langsam den Kopf schüttelte. »Ich brauch nichts zu essen.«

Mein Atem stockte.

Noahs Oberkörper hob und senkte sich schnell, er sah wie ein wütend schnaufendes Tier aus. Er schlug gegen die Wand. »Was soll das Spielchen? Was willst du mir beweisen? Jedes Kind würde in deiner Situation das Essen wählen. Ich habe mich auch immer zu meinem Vorteil entschieden«, plärrte er.

Ich zuckte bei der Heftigkeit seiner Reaktion zusammen.

Warum war er so sauer?

Noah holte aus, schlug ihr ins Gesicht und stand auf. »Du bist trotzdem nichts Besseres, du kleine Kröte. Dein Mut bringt dir gar nichts.« Dann verließ den Raum.

Ich war verwirrt.

Selbst mein Vater und die anderen zwei schauten hinter ihm her.

»Warum ist er denn so sauer?«, fragte Rolli.

Mein Vater zuckte mit den Schultern. »Er ärgert sich, dass es nicht wie bei dem kleinen Louis läuft. Ihm passt es wahrscheinlich nicht, dass sie ein gutherziger Mensch ist.«

»Bullshit«, zischte Knasti. »Diese freche Göre spielt ihr eigenes Spiel. Das wird sie bereuen, niemand lehnt sich ungeschoren gegen Noah auf.«

»Was machen wir mit dem anderen Balg?«, fragte Rolli.

Lara stellte sich in eine Ecke und weinte. »Ich will nach Hause.«

»Hör auf zu heulen, du nervst«, sagte Knasti. Er sah Rolli und meinen Vater an. »Das entscheiden nicht wir. Noah wird jetzt eine rauchen, sich beruhigen und dann bestimmt er, wie es weitergeht. Ansonsten kümmere ich mich um die Gören.«

»Gott sei Dank ist das morgen vorbei, ich möchte mal wieder richtig vögeln.« Rolli setzte sich auf das Sofa und öffnete ein Bier.

Ich schaute zu Finja.

Sie kauerte sich schweigend auf die Decke und hielt sich den Bauch.

Ich zitterte, weil ich Angst hatte, dass Noah komplett ausrasten würde. Dann würde er vielleicht auch auf meinen Vater losgehen.

Es verging einige Zeit, ehe Noah in das Wohnzimmer stürzte. Er packte Rolli am Kragen. »Schaff diese kleine Göre hier weg. Sie soll ruhig glauben, dass sie was

Gutes getan an, diese feige Schnepfe.« Er blickte Finja an. »Morgen wird dir das Lachen schon vergehen.«

Knasti sprang vor Noah. »Ich kann mich auch um sie kümmern.«

»Halt die Fresse. Ich habe gesagt, was jetzt getan wird«, brüllte Noah. Er ging zu der heulenden Lara und griff nach ihrem Arm. »Wenn du irgendwem etwas erzählst, werde ich dich von zu Hause holen und eigenhändig in Stücke reißen. Hast du das verstanden?«

Hastig nickte das Mädchen. »Ich verrate wieder nichts.«

Noah gab Lara ein Bündel Geld und ließ sie von meinem Vater hinausbringen. Unvermittelt drehte sich Noah noch einmal um und schlug Finja hart ins Gesicht. »Du widerst mich an.«

Finja ertrug auch einen zweiten Schlag tapfer. Sie rieb sich die rote Wange. Blut schoss aus ihrer Nase.

»Morgen bin ich fertig mit dir.« Noah ging aus dem Zimmer. »Bring sie weg«, schrie er vom Flur herein.

Ich atmete aus, weil der Tag endlich ein Ende nahm, ich spürte meine Knie kaum noch. Nur noch ein weiterer, dann würden die Männer verschwinden und ich konnte aus dem Hohlraum heraus.

Für Finja würde es der schlimmste Tag ihres Lebens werden.

23

16. Januar 2023

Es war bereits dunkel gewesen, als die Beamten endlich mit Noah Reiter ins Präsidium gekommen waren. Er hatte erst in einer Klinik versorgt werden müssen, weil der Freund des Vergewaltigungsopfers ihn aufs Übelste zugerichtet hatte.

Marcel hoffte sehr, dass er etwas aus Noah herausbekam, wenn er ihn gleich befragte, damit sie noch an diesem Abend die vermissten Kinder finden würden und er dieses Mal mit einem guten Gefühl nach Hause gehen konnte. Er trank einen Schluck Energydrink, weil ihm die Müdigkeit in den Knochen saß.

Es klopfte an der Tür.

»Ja, bitte.«

Ein Kollege der Schutzpolizei trat ein. »Hallo Marcel, diesen Stick haben wir während der Festnahme von Noah Reiter bei ihm gefunden. Er will nicht sagen, was darauf ist.« Der Polizist reichte Marcel das Speichermedium.

»Danke, wir schauen uns das vor der Befragung an.« Marcel ging zu Wolfgang, um ihm von dem Fund zu berichten.

Konrad stellte sich zu ihnen.

Wolfgang öffnete ein Programm am PC und startete ein Video, das auf dem USB-Stick gespeichert war.

Darin waren die drei vermissten Kinder in einem dunklen Raum zu sehen. Sie saßen verängstigt in Unterwäsche dicht beisammen auf einer Matratze, als würden sie beieinander Halt suchen.

»Justus Och wurde damals nur in Unterwäsche aufgegriffen«, sagte Marcel mit einem unangenehmen Ziepen im Bauch. »Stecken doch Noah Reiter und die anderen beiden Väter hinter den Entführungen und halten die Kleinen genau da fest, wo sie damals Finja, Justus und Louis versteckt hatten?«

Niemand antwortete darauf, alle schauten auf das Video. Die Szene wechselte.

Der kleine Samuel stand an der Wand. Sein Blick ging nach unten, er zitterte am ganzen Leib.

Auch von den anderen beiden gab es solche Sequenzen.

Die Kinder wurden hart angegangen, doch sahen allgemein nicht so schwer verletzt aus, wie man Justus Och damals gefunden hatte.

Marcel ballte die Hände zu Fäusten. »Dieser Noah Reiter schleppt offenbar eine Trophäe mit sich herum. Vielleicht will er das Video Samuels Mutter geben, um sie zu erpressen oder ihr Angst einzujagen. Ich knöpfe ihn mir jetzt vor.« Er holte tief Luft und lief zum Verhörraum, in dem Noah Reiter saß.

Das Gesicht des Mannes sah stark lädiert aus. Sein rechtes Auge war zugeschwollen, und auch an dem anderen erkannte Marcel nur noch ein wenig die braune Augenfarbe. Seine Nase war geschient und seine Lippe aufgeplatzt. »Na endlich. Wie lange wollen Sie mich noch festhalten?«, motzte Noah Reiter, als sich Marcel ihm gegenüber an den Tisch setzte. »Wissen Sie, was ich für Schmerzen habe? Ich hoffe, dass Sie dieses Schwein anklagen.«

»Deshalb sitzen Sie nicht hier«, erwiderte Marcel trocken. Er schaute zu dem Kollegen der Schutzpolizei, der den Verdächtigen bewacht hatte. »Danke, ich mach das allein. Gib bitte Konrad Bescheid, dass er die Staatsanwaltschaft über diese Verhaftung informiert.«

»Was? Weshalb bin ich verhaftet?«, brüllte Noah Reiter. »Sie sehen ja wohl, dass ich das Opfer bin.«

Marcel lagen so viele Worte auf der Zunge, doch er zügelte sich. »Wie gesagt, Sie sind nicht wegen des Vorfalls und auch nicht wegen der angezeigten Vergewaltigung, die Sie begangen haben, hier. Wir haben Ihre DNA an Beweismitteln gefunden, die zu Verbrechen aus den Jahren 2009 bis 2011 gehören.«

Noah Reiter schaute Marcel mit offen stehendem Mund an.

»Ihre Reaktion zeigt mir, dass Sie wissen, wovon ich spreche.« Marcel belehrte den Mann über seine Rechte und lehnte sich dann zurück. »Von 2009 bis 2011 verschwanden aus Koblenz-Arzheim drei Kinder. Zwei davon gelten weiterhin als vermisst, eins ist entkommen. Zudem sind Schuhe aller Opfer aufgetaucht, an denen Ihre DNA gefunden wurde.«

»Woher wollen Sie das wissen? Meine DNA ist nicht im System.«

»Ihre DNA ist schon seit 2011 im System, wir konnten Sie nur nicht zuordnen. Aber da Sie sich gern an Frauen vergreifen und Ihre Spuren hinterlassen, haben wir nun endlich die Verbindung gezogen.«

»Das ist eine Lüge, ich habe diese Frau nicht angefasst. Die erzählt Mist.« Das Gesicht des Mannes war bleicher geworden.

»Die DNA-Spur an dem Opfer, das Sie vergewaltigt haben, erzählt etwas anderes. Streiten Sie es also nicht ab. Ich kläre Sie noch einmal darüber auf, dass Sie einen Anwalt hinzunehmen können. Haben Sie einen oder sollen wir Ihnen einen Pflichtverteidiger rufen?«

»Ich brauche so einen Scheiß nicht. Sie haben keine Beweise.«

»Die DNA auf den Schuhen ist ein starker Hinweis dafür, dass Sie damals zumindest Kontakt zu den Opfern hatten. Bei Ihrer Vorgeschichte glaube ich sogar, dass Sie an den Entführungen beteiligt waren. Auch die Aussagen des Jungen, der entkommen war, sind hilfreich für uns. Wenn Sie reden, wirkt sich das vielleicht positiv auf Ihre Verurteilung aus.«

Noah Reiter mahlte mit dem Kiefer. »Wo kommen diese scheiß Schuhe verdammt noch mal her? Sie waren doch weg«, plärrte er lautstark. Seine Halsader trat hervor.

Marcel lächelte innerlich, weil die Wut des Verdächtigen ihn zu einem Schuldeingeständnis gebracht hatte. »Klingt so, als wüssten Sie doch, wovon ich spreche.«

»Halten Sie den Mund. Ich habe nichts getan. Dieser hirnrissige Kilian hat die Kinder entführt und gequält.«

»Kilian Bayer ist tot, es ist deshalb für Sie ein Leichtes, die Schuld nun auf ihn zu schieben. Laut der Aussage des damals achtjährigen Justus Och waren allerdings alle Männer vor Ort an den Quälereien beteiligt.«

»Diese kleine Mistkrücke. Wir hätten doch alles versuchen sollen, um das Balg zu töten. Er hätte vors Jüngste Gericht gemusst. Dieses kleine Arschloch wird später in der Hölle schmoren, weil er nicht die Strafe für seine Sünden angenommen hat. Er hat aber dann wie in einer Festung gelebt, darum sind wir nicht an ihn rangekommen.«

»Das heißt, Sie haben es versucht?«

»Natürlich. Wir konnten keinen Zeugen gebrauchen. Irgendwann haben wir aufgegeben, weil der Zwerg wohl sowieso nicht geredet hat. Immerhin wurden wir nicht gefunden und er hat die Polizei auch nicht zu unserem Versteck geführt. Er hat uns trotzdem alles versaut, denn wegen ihm mussten wir aufhören. Es war viel zu gefährlich, dass der Bengel doch noch verrät, wo er die Tage gesteckt hatte. Dabei hätten viel mehr solcher verwöhnten Kinder eine Abreibung gebraucht.«

»Und nun haben Sie wieder angefangen?«

Noah Reiter runzelte die Stirn. War er verwundert, weil Marcel es bereits wusste, oder war er wirklich unwissend?

»Seit zwei Tagen werden drei weitere Kinder aus Koblenz-Arzheim vermisst, die unter ähnlichen Bedingungen wie die Opfer von damals verschwanden. Es gibt Parallelen, die vermuten lassen, dass Sie und Ihre Freunde wieder zugeschlagen haben.«

In Noah Reiters Blick lagen Faszination und Hohn. »Ich gebe ja zu, dass ich damals dabei war. Da kann ich mich wohl nicht mehr rausreden, wenn Sie meine DNA entdeckt haben. Aber ich habe keine weiteren Kinder entführt.«

»Wie erklären Sie mir dann das Video, das wir bei Ihnen gefunden haben und auf dem die aktuell vermissten Kinder zu sehen sind?«

Noah Reiter schluckte. »Das habe ich nicht aufgenommen. Es wurde mir zugeschickt.«

»Einfach so ohne Erklärung?«

»Ja, Mann. Keine Ahnung, was das soll.«

»Sie kennen die Kinder darauf also nicht?«

Noah Reiter senkte für einen kurzen Moment den Blick und schien auf der Suche nach einer Antwort zu straucheln. Es war nur ganz kurz, aber verräterisch genug. »Nein«, antwortete er knapp.

»Ich merke, dass Sie lügen.«

Der Mann schmiss die Arme in die Luft. »Sie kennen die Antwort doch eh schon längst. Dass eins der Kinder mein Sohn ist, lässt sich ja nicht verleugnen.«

Da musste Marcel Noah Reiter recht geben, die Ähnlichkeit zwischen ihm und Samuel Koch war unverkennbar. »Sie wissen also von Samuel?«

»Ja, aber er interessiert mich nicht die Bohne.«

Marcel wunderte sich, dass Frau Koch behauptet hatte, Samuels Vater hätte keine Kenntnis von dem Kind. »Wie haben Sie von Ihrem Sohn erfahren?«, hakte er deshalb nach.

»Nur durch Zufall. Ich habe die Alte mal mit dem Balg gesehen. Die Ähnlichkeit ist ja sichtbar und das Alter passt auch.«

»Sie haben aber keinen Kontakt aufgenommen?«

»Ich habe die Schlampe ab und zu getroffen, um sie zu warnen, dass sie niemandem was sagen darf.«

»Weil Sie sie vergewaltigt haben?«

»Ach, das ist doch gar nicht die Wahrheit. Sie wollte mich genauso. Wir waren ein Paar, sie war nur zu prüde und hat es dann ausgelegt, als hätte ich sie zum Sex gezwungen. Ihre Aussage hätte der versoffenen Kuh eh niemand geglaubt. Ich wollte nur nicht, dass man mir noch Unterhalt für das Balg aufbrummte, deshalb sollte sie die Schnauze halten.«

Marcel schüttelte innerlich den Kopf.

Noah Reiter hatte mehr Sorge, Unterhalt zahlen zu müssen, als für eine Straftat belangt zu werden. Das zeigte, wie kaputt der Kerl war.

Alimente lagen jedoch nicht in Marcels Zuständigkeitsbereich, er wollte nur die Vermissten finden. »Was ist mit den anderen zwei Kindern? Kennen Sie die?«

»Nein.« Noah Reiter lehnte sich zurück und grinste.

Marcel erkannte nicht, ob er die Wahrheit gesprochen oder gelogen hatte.

»Möchten Sie mir die Gören auch anhängen?«

»Es ist bei Ihrer Einstellung Frauen gegenüber nicht schwer vorstellbar, aber wir wissen, dass es nicht Ihre sind. Die beiden haben eine teilweise übereinstimmende DNA mit zwei Beteiligten von damals. Derzeit gehen wir davon aus, dass Ihre früheren Komplizen die Väter der zwei Kinder sind.«

Noah Reiter schluckte, dann prustete er plötzlich los. »Ich glaube es nicht. Einer dieser Verlierer ahmt die Scheiße mit unseren leiblichen Kindern nach.« Er lachte so laut, dass es Marcel in den Ohren klingelte.

»Bei welchem Ihrer Freunde können Sie sich vorstellen, dass der allein weitermacht?«

Noah Reiter zuckte mit den Schultern. »Ich falle nicht auf Sie herein, die Namen kriegen Sie nicht von mir. Auch wenn ich mit den Versagern nichts mehr zu tun habe, würde ich sie niemals verraten.« Er schüttelte den Kopf. »Ich hätte denen nicht zugetraut, dass sie Kinder bekommen. Obwohl …« Er grinste schief. »Im Vögeln waren wir alle gut.« Reiter lehnte sich vor, als wollte er Marcel ein Geheimnis zuflüstern. »Wenn es einer der beiden ist, bin ich verdammt stolz auf ihn.« Der Verdächtige hatte anscheinend nicht einen Funken Reue oder Empathie in sich.

Das machte Marcel wütend, doch er riss sich zusammen. »Warum würde Ihrer Meinung nach einer davon nach so vielen Jahren wieder anfangen?«

Reiter stützte den Kopf auf die Hände. »Wenn es einer meiner Freunde tut, dann weil der zeigen will, was er als Kind durchgemacht hat. Das, was Sie da auf dem Video gesehen haben, erleben einige Pflegekinder bei den Familien, in die sie untergebracht werden. Das Amt schaut nicht genug nach, wie sehr die manchmal leiden.«

Dass Noah Reiter damit einverstanden war, dass selbst sein leiblicher Sohn gequält wurde, verschlug Marcel die Sprache. Aber dass ein Mensch wie dieser Vatergefühle entwickeln würde und auspackte, hatte er auch nicht wirklich erwartet. »Sind Sie stolz darauf, dass jemand Ihren Sohn entführt hat und möglicherweise genauso foltert wie Sie damals die Kinder?«

»Natürlich. Es interessiert mich nicht, ob das Balg meine Gene in sich trägt und was mit Samuel passiert. Ich bin kein Vater.« Noah Reiter lehnte sich zurück. »Ich möchte jetzt nichts mehr sagen.«

Marcel konnte ihm nicht abnehmen, dass er nichts mit der Entführung von Mila, Samuel und Michel zu tun hatte. Er musste versuchen, mit einem Themenwechsel an Informationen zu gelangen, die ihm bei der Suche nach den vermissten Kindern half. Vielleicht gelang ihm das über die Schuhe, die sie gefunden hatten. »Sie haben eine Weile bei Familie Bayer als Pflegekind gelebt, richtig?«

Für den Bruchteil einer Sekunde blitzte Schmerz in den Augen des Mannes auf, aber er fasste sich schnell wieder. »Wozu wollen Sie das wissen?«

»Die Familie hat Schuhe von all den Pflegekindern, die sie betreut hat, an die Wand gehängt. Komischerweise sind die Schuhe, die wir von den damals verschwundenen Kindern gefunden haben, auch an Hauswände geklebt worden. Merkwürdiger Zufall.«

Noah Reiter hielt den Kopf leicht gesenkt, sah kurz auf und dann gleich wieder weg. »Ja, und? Was hat das mit mir zu tun?«

»Einige Hinweise deuten auf Sie. Ihre DNA war an den Schuhen, Sie kannten dieses Vorgehen, vielleicht wollten Sie uns über diese Aktion etwas mitteilen. Wissen Sie doch mehr von den aktuellen Entführungen, als Sie zugeben, und möchten uns mit den Schuhen auf die richtige Spur führen? Möglicherweise weil Sie doch ein Gewissen haben? Oder wollen Sie uns damit verhöhnen?«

»Ich habe diese beschissenen Schuhe nicht an irgendeine Wand geklebt. Dass die Bayers es gemacht haben, fand ich schon immer hirnrissig. So ein sentimentaler Quatsch.«

»Hat es Sie sauer gemacht, dass die Familie Sie verstoßen hat? Wollten Sie mit den Schuhen zeigen, wie sehr Sie auf Rache sinnen, oder versuchen Sie uns einen falschen Verdächtigen zu liefern?«

»Bullshit«, brüllte Noah Reiter. »Ich wäre niemals so fahrlässig und hätte uns verraten, zumindest nicht auf aktive Art. Mir war klar, dass unsere DNA an den Schuhen war. Ich hätte nicht zugelassen, dass sie in die Hände von anderen gelangen. Kilian sollte die alle vernichten.«

Marcel musste gestehen, dass seine Argumentation Sinn ergab, trotzdem war es möglich, dass Noah Reiter an den Entführungen beteiligt war oder zumindest davon wusste. »Wir haben durch Justus erfahren, dass Sie ihn an Tag sieben töten wollten. Hat diese Zahl eine Bedeutung für Sie? Müssen wir davon ausgehen, dass die derzeit vermissten Kinder auch an Tag sieben sterben werden?«

Der Verdächtige verdrehte die Augen. »Das weiß ich nicht. Ich habe mit denen nichts mehr zu tun.«

Marcel verzweifelte fast, weil er kein Stück weiter war, um die drei Vermissten zu finden. »Seien Sie vernünftig, Herr Reiter. Verraten Sie uns, wo Sie damals die Kinder versteckt haben. Das auf dem Video ist doch derselbe Ort, oder?«

Der Mann lehnte sich nach vorn. »Ich sage Ihnen gern noch einmal, dass ich über die vermissten Bälger nichts weiß.«

Marcel fiel Konrads Vermutung ein, dass Deniz Haller der Täter sein und sich an den Kindern der Männer rächen könnte, die seinen Vater getötet hatten. »Haben Sie eine Ahnung, was aus Kilian Bayers Sohn geworden ist, der seit 2009 verschwunden ist?«

Noah Reiter runzelte die Stirn. »Nein, habe ich nicht. Ich wusste bis 2009 nicht mal, dass er ein Kind hatte.«

»Sie haben mit Kilian unter einem Dach gelebt, er war Ihr Freund. Und Sie wollen mir erzählen, dass Sie nichts davon wussten?!«

»Ganz genau. Ich bin erst in Frankfurt zu der Familie gekommen und hatte keine Ahnung, was hier in Koblenz zuvor passiert ist. Michaela und Ronon haben immer ein Geheimnis daraus gemacht, dass Kilian eine Frau geschwängert hatte. Sie wollten das Bild des lieben Vorzeigesohnes aufrechterhalten. Dabei war er ein Versager und alles andere als brav.«

»Wie haben Sie erfahren, dass Kilian Vater war?«

Noah Reiter verschränkte wieder die Arme. »Kilian hat es mir erzählt. Fakt ist, ich habe keine Ahnung, wo sein Balg ist. Kann ich jetzt gehen?«

Eine weitere Theorie stand im Raum, die Marcel ansprechen wollte. »Haben Sie damals dafür gesorgt, dass Ronon Bayer wegen Gewalt an Minderjährigen angezeigt wird? Könnte es sein, dass er sich deshalb an Ihren Kindern rächen will?«

Noah Reiter lachte auf. »Kilian kam ganz allein auf die Idee, Ronon bei der Polizei zu melden, weil er die Bayers gehasst hat. Sie haben sein Leben bestimmt, ihn aus Koblenz weggeschleppt und ihm den Kontakt zu seinem Kind verwehrt. Er musste immer so ticken, wie es seine Eltern wollten.«

»Das heißt, an den Anschuldigungen gegen Herrn Bayer ist nichts dran?«

»Nein, aber Ronon ist kein Unschuldslamm. Er war davon überzeugt, dass ich Härte brauche. Am liebsten hätte er mich jeden Tag vermöbelt und ich bin sicher, dass er sich nur mit Mühe zurückhalten konnte. Jedenfalls hat der keinen Grund, sich an mir zu rächen.«

»Gut, dann sind wir erst einmal fertig.« Marcel erhob sich. »Sie sind festgenommen wegen des Verdachts der Kindesentführung und des Tötungsdeliktes bei mindestens zwei Menschen. Die Vergewaltigung kommt noch obendrauf. Sie werden später in die JVA Koblenz überführt.«

»Scheiße«, brüllte Noah Reiter und dieser Schrei klang verzweifelt. »Ich habe diese Kinder nicht entführt.«

Marcel könnte aus der Haut fahren, so aggressiv machte Reiters Verhalten ihn. Er sah direkt in seine zugeschwollenen Augen. »Die Taten von damals haben

Sie zugegeben. Wir finden heraus, wenn Sie Mila, Samuel und Michel auch etwas angetan haben. Sie gehören hinter Gitter, selbst wenn Sie diese drei nicht entführt haben.« Marcel verließ den Raum.

24

17. Januar 2023

Viel hatte Marcel nicht geschlafen, weil er die halbe Nacht über den Fall gegrübelt hatte. Er schenkte sich einen Kaffee in der Küche ein und verfluchte sich selbst, dass er geplant hatte, früher ins Büro zu fahren. Doch er wollte noch einmal alle Hinweise durchgehen.

Sie hatten Noah Reiter festgenommen, aber noch immer fehlten zwei der Täter. Sowohl Milas als auch Michels Vater waren seit dem Verschwinden Ihrer Kinder unauffindbar, weshalb sie in den Ermittlungen davon ausgehen konnten, dass die beiden die gesuchten Täter waren. Machten die wirklich ohne Noah Reiter weiter oder steckte jemand anderes dahinter? Ronon Bayer kam als Täter ebenso infrage.

»Hey, alles in Ordnung?«

Marcel erschrak, weil Kim plötzlich hinter ihm in der Küche aufgetaucht war. »Du meine Güte, warum schleichst du dich an?«

»Habe ich nicht. Du warst nur so vertieft.« Sie gab ihm einen Kuss. »Belastet dich etwas?«

»Ich zerbreche mir den Kopf über den Fall, weil ich diese drei Kinder finden will.«

»Das wirst du gemeinsam mit deinem Team. Ich bin mir ganz sicher.« Sie lächelte ihn an. »Soll ich dir ein schönes Frühstück zaubern?«

»Nein, vielen Dank. Kuschel dich zurück ins Bett, ich fahre jetzt ins Büro und hole mir auf dem Weg dorthin ein belegtes Brötchen von der Tankstelle.« Er zog Kim an sich. »Wenn der Spuk vorbei ist, wünsche ich mir einen leckeren Hackbraten mit Feta-Füllung.«

Kim lachte auf. »Den mache ich dir, versprochen.« Sie küsste Marcel und streichelte ihm über das Haar. »Pass gut auf dich auf.«

»Werde ich. Gib Marlene später einen dicken Kuss von mir.«

»Wird erledigt. Ich hoffe, dass sie noch ein paar Stündchen schläft, ich bin nämlich sehr müde.« Kim gähnte. Dann ging sie die Treppen hoch zum Schlafzimmer.

Marcel schaute ihr sehnsüchtig nach. Nicht nur wünschte er sich, mit ins Bett kriechen zu können, er vermisste auch die körperliche Nähe, die aufgrund von Marlenes Albträumen sehr selten geworden war. Die letzte Nacht hatte die Maus jedoch durchgeschlafen, das machte Marcel Hoffnung.

Er trank den Kaffee leer und zog sich an.

Marcel und Konrad saßen in der Küche von Justus' ehemaligen Pflegeeltern.

Herr Dahl war nicht sonderlich begeistert, dass sie erneut aufgetaucht waren. »Justus war nach Ihrem letzten Besuch sehr durcheinander und ängstlich. Sie haben alles wieder aufgerührt. Müssen Sie ihn schon wieder mit Ihren Fragen behelligen? Er hat Ihnen doch einiges erzählt.«

»Wenn ich dazu beitragen kann, dass die vermissten Kinder gefunden werden, helfe ich gern«, erwiderte Justus. Er sah Marcel und Konrad abwechselnd an. »Was kann ich tun?«

Marcel war froh, dass Justus so stark war, weitere Fragen zu beantworten, obwohl der junge Mann seit dem letzten Besuch sichtlich in sich eingefallen war. »Ich weiß, dass du große Ängste durchstehen musst und die Erinnerung an die Zeit sehr hart ist. Wir haben wahrscheinlich einen der Täter gefasst und auch von den anderen sind uns möglicherweise die Namen bekannt. Hast du damals vielleicht Namen mitbekommen? Wenn du uns die bestätigen kannst, wäre das ein Beweis.«

Justus presste die Lippen zusammen. »Ich glaube, einer hieß Noah, aber ich bin mir nicht sicher.«

»Das ist kein Problem«, erwiderte Marcel. »Wir würden dir gern ein Foto von einem potenziellen Täter zeigen, der damals möglicherweise beteiligt war. Wärst du dazu bereit? Das könnte uns bei der Identifizierung helfen.«

Justus schluckte. Seine Hände zitterten. Er kratzte sich wieder über die Arme.

»Muss das wirklich sein?«, fragte Frau Dahl. »Er hat große Angst.«

»Ich weiß, dass es sehr schwer ist und dass wir viel von Justus verlangen. Aber wir müssen die Kinder finden, ehe auch sie …« Marcel stoppte, weil er es nicht aussprechen wollte.

»Okay, zeigen Sie es mir.« Justus holte tief Luft. »Ich werde das schaffen.«

Frau Dahl nahm seine Hand.

Marcel legte das Foto von Noah Reiter auf den Tisch. »Er ist natürlich heute älter und leider auf dem Bild etwas lädiert. Vielleicht kannst du ihn aber anhand einer markanten Stelle identifizieren.«

In der Küche tropfte nur der Wasserhahn rhythmisch, sonst war kein Geräusch zu hören.

Justus starrte auf das Bild. Sein Atem wurde schneller. Tränen rannen ihm über das Gesicht.

»Du musst das nicht anschauen, wenn es dich aufwühlt«, sagte Frau Dahl besorgt.

Das Kratzen über die Arme wurde immer stärker und Justus sprang auf. »Ich kann das nicht.« Er weinte bitterlich. »Bitte nehmen Sie das Foto weg.«

Marcel steckte das Bild schnell wieder ein.

Herr Dahl schloss Justus in die Arme. Er presste ihn an sich. »Beruhige dich, dir kann niemand mehr etwas tun.«

»Bitte lassen Sie ihn in Ruhe, Sie sehen doch, wie traumatisiert er noch immer ist«, flehte Frau Dahl.

Marcel plagte das schlechte Gewissen. Aber er brauchte die Gegenüberstellung für die Beweisaufnahme. »Wir können das ein anderes Mal mit Psychologen wiederholen.«

»Es tut mir leid«, wisperte Justus. »Sie haben gerade gesagt, dass Sie einen Täter geschnappt haben. Haben Sie von dem auf dem Foto gesprochen?«

»Ja, das haben wir. Wir tun alles, um auch die anderen beiden zu finden. Sie werden alle dafür bestraft, was sie dir und den Kindern angetan haben.«

»Aber es waren nicht nur drei. Ich bin mir sicher, dass es vier Männer und ein Beobachter waren.«

»Das wissen wir. Derzeit gehen wir davon aus, dass der vierte Täter bereits tot ist.«

»Hoffentlich ist er qualvoll gestorben«, sagte Herr Dahl giftig. »Die anderen Entführer haben es genauso verdient.«

Marcel erwiderte nichts darauf, konnte den Vater jedoch verstehen. Er widmete sich wieder Justus. »Ich habe noch eine Frage zu diesem stillen Beobachter. Mittlerweile nehmen wir an, dass tatsächlich noch jemand dort war. Während der Ermittlungen kam heraus, dass einer der Täter bereits einen Sohn hatte, der seit 2009 vermisst wird. Möglicherweise war er ebenfalls dort eingesperrt. Hast du vielleicht doch irgendein Kind bemerkt?«

»Ich habe keinen Jungen gesehen. Und ich weiß auch nicht, ob ich mir nur eingebildet habe, dass mich jemand beobachtet. Ich habe so oft darüber nachgedacht und keine Erklärung gefunden, warum dort jemand hinter der Wand hätte sitzen sollen.« Justus hielt inne und schaute erschrocken auf. »Du meine Güte, ich hatte vergessen, dass an einem Tag ein Mädchen dort war. Das hat zu einer

Aufgabe gehört. Ich musste entscheiden, ob ich sie bestrafe oder mich. Sie war jünger als ich. Ich bin ganz sicher. Die habe ich mir nicht eingebildet.«

Marcel bekam eine Gänsehaut und machte sich Notizen.

Gab es ein weiteres Opfer, von dem sie nichts wussten?

Er fragte Justus nach dem Aussehen des Mädchens und dieser machte einige Angaben.

Aber wahrscheinlich würde diese Beschreibung nicht viel bringen, denn sie passte auf ungefähr jedes zweite Mädchen und Justus' Erinnerungsvermögen war durch sein Trauma nicht gut.

»In Ordnung, du hast uns wirklich geholfen und warst sehr tapfer. Melde dich jederzeit bei uns, wenn dir noch irgendetwas einfällt. Alles, und ist es noch ein so kleines Detail, kann uns möglicherweise weiterbringen.«

Justus nickte und wischte sich die Tränen aus den Augen. »Ich hoffe, dass Sie die Kinder finden. Und ich bete, dass sie nicht dasselbe wie ich durchmachen müssen.«

Marcel schluckte den Kloß in seinem Hals hinunter. Ein weiteres Mal bedankte er sich. Er war froh, als er draußen war und die kalte Januarluft ihn ohrfeigte.

25

Es war der letzte Tag. Der letzte Tag für mich hinter der Wand. Der letzte Tag für Finja auf der Erde.

Ich wusste nicht, ob ich traurig darüber war, sie bald nicht mehr zu sehen, oder froh, weil ich bald wieder meine Ruhe hatte.

Generell war ich mit den Bestrafungen und den Quälereien zufrieden, aber ich wünschte keinem, ermordet zu werden. Der Tod war etwas Grausames. Er war wie ein dunkler Schatten, der auftauchte und jemanden mitnahm. Dabei hinterließ er eine traurige Stille.

Ein bisschen war auch Noah wie der Tod. Der nahm sich einfach ein Kind und bestimmte, dass es nicht mehr leben durfte. Seine Opfer starben qualvoll, also war Noah eigentlich noch schlimmer als der Tod. Wäre ich in der Lage, irgendwann einmal einen Menschen zu töten?

Mein Vater war schon sehr früh mit Finja ins Wohnzimmer gekommen. Seine Kiefer mahlten und sein Blick wirkte starr, als würde er einen bestimmten Punkt fixieren. Unter seinem Auge zuckte ein Muskel. Ich konnte nicht verstehen, dass er fähig war, beim Sterben eines Kindes dabei zu sein.

Aber ich nahm hin, dass er am Tod eines Kindes beteiligt war, solange er verhinderte, dass ich eines Tages Noah in die Hände fiel.

Finja saß mit dem Rücken an die Wand gelehnt und blickte leer in den Raum. Ein bisschen wirkte es, als wüsste sie, dass sie bald sterben würde. Sie bewegte sich kaum noch. Ihr Gesicht war eingefallen, ihre Augen wirkten schattenverhangen. Vielleicht war sie sogar froh, dass es bald vorbei sein würde.

Die Tür öffnete sich.

Ich presste mich gegen das Loch, um nichts zu verpassen.

Finja blinzelte langsam.

Noah kam halb tanzend ins Zimmer und pfiff fröhlich. »Guten Morgen, Finja.«

Sie antwortete wie immer nicht.

Noah kniete sich vor sie, legte den Kopf schief. »Heute ist ein besonderer Tag für dich, denn dein Leid wird ein Ende nehmen.«

Sie sah an ihm vorbei, als wäre er nicht im Raum.

»Meine siebte Pflegefamilie war die schlimmste, Gott sei Dank können diese Bastarde nie wieder Kinder in Pflege nehmen. Sie glaubten, dass Kindern wie ich eine besondere Härte brauchten. Sie sind sehr religiös, total besessen von Gott. Der ganze Tagesablauf war damals bei ihnen auf christliche Prinzipien abgestimmt. Eins davon wird heute eine Hauptrolle spielen. Ich werde den Prozess des Jüngsten Gerichts für dich in Gang setzen, Finja. Weißt du, was das bedeutet?«

Finja schüttelte geschwächt den Kopf.

»Ich kann dich leider nicht mehr nach Hause lassen, denn du würdest mich verraten. Deshalb stelle ich dich vor das Jüngste Gericht und Gott wird über dein Schicksal im Jenseits bestimmen, nicht ich. Vielleicht schaffst du es trotz all deiner Sünden, noch in den Himmel zu kommen.«

Finja riss die Augen auf. »Bitte lass mich gehen. Ich werde wie Lara auch nichts sagen«, wisperte sie leise.

»Glaube mir, ich tue dir mit dem Tod einen Gefallen, denn dein Leben wird nach deinen Erlebnissen hier nie wieder schön sein. Was du bei uns gelernt hast, würde dich immer begleiten. Das möchte ich dir nicht antun. Du verlässt heute diese Erde. Es kommt auf dich an, ob Gott zu deinem Wohle entscheidet.« Noah wedelte mit der Hand in Rollis Richtung.

Dieser trat vor, zog ein Stück Papier aus der Tasche und reichte es Noah.

»Das hier ist die Liste deiner Sünden«, sagte Noah zu Finja.

Mein Magen zog sich zusammen.

Auch Louis hatten sie eine solche Liste gegeben. Im Grunde passten die Sünden, die dort darauf gestanden hatten, zu allen Kindern, denn jedes hatte schon mal gelogen oder nicht gehört. Noah hatte nur einige Dinge ergänzt, die auf die sieben Tage eingingen.

Finja regte sich nicht.

Noah hielt ihr das Papier hin. »Lies laut vor, was du alles falsch gemacht hast.«

Sie reagierte nicht.

Noah stöhnte laut und schlug ihr ins Gesicht.

Finja zuckte zusammen und keuchte leise.

»LIES. ES. VOR! Du willst doch nicht in der Hölle schmoren, oder?«

Mein Herz wäre bei der Lautstärke beinahe stehen geblieben.

Ihre Finger bebten, als sie nach dem Papier griff. Sie blinzelte. »Ich … war … nicht brav. Ich … habe gelogen … Ich … habe … nicht gehorcht …«

Knasti schlug sie. »Lies schneller.«

»Ich habe geschrien, als ich hergebracht wurde.« Ihre Stimme hatte schwächer geklungen. »Ich habe gegessen, obwohl ich es nicht verdient habe.«

Noah legte ihr eine Hand auf die Schulter. »Wie du siehst, bist du ein sehr böses Mädchen. Ich hoffe für dich, dass Gott dir deine Sünden verzeiht und du in den Himmel kommen darfst.«

Finja würde in den Himmel kommen, da war ich mir sicher, denn sie war gar nicht so verwöhnt. Gott hatte bestimmt gesehen, dass sie Lara das Essen gegeben hatte.

Die Männer führten Finja aus dem Raum.

Mein Herz wummerte gegen meine Brust. Ich wusste, dass sie gleich sterben würde, weil auch Louis getötet worden war, nachdem er die Liste vorgelesen hatte. Aber ich hatte nicht dabei zugesehen. Später hatte ich nur Papa beobachtet, der ihn verbuddelt hatte.

Seine Schuhe waren noch immer in meinem Zimmer. Sie sollten mich daran erinnern, dass ich eines Tages einmal so wie Noah werden würde.

Dieses Mal wollte ich mich nicht damit zufriedengeben, das Finale zu verpassen. Ich war bereit mitzuerleben, was sie mit Finja taten, welche Reaktionen sie zeigte und wie es aussah, wenn jemand starb.

Einen Augenblick wartete ich noch, bis sie einen Vorsprung hatten. Dann schlich ich mich aus dem Hohlraum. Ich lauschte an der Tür zum Flur. Als ich nichts hörte, ging ich zur Treppe.

Aus dem Keller kamen Stimmen.

Auf Zehenspitzen eilte ich die Stufen hinunter und versteckte mich hinter dem Schrank, der gegenüber der Kellertür stand. Ich linste aus meinem Versteck hervor. Mein Blut rauschte mir in den Ohren, weil ich große Angst hatte, dass sie mich erwischen würden. Doch meine Neugier war größer.

Finja stand in der Mitte des dunklen Kellerraumes, die Männer hatten sich um sie herum gestellt.

Von der Decke hing ein dickes Seil, das an einem großen Holzbalken befestigt war. Es schwang leicht hin und her.

Mein Atem stockte.

Würden Sie Finja daran aufhängen?

Noah trat hinter sie und legte ihr eine Hand auf die Schulter. »Gleich ist es vorbei.«

Finja stand nur da und starrte auf das Seil. War ihr bewusst, was passieren würde? Hatte sie Angst?

Ich wollte so gern alles darüber wissen, doch die Antworten würde sie mit ins Grab nehmen.

»Du hattest Glück, an Pflegeeltern zu geraten, die wirklich liebevoll zu dir waren«, fuhr Noah fort. Er trat genau vor sie. »Doch du weißt nun auch, dass es viele Kinder gibt, die es nicht gut haben, und du hast am eigenen Leib erfahren, was die erleben. Es ist nicht fair, dass es solche Ungerechtigkeiten gibt. Ich hoffe für dich trotzdem, dass du in den Himmel kommst.«

Die eintretende Stille war unerträglich.

Meine Fingernägel gruben sich in meine Handflächen.

Noah band ihr das Seil um den Hals.

Finja regte sich nicht.

Mir wurde schlecht, doch ich konnte nicht wegschauen. So viele Tage hatte ich durch dieses Loch gesehen, so viele Momente miterlebt, in denen sie geprügelt, gedemütigt, gebrochen worden war. Deshalb musste ich auch das Ende beobachten.

Noah legte eine Hand auf ihre Wange. »Ich wünsche dir eine gute Reise.« Er nickte Knasti zu.

Der hob Finja an.

Noah legte das Seil um Finjas Hals und gab Knasti das Kommando.

Auf dessen Gesicht lag das fieseste Grinsen, das ich je in meinem Leben gesehen hatte. Er ließ Finja mit einem Ruck los, sodass sie nach unten fiel.

Ich schloss ganz kurz die Augen, mein Herz setzte für einen Moment aus. Dann sah ich wieder hin.

Finja baumelte, zuckte.

Ein Röcheln. Ein Schluchzen. Dann Stille.

Noah flüsterte etwas, aber ich konnte es nicht verstehen. Nach einer Weile schnitt er das Seil ab.

Finja fiel zu Boden und regte sich nicht mehr.

Mich kitzelte eine Träne an der Wange. Schnell wischte ich sie weg.

Noah lachte. »Sie war ein harter Brocken. Mutig und stark. Trotzdem bin ich zufrieden, weil wir ein zweites verwöhntes Pflegekind eliminiert haben. Es ist zu Ende. Wir haben alle eine Pause verdient.« Er drehte sich zu meinem Vater. »Mach sauber und hinterlasse keine Spuren. Wir sehen uns in ein paar Tagen.« Noahs Schritte hallten durch den Treppenflur, als er nach oben ging.

Die Männer folgten ihm.

Ich war starr vor Schreck, verharrte hinter dem Schrank und betrachtete den leblosen Körper des kleinen Mädchens. In mir herrschte Trauer, aber auch Faszination.

Als ich die Autos wegfahren hörte und Stille im Haus herrschte, kroch ich hinter dem Schrank hervor. Ich wollte Finja aus der Nähe sehen, wollte sie anfassen, wollte wissen, wie sich eine Leiche anfühlte. Ich legte meine Hand auf ihre weiße Wange. Doch ich war enttäuscht, weil sie warm war. Ich hatte immer gedacht, der Tod sei kalt.

Ein paar Tränen lösten sich aus meinen Augen. Ich wollte nicht flennen, aber konnte es nicht aufhalten. Zum Glück löste sich der Kloß in meinem Hals schnell, und ich hörte auf zu weinen.

Meine innere Unruhe trieb mich nach oben, denn jeden Moment könnte mein Vater wiederkommen und bis dahin sollte ich aus dem Keller verschwunden sein.

Ich eilte zurück ins Wohnzimmer hinter die Wand und wartete darauf, dass er mich holen würde.

Einen Augenblick später ließ er mich aus dem Bunker. »Geh essen und duschen«, befahl er streng.

Ich lief in die Küche und beobachtete, wie mein Vater leise vor sich hin fluchend die Kellertreppe nach unten lief. Einen Augenblick später kam er mit einem Teppich wieder nach oben.

Finjas nackte Füße schauten hinaus.

Ich wartete, bis er aus dem Haus gegangen war, und schlich hinterher.

Mein Vater ging an den Ort, an dem er vor Monaten Louis vergraben hatte.

Ich versteckte mich hinter der Scheune und schaute ihm zu.

Er buddelte ein Loch, legte Finjas Körper hinein und schichtete Erde darüber. Anschließend hockte er sich hin und legte sein Gesicht in die Hände. Sein Körper bebte. Weinte er etwa um Finja?

Als mein Vater aufsah, zog ich schnell meinen Kopf weg und rannte zurück ins Haus. Ich setzte mich in die Küche und schmierte mir ein Käsebrot.

Mein Vater kam zu mir und streichelte mir über den Kopf. »Du hast es geschafft. Ich bin stolz auf dich.«

Die Worte lösten ein warmes Gefühl in mir aus und ich lächelte ihn an.

»Ich lege mich eine Weile ins Bett, weil ich Schlaf brauche. Später koche ich uns noch etwas. Lies ein wenig, wenn du duschen warst. Morgen starten wir mit Mathe.«

Ich nickte und biss von meinem Brot ab. Nachdem ich es gegessen hatte, ging ich noch einmal in den Keller und holte mir Finjas rosafarbigen Schuh. Es war eine Erinnerung an die sieben Tage im Jahr 2010. Ich war gespannt, wann Noah das nächste Kind in unser Haus bringen und wie sich das bei den sieben Tagen anstellen würde. Finja würde ich jedenfalls noch lange in Erinnerung behalten.

26

Marcel stellte sich vor das Team der Soko. »Okay, Leute, wir haben nicht mehr lange, um Mila, Samuel und Michel lebend zu finden, wenn wir der Botschaft mit den sieben Tagen Glauben schenken.« Er schluckte bei dem Gedanken, dass sie scheitern könnten. »Noah Reiter ist verhaftet, redet aber nicht. Von seinen damaligen Komplizen fehlt jede Spur. Wir haben noch immer keine Ahnung, zu wem die DNA gehört, die wir auf den Schuhen von allen festgestellt haben und die zu 48,7 Prozent mit der eines damaligen Täters übereinstimmt. Derzeit vermuten wir, dass die entweder von Ronon Bayer oder von Deniz Haller stammt. Nach Letzterem suchen wir händeringend.«

Ein Kollege meldete sich. »Haben wir zu den beiden Personen etwa noch keine Ergebnisse vom LKA wieder?«

»Leider sind die überlastet«, antwortete Wolfgang. »Sie versuchen aber, es uns bis heute zu schicken.«

»Danke, dass du da hinterher bist, Wolfgang«, erwiderte Marcel. »Während wir auf die Ergebnisse warten, würde ich die Theorien zu den beiden Verdächtigen gerne schon durchgehen. Sowohl Ronon Bayer als auch Deniz Haller könnten unser Entführer sein. Herr Bayer verheimlicht, dass sein Sohn totgeschlagen wurde. Die Anzeige aufgrund Kindesmisshandlung hat er hingenommen, was mich stutzig macht. Warum wehrt er sich nicht gegen diese Anschuldigungen, wenn sie verkehrt sind? Ich denke, dass die Bayers mehr zu den damaligen Verbrechen wissen, als sie zugeben, und deshalb schweigen. Möglicherweise haben die sogar Kenntnis darüber, dass ihr Sohn Kilian Bayer an den Entführungen beteiligt war, wollen ihn aber über seinen Tod hinaus beschützen. Herr Bayer könnte die aktuellen Opfer als Geiseln halten, weil er sich an Kilians Freunden rächen möchte. Vielleicht sieht er diese Männer als Schuldige, da sie seinen Sohn in solch eine Sache verwickelt haben.«

»Interessante Theorie. Klingt plausibel«, erwiderte ein Kollege.

Marcel blätterte in seinem Notizbuch, um den nächsten Punkt anzusprechen. »Einen neuen Hinweis haben wir durch Justus Och bekommen. Laut ihm war offenbar 2011 ein Mädchen bei den Tätern, Justus sollte es bestrafen. Zum damaligen Zeitpunkt schätzte er es in etwa gleichaltrig ein. Das bedeutet, es muss circa zwischen sechs bis neun Jahre alt gewesen sein. Das Kind war nur einen Tag dort und Justus hat es danach nicht noch einmal gesehen. Wir haben einen Zeugenaufruf gemacht, um dieses Mädchen zu finden. Die Frage ist jedoch, ob die Täter es danach getötet haben. Es würde mich wundern, wenn sie es wieder haben laufen lassen und es keine Meldung durch Eltern gab, dass ihre Tochter entführt wurde.«

Einige seiner Kollegen nickten.

»Hoffen wir, dass sich jemand meldet. Vielleicht wurde dieses Mädchen ja auch so sehr eingeschüchtert, dass es nie etwas gesagt hat, und erkennt sich nun in dem Zeugenaufruf wieder. Möglicherweise gibt es auch weitere Opfer, wenn Noah Reiter und seine Freunde bei jedem Opfer denselben Ablauf an den sieben Tagen durchgezogen haben.«

Plötzlich stand Wolfgang Becker auf. Er hob sein Handy hoch. »Entschuldige. Es ist das LKA. Da muss ich rangehen.« Er lief nach draußen.

»Gut, wir machen kurz Pause. Wir warten, ob das Telefonat neue Entwicklungen ergibt.« Marcel nutzte die Unterbrechung, um einen Schluck zu trinken. Sein Magen knurrte, weil er noch immer nicht sein Brötchen von der Tankstelle gegessen hatte. Nun versuchte er, seinen Magen wenigstens mit Wasser zu besänftigen.

Wolfgang kam nach ein paar Minuten zurück. »Wir haben Ergebnisse. Erstens hat sich die DNA von Kilian Bayer bestätigt, auch er war 2009 bis 2011 offenbar mit den Opfern in Berührung gekommen. Zweitens stammt die DNA, die wir an allen Schuhen gefunden haben, von Deniz Haller. Das LKA hat zudem eine weitere gefunden. Sie entschuldigen sich, dass sie die erst jetzt melden, es war wohl anfangs recht schwammig. Bei Finja Hansers Schuh hatten sie eine DNA erfasst, die unbekannt war, aber haben es leider versäumt, es uns mitzuteilen. Diese Probe passt zu hundert Prozent zur Vergleichsprobe von Ronon Bayer.«

»Ronon Bayer bleibt damit ein Hauptverdächtiger. Fragt sich nur, ob der schon früher mitgemacht hat oder Kleidungsstücke von Finja erst jetzt in die Hände bekommen hat. Aber wo war der Schuh dann in den letzten Jahren?« »Möglicherweise hatte Deniz Haller die Schuhe. Dann hat Ronon Bayer gelogen und er hatte doch Kontakt zu seinem Enkel.«

»Vielleicht arbeiten sie ja jetzt zusammen«, warf Konrad ein.

»Finden wir es raus. Konrad und ich fahren zu Familie Bayer, um den Mann vorläufig festzunehmen. Mareike, ruf die Staatsanwaltschaft an, die sollen einen Haftbefehl für Ronon Bayer beantragen.«

»Erledige ich.« Mareike eilte aus dem Besprechungszimmer.

Marcel und Konrad fuhren los.

Es dauerte eine Weile, bis Konrad und Marcel die Befragung von Ronon Bayer durchführen konnten. Sein Anwalt hatte einiges probiert, um Zeit zu schinden.

»Ronon, rede jetzt. Du machst alles nur noch schlimmer«, sagte seine Ehefrau schluchzend, die ebenfalls im Befragungszimmer stand.

»Frau Bayer, bitte lassen Sie mich das entscheiden«, sagte der Anwalt.

»Nein«, erwiderte sie etwas strenger. »Ich kann nicht mehr. Das muss endlich ein Ende haben.« Sie weinte bitterlich.

»Schon gut, Schatz. Ich mache eine Aussage.« Herr Bayer nickte Marcel zu. »Stellen Sie Ihre Fragen.«

Marcel schickte die Ehefrau aus dem Zimmer, dann setzte er sich Herrn Bayer und seinem Anwalt gegenüber.

Konrad hatte sich etwas abseits gestellt.

»Wir nehmen das Gespräch auf.« Marcel gab Ort, Datum, Uhrzeit sowie die anwesenden Personen an und belehrte Ronon Bayer noch einmal. »Können wir beginnen?«

Herr Bayer nickte. Seine Augen waren feucht. »Ich schwöre Ihnen, ich habe diese Kinder nicht entführt. Damals nicht und heute auch nicht.«

»Wie erklären Sie sich dann Ihre DNA auf dem Schuh der 2010 verschwundenen Finja Hanser?«

Der Mann schluckte. »Ich … kann Ihnen das nicht sagen. Aber ich habe dem Mädchen nichts getan.«

»Herr Bayer, seit der ersten Befragung verhalten Sie sich auffällig. Wen decken Sie? Noah? Haben Sie doch mehr väterliche Gefühle zu ihm, als Sie zugeben? Er ist sicher einer der Täter von damals. Ihr leiblicher Sohn Kilian ebenfalls, den brauchen Sie nicht mehr zu schützen.«

»Das ist Unsinn, ich würde Noah gern im Knast sehen. Er ist mir egal.«

»Was ist mit Deniz? Decken Sie ihn? Rächt er sich heute an den Kindern der damaligen Täter?«

Herr Bayer schluchzte und schüttelte den Kopf.

Marcel erhob sich, weil er Druck aufbauen wollte. »Wenn Sie nicht reden wollen, werden wir Ihre Frau befragen. Die scheint mittlerweile bereit zu sein, auszupacken.«

»Nein, bitte tun Sie ihr das nicht an. Es ist alles schon schlimm genug. Wir können nicht glauben, dass das passiert ist.«

»Was genau?«, hakte Marcel nach.

Der Anwalt belehrte seinen Mandanten, dass er nicht zu antworten brauchte.

»Ich möchte diese Aussage machen.« Herr Bayer wischte sich die Tränen ab. »Es ist wahr, Noah hat die Kinder damals entführt. Wir haben das nicht gewusst, das schwöre ich Ihnen. Erst 2011 haben wir davon erfahren, als wir ihn und Kilian bei einem Gespräch belauscht haben. Auch dass unser Sohn daran beteiligt war, haben wir dadurch mitbekommen. Sie haben sich vor unserem Haus heftig gestritten. Kilian wollte heimkommen und uns alles beichten, weil er es nicht mehr ausgehalten hatte, Kindern wehzutun. Er hat Noah aufgefordert, einen Jungen freizulassen.« Ronon Bayer schüttelte heftig den Kopf. »Doch Kilian war so fixiert auf Noah. Der hat es dann geschafft, ihn zu überzeugen, nichts zu sagen, und sie sind wieder gegangen.«

»Ihnen ist nicht in den Sinn gekommen, die Polizei zu informieren? Immerhin war ein Kind noch in deren Fängen.«

»Wir wollten nicht, dass Kilian ins Gefängnis kommt. Er war kein schlechter Kerl, wir mussten ihn beschützen.«

Marcel konnte nicht fassen, dass dem Mann ein Menschenleben so egal gewesen war. »Ihr Sohn hat drei Kinder entführt, möglicherweise zwei davon getötet. Zumindest war er dabei. Das lässt sich nicht schönreden. Warum haben Sie nach Kilians Tod nicht wenigstens Noah Reiter bei der Polizei gemeldet? Vielleicht hätte man die drei derzeit verschwundenen Kinder vor diesem Unglück bewahren können.«

»Es ging nicht.« Mehr sagte Herr Bayer nicht. »Mehr kann ich Ihnen nicht erzählen.«

Marcel kochte vor Wut, aber er behielt die Fassung. »Wussten Sie, dass Ihr Enkelkind Deniz seit 2009 als vermisst gilt?«

Herr Bayer senkte den Blick und nickte kaum merklich.

»Warum haben Sie uns das verheimlicht?«

Der Mann räusperte sich. »Weil ich wusste, dass Kilian ihn hatte.«

»Carmen Haller ist kurz darauf auch verschwunden. Wo ist sie?«

»Das weiß ich wirklich nicht.«

Marcel lehnte sich vor. »Soll ich Ihnen sagen, was ich denke? Deniz hat die Kinder aus Arzheim entführt und Sie decken ihn, genauso, wie Sie Ihren Sohn gedeckt haben. Oder Sie machen gemeinsame Sache mit Deniz.«

Herr Bayer vergrub das Gesicht in den Händen. »Nein, bitte glauben Sie mir, ich könnte niemals einem Kind etwas antun.«

»Dann erklären Sie mir, wie Ihre DNA auf den Schuh eines Opfers kommen konnte«, forderte Marcel streng. Seine Geduld war am Ende. »Unsere Ermittlungen zeigen, dass Deniz damals wahrscheinlich in dem Haus war, als diese Kinder von Noah und den anderen festgehalten wurden. Hat er die Schuhe dieser Kinder aufgehoben? Haben Sie doch Kontakt zu Deniz und helfen ihm? Reden Sie endlich.«

Ronon Bayer zitterte am ganzen Leib. »Sie müssen mir versprechen, dass Deniz da rausgehalten wird.«

Der Anwalt hob die Hand und flüsterte seinem Mandanten etwas ins Ohr.

»Schon gut, ich will reden. Ich muss das endlich beenden«, sagte Ronon Bayer. Er blickte Marcel an. »Deniz stand 2011 plötzlich vor unserer Tür. Er war mit Hämatomen übersät und sah elendig aus. Er erzählte uns, dass Noah seinen Vater umgebracht hatte und ihn auch töten wollte. Deniz konnte fliehen und Kilian hatte ihn vor seinem Tod zu uns geschickt, weil er wusste, dass wir uns kümmern würden. Wir haben ihn bei uns versteckt, da wir wussten, dass Noah sehr brutal war. Einmal stand der sogar bei uns vor der Tür, um sich Deniz zu holen. Er hat das ganze Haus auseinandergenommen. Wir hatten glücklicherweise ein sehr gutes Versteck für Deniz, und nach Noahs brutalem Auftritt bei uns haben wir ihn da auch nicht mehr rausgelassen. Gott sei Dank hat Noah wohl geglaubt, ihn nicht bei uns zu finden, und hat uns seitdem nie wieder behelligt.«

Marcel war fassungslos, dass die Familie ihren Enkel über Jahre versteckt hielt und ihn einfach weiter unter vermisst laufen ließ. »Warum haben Sie nicht die Polizei eingeschaltet?«

»Weil wir das Andenken unseres Sohnes bewahren möchten. Kilian sollte nicht mit den abscheulichen Verbrechen in Verbindung gebracht werden. Er hat das ganz sicher nicht freiwillig gemacht. Außerdem wollten wir Deniz nicht auch noch verlieren. Familie Haller hätte ihn uns sofort weggenommen, immerhin war er bei denen gemeldet und ich hatte den Stempel eines Schlägers.«

»Sie haben ein Kind jahrelang bei sich versteckt, ihm die Schule verwehrt und die Behörden belogen. Das ist strafbar. Hinzu kommt der moralische Aspekt. Sie haben die Großeltern mütterlicherseits in dem Glauben gelassen, er könnte tot sein.«

»Ich weiß.« Ronon Bayer schniefte. »Es war nicht okay, wir waren so verzweifelt.«

»Wie soll er ins Leben zurückfinden, wenn Sie nicht mehr da sind? Wollen Sie ihn nie wieder rauslassen?«

»Natürlich nicht. Wir hatten vor, ihn in die Gesellschaft zurückführen, sobald Noah Reiter gefasst ist. Uns war klar, dass der Typ eines Tages für irgendein Verbrechen geschnappt wird. Und bis dahin wollten wir Deniz auf ein Leben außerhalb des Verstecks vorbereiten. Er ist schon häufiger vorsichtig rausgegangen.«

Marcel konnte nicht glauben, wie verbohrt und unreif die Familie Bayer gedacht hatte, sie könnten das Kind verstecken und dann einfach ins Leben rausschicken. Aber das war für ihn uninteressant, er musste die Kinder finden und die Befragung dahin zurückführen. »Weshalb ist Ihre DNA an diesem Schuh?«, fragte Marcel ein weiteres Mal.

»Sie müssen mir glauben, Deniz ist ein guter Kerl.«

Marcel wurde fast aggressiv, weil Herr Bayer der Frage erneut ausgewichen war. »Hat er die Kinder entführt und Sie haben ihm geholfen?«

Der Mann senkte den Blick. »Ich weiß es nicht. Vor einer Weile habe ich den Schuh bei ihm im Zimmer gefunden und in den Keller geräumt. Ich wusste ja nicht, dass der einem Opfer gehört hat. Aber Deniz scheint ihn sich wiedergeholt zu haben, ich habe nachgeschaut, er ist nicht mehr da.«

»Deniz' DNA ist auch auf den Schuhen der derzeit vermissten Kinder. Wir glauben, dass er sie entführt hat, möglicherweise will er sich für den Tod seines Vaters rächen. Wo finden wir Deniz?«

»Er hat nichts damit zu tun. Der arme Junge musste mitansehen, was die Typen mit den Kindern getan haben. Er war selbst Opfer von Noah. Bitte glauben Sie mir, unser Enkel hat nichts getan.«

»Warum klebten dann die Schuhe der damaligen Opfer, die Deniz offenbar hatte, an den Hauswänden?«

Herr Bayer senkte die Schultern. »Ich weiß es nicht.«

»Wo finden wir ihn?«, fragte Marcel energischer.

»Er ist in meinem Haus.« Ronon Bayer gab eine genaue Beschreibung, wo sie Deniz Haller finden konnten.

Marcel sprang auf und sah zu Konrad. »Fahren wir.«

27

16. Januar 2023

Konrad und Marcel hatten Deniz in einem separaten Zimmer gefunden, das sich hinter dem Keller der Familie befunden hatte. Vor der Tür hatte zur Tarnung ein Regal gestanden.

Das Zimmer war recht groß und mit allen nötigen Möbeln ausgestattet.

Nun saß Marcel mit Deniz Haller im Befragungsraum auf dem Präsidium.

In dessen braunen Augen lag nichts Böses. Doch er konnte erkennen, dass diese Augen schon viel mitbekommen hatten, was sie nicht hätten sehen dürfen. Sie wirkten skeptisch und wachsam.

Deniz war vierundzwanzig Jahre alt, dürr, blass und wirkte wie ein junger Teenager. Dieser erwachsene Mann hatte kaum eine Schule besucht, hatte keinen Abschluss, keine Ausbildung, nie ein Leben geführt, wie es andere taten. Feiern, Alkohol trinken, einen Joint probieren, Führerschein machen. Stattdessen hatte er sein ganzes Leben in Verstecken verbracht.

»Herr Haller, wir wissen, dass Sie schon sehr viel durchgemacht haben. Um das Erlebte verarbeiten zu können, bekommen Sie ausreichend Hilfe. Aber Sie müssen uns die Wahrheit erzählen. Wir haben Ihre DNA-Spuren auf Kleidungsstücken einiger Opfer gefunden. Wie ist das möglich?«

»Ich war damals in dem Haus, wo Finja und Louis auch waren. Die ganze Zeit habe ich hinter der Wand im Wohnzimmer gesessen und beobachtet, was Noah mit den Kindern gemacht hat. Alles, was er in seinen Pflegefamilien erlebt hat, hat er an Pflegekindern ausgelassen, die es besser als er hatten.«

»Haben die Täter gewusst, dass Sie hinter dieser Wand saßen?«

»Nicht von Anfang an. Mein Vater hat alles dafür getan, dass ich nicht bemerkt werde. Noah hätte mir sonst das Gleiche wie den anderen angetan. Es war anstrengend, es tagelang in dem engen Bunker auszuhalten. Aber es war spannend, zu sehen, wie sich die Kinder bei Noahs Aufgaben entschieden haben.«

In Marcels Magen bildete sich ein Knoten, als er Deniz' Faszination hörte.

Kein Wunder, dass dieser inzwischen dasselbe tat.

»Wann haben die Täter Sie entdeckt?«

»2011, nachdem Justus entkommen war.«

»Was ist nach seiner Flucht passiert?«

Deniz traten Tränen in die Augen.

»Ihr Großvater hat mir erzählt, dass Sie verletzt vor seiner Tür gestanden haben. Haben die Männer Ihnen das angetan? Haben die ihre Wut, die sie wegen Justus hatten, an Ihnen ausgelassen?«

»Ja, Noah hat mich entdeckt und wollte mich umbringen, weil ich ein Zeuge war. Mein Vater hat versucht, das zu verhindern und wurde dabei getötet. Ich konnte fliehen. Von meinem Vater wusste ich, wo seine Eltern wohnen, er ist oft mit mir den Weg gefahren, damit ich mal etwas anderes als den Wald sehe. Er war immer vorsichtig, sodass mich keiner sieht, damit die Eltern meiner Mutter mich nicht wieder zu sich holen konnten. Sie hätten mich nämlich meinem Vater sofort weggenommen. Kurz bevor er gestorben ist, hat er gesagt, ich soll zu seinen Eltern gehen, weil die mich vor Noah beschützen würden. Deshalb bin ich dorthin geflüchtet.«

»Sind Mila, Samuel und Michel nun auch in dem Haus, in dem Sie bis 2011 gelebt haben?«

Deniz Haller zuckte mit den Schultern.

»Bitte sagen Sie mir, wo die drei sind.«

»Das kann ich nicht. Es wäre nicht richtig. Sie müssen die selbst finden.«

Marcel ließ sich die Worte durch den Kopf gehen und versuchte zu verstehen, weshalb Deniz Haller das so wichtig war. »Bedeutet das, dass Sie diese Schuhsache machen, um uns zu zeigen, dass wir damals versagt haben? Geben Sie uns damit eine Chance, dieses Mal die Opfer rechtzeitig zu finden?«

Deniz zuckte wieder mit den Schultern. »Ich habe die Schuhe an die Wand geklebt, damit die Opfer noch mal

Ihre Aufmerksamkeit bekommen. Sie haben ein schönes Begräbnis verdient. Deshalb möchte ich, dass jemand ihre Leichen findet.«

Marcel war zwar nicht davon ausgegangen, dass die damaligen Opfer noch lebten, trotzdem versetzten die letzten Worte ihm einen Stich ins Herz. »Das würden wir gern, damit die Eltern abschließen können. Dazu benötigen wir Ihre Hilfe. Sagen Sie uns, wo dieses Gebäude steht, in dem Sie und die Kinder waren.«

»Das darf ich nicht. Ich habe meinem Vater versprochen, nie etwas zu verraten.«

»Herr Haller, Sie werden verdächtigt, drei Kinder entführt zu haben. Derzeit sprechen einige Hinweise für Sie, die ausreichen, um Sie in Untersuchungshaft zu stecken. Wenn Sie jetzt reden, wird sich das positiv für Sie auswirken. Wo sind die drei Kinder?«

»Ich habe denen nichts angetan. Sie müssen sie aber finden, damit der ganze Albtraum endlich ein Ende nimmt.«

Marcel war frustriert, weil sich das Gespräch im Kreis drehte. Er holte tief Luft. Vielleicht konnte er aus Antworten zu den alten Fällen heraushören, wo die Kinder damals versteckt gewesen waren. »Sie haben eben Justus erwähnt und dabei sehr traurig gewirkt. Haben Sie mitbekommen, wie er es geschafft hat, zu fliehen?«

»Ja, ich habe alles gesehen, weil ich beobachten wollte, wie sie Justus töten. Nur wegen meiner Neugierde hat mich Noah entdeckt.«

»Erzählen Sie mir, was 2011 geschehen ist.«

Deniz Haller seufzte. »In Ordnung. Aber ich rede nur von damals, den Rest müssen Sie selbst herausfinden.« Er holte tief Luft und begann zu berichten.

28

Ich saß hinter dem Schrank im Keller und schaute zum dritten Mal zu, wie Noah ein Kind an das Seil hängen wollte.

Justus war genauso ruhig wie Finja, wehrte sich nicht groß. Ich mochte ihn. Er war ein bisschen mein Freund gewesen, nachdem er mich an Tag fünf hinter der Wand bemerkt hatte.

Die Männer waren hinausgegangen. Noah hatte rauchen und Knasti Bier holen wollen. Was mein Vater und Rolli geplant hatten, wusste ich nicht.

Auf einmal war Justus zu mir an die Wand gekommen. Er hatte in das Loch hineingesehen. »Ich weiß, dass da jemand ist«, hatte er gesagt.

Mir war das Blut in den Adern gefroren. Ich hatte Angst gehabt, dass er Noah davon erzählen könnte, weshalb ich nicht geantwortet und sogar die Luft angehalten hatte.

Gott sei Dank war Rolli wiedergekommen und Justus war schnell auf seine Decke zurückgegangen.

Am nächsten Tag war er auch kurz allein gewesen, weil die Männer gestritten hatten. Da hatte er mir wütend gesagt, dass ich ihm helfen müsste.

Ich hatte ihm erklärt, dass das nicht ginge, weil ich sonst selbst sterben würde.

Justus hatte geantwortet, dass er das verstehen würde.

Ich hatte es schön gefunden, dass er mich nicht verraten hatte. In derselben Nacht hatte ich ihm etwas zu essen in den Keller gebracht.

Ich war ein bisschen traurig, dass er nun sterben würde. Aber es war besser, als wenn ich dort hängen würde.

Ich war so in meinen Gedanken gefangen, dass ich zusammenfuhr, als es laut polterte.

»Du versoffenes Rindvieh«, brüllte Noah.

Mein Herz stockte. Ich kannte seine Wutausbrüche bereits, doch dieser Schrei war mir durch Mark und Bein gegangen.

»Halt deine Fresse. Wenn Kilian die scheiß Treppe aufräumen würde, würde ich nicht über alles stolpern«, motzte Knasti.

»Du musst nicht noch ein Bier holen, ehe wir hier fertig sind«, erwiderte mein Vater.

»Du Loser hast mir gar nichts zu befehlen, hast du verstanden?«, raunte Knasti meinem Vater zu, wankte aber dennoch zurück in den Keller.

Noah packte Knasti am Kragen und drückte ihn an die Wand. »Hör mit der Sauferei auf und reiß dich zusammen.«

Rolli stürzte zu Noah. »Beruhige dich.«

Noah schubste Rolli weg, der auf den Boden fiel.

Knasti holte aus und gab seinem Anführer einen Kinnhaken.

Der Streit unter den vieren eskalierte.

Justus bewegte sich Schritt für Schritt auf Zehenspitzen nach hinten zur Tür.

Ich konnte kaum atmen. Kurz überlegte ich, ob ich ihn verraten sollte, damit ich bei Noah einen Stein im Brett hatte und mich nie wieder verstecken musste. Aber das brachte ich nicht über das Herz, weil Justus mich auch nie verpetzt hatte.

Die Tür des Kellerraumes knallte zu.

Justus schloss von außen ab und eilte die Treppe nach oben.

Drinnen hämmerte Noah gegen die Tür. »Wag es dir ja nicht abzuhauen, du Bastard. Mach sofort auf oder ich zerreiße dich in alle Stücke.« Er schrie umsonst, denn Justus war längst oben. »Seht zu, dass ihr die Tür aufbrecht, ihr Versager«, plärrte Noah.

Ich zitterte am ganzen Leib, wusste nicht, was ich tun sollte. Das laute Krachen gab mir Antwort. Sie hatten die Tür aufbekommen und ich entschied, in meinem Versteck zu bleiben.

Alle vier stürzten die Treppe hinauf.

Knasti stolperte erneut über seine Beine und riss Rolli mit hinunter. Sie standen wieder auf und hetzten die Treppe nach oben, doch der Sturz hatte Zeit gekostet.

Ich erwischte mich dabei, wie ich hoffte, dass sie Justus nicht fanden, denn die Wut, die Noah gerade in sich trug, würde Justus viel grausamer sterben lassen, als geplant gewesen war.

Auch wenn ich unbedingt aus dem Keller raus wollte, um mich zu verstecken, blieb ich hinter dem Schrank. Ich hatte Angst, denen direkt in die Arme zu laufen, wenn ich mich hervorwagte.

Nach einer Weile stiefelte Noah laut fluchend die Treppe hinunter. »So eine verdammte Scheiße. Ich bringe euch alle um, wenn das Balg nicht gleich wieder hier ist.«

Auch Knasti, Rolli und mein Vater kamen zurück.

»Er ist weg«, sagte Knasti kleinlaut.

»Ihr Versager«, plärrte Noah. »Wir fliegen auf, wenn die kleine Ratte alles verrät.«

»Ich will nicht in den Knast. Wir müssen hier verschwinden«, sagte Rolli.

»Scheiße, Mann.« Noah schlug gegen die Wand.

Dadurch hatte ich mich so erschrocken, dass ich gezuckt hatte und mit dem Arm gegen den Schrank gekommen war. Ich hielt den Atem an.

Mit einem Mal stürzte Noah in meine Richtung. Er packte meine Haare, riss mich hinter dem Schrank hervor und zerrte mich zu dem Seil. »Wir haben einen Spanner hier. Knasti, du liebst es doch, kleine Kinder zu quälen. Wir können nicht noch einen Zeugen gebrauchen. Töten wir ihn und suchen Justus.«

Ich war vor Schock und Schmerz ganz steif.

»Lass ihn sofort los!«, brüllte mein Vater.

»Sicher nicht. Hast du wirklich geglaubt, ich habe nichts von deinem Balg mitbekommen, das du in der

Wand vor uns versteckst? Ich wusste schon vor zwei Jahren von ihm. Mir war die ganze Zeit klar, dass er hier sein musste, wenn wir da sind. Wo sollte er auch sonst sein? Immerhin wird er schmerzlich vermisst und seine Mutter ist verschwunden. Aber ich habe es dir durchgehen lassen, weil er mich nicht interessiert hat. Gerade ist es mir allerdings egal, dass er kein verwöhntes Pflegekind ist, denn dieser kleine Bastard hier hätte Justus aufhalten können. Ich werde mich an ihm abreagieren.«

»Bitte lass ihn.« Mein Vater hob die Hände. »Woher wusstest du von Deniz?«

»Als mich deine Eltern rausgeworfen haben, habe ich mir mehr Unterstützung durch dich erhofft, aber du hattest immer wieder keine Zeit. An dem Tag, als du Deniz zu dir geholt hast, hast du mir zum vierten Mal einen Korb gegeben und ich wusste, dass du etwas ausheckst. Aus diesem Grund bin ich dir gefolgt und habe gesehen, wie du das Kind mitgenommen hast. Erst dachte ich, du bist ein perverser Kinderschänder, als du ihn hergebracht hast. Ich habe nichts gesagt, weil ich geglaubt habe, du vögelst ihn hier heimlich. Diesen Spaß wollte ich dir lassen. Aber meine Neugier war groß, wer das Kind wirklich ist. Also habe ich mir Carmen ein paar Tage später geschnappt. Um es aus ihr herauszukriegen, habe ich sie in alle Löcher …«

»Hör auf damit«, schrie mein Vater.

Noah grinste wie der Teufel. »Ich habe sie heftig gevögelt, bis sie mir verraten hat, dass du deinen eigenen Sohn entführt hast.«

»Hast du Carmen getötet?«, brüllte mein Vater.

»Ich hatte vor, sie gehen zu lassen, nachdem mein Spaß zu Ende war. Doch die Kleine wollte aus mir herauspressen, wo ihr Kind ist. Mutig war sie, das muss man ihr lassen. Sie hat mich angegriffen und versucht, mich umzubringen. Da habe ich kurzen Prozess gemacht. Sie ruht im Rhein. Und ihren Sohn werde ich hinterherschicken.« Erneut lachte er lauthals.

»Du rührst ihn nicht an.« Mein Vater stürzte auf Noah zu, doch der schlug ihm mit der Faust ins Gesicht. Mein Vater taumelte nach hinten und krachte auf den Boden.

Immer wieder drosch Noah mit einer Eisenstange auf ihn ein.

Ich wollte meinem Vater helfen, doch Knasti hielt mich fest.

Noah schlug weiter, bis sich mein Vater nicht mehr bewegte. Dann grinste er mich an. »Wir werden in den kommenden Tagen eine Menge Spaß haben. Dafür bereiten wir jetzt alles vor.« Er verließ den Keller mit Knasti und Rolli.

Der Schlüssel an der Tür zur Treppe wurde von außen im Schloss gedreht und abgezogen.

Ich krabbelte zu meinem Vater. »Papa, wach auf.«

Aus seiner Kehle entwich ein leises Stöhnen. Er nahm meinen Pullover und zog mich zu sich hinunter. »Du musst entkommen. Geh in den Pelzerweg zu meinen Eltern, wir sind den Weg oft genug gefahren. Sag ihnen alles, sie werden dich vor Noah verstecken. Aber lauf auf keinen Fall zu deinen anderen Großeltern. Dort bist du nicht sicher, Noah wird dich da als Erstes suchen.«

Ich wischte mir die Tränen aus den Augen und versuchte, mir alles zu merken.

»Geh auf keinen Fall über den Flur zur Haustür, die werden die Monster bewachen, nachdem Justus entkommen konnte. Den Ausgang an der Garage haben sie sicher nicht auf dem Schirm. Fass in meine Hosentasche. Dort ist ein Schlüsselbund drin. Einer ist für die Tür an der Kellertreppe, der andere für die Seitentür.« Mein Vater hechelte und hielt sich die Hand auf die Brust. »Du schaffst das.« In seiner Kehle gurgelte es, Blut lief aus dem Mund. Dann schloss er die Augen.

»Papa, bitte stirb nicht.« Ich rüttelte schluchzend an seinem Körper. »Bitte bleib bei mir, ich habe Angst.«

Er blinzelte mich noch einmal an. »Sei mutig, Kleiner.«

29

Marcel musste sich nach Deniz' Erzählung dazu, was am Tag von Justus' Entkommen passiert war, erst einmal sammeln. Er war überrascht, wie gefasst Deniz Haller von seinen Erlebnissen erzählt hatte. »Wie ging es weiter, nachdem Ihr Vater Ihnen gesagt hatte, was Sie tun sollen?«, fragte Marcel.

»Ich habe direkt versucht, in die Garage zu gelangen, aber ich habe ständig Stimmen von oben gehört. Es klang, als hätten die Männer direkt vor der Kellertreppe gestanden, deshalb konnte ich nicht los. Die Schlüssel habe ich sicherheitshalber unter dem Körper meines Vaters versteckt, damit sie die nicht fanden. Einige Zeit später hat mich Noah ins Wohnzimmer geholt und aufs Übelste gequält. Ich dachte, dass ich das nicht überleben würde.«

Marcel bekam Gänsehaut bei den detaillierten Beschreibungen des jungen Mannes. Es wunderte ihn nicht, dass Deniz nun Rache an den leiblichen Kindern nehmen wollte.

»Sie haben mich anschließend in den Keller gebracht und wieder die Tür oben an der Treppe abgeschlossen. Die von dem Kellerraum, in dem sie Justus erhängen wollten, war ja kaputt. Ich habe bis tief in die Nacht gewartet, an der Tür gelauscht und gehofft, dass sie alle schliefen, als ich nichts mehr von ihnen gehört habe. Dann habe ich mich von meinem Vater verabschiedet und es gewagt, in die Garage zu gehen. Als ich aufgeschlossen habe, habe ich fast einen Herzinfarkt bekommen, weil Knasti im Flur gegenüber der Tür saß. Aber er hat so tief geschlafen, dass er mich offenbar nicht gehört hat. Ich bin entkommen, wie es mir mein Vater gesagt hat, und zu meinen Großeltern gelaufen.«

Marcel beugte sich nach vorn. »Herr Haller, was Sie durchmachen mussten, ist wirklich schlimm. Jeder Richter wird Sie milder bestrafen, wenn Sie jetzt zugeben, dass Sie die Kinder dieser drei Männer verstecken. Sie haben uns die Schuhe doch nicht umsonst als Hinweise gegeben. Damit wollten Sie erreichen, dass wir das Rätsel um diese Täter endlich lösen, oder? Bringen Sie es jetzt zu Ende. Wem gehörte das Haus und wo steht es?«

Deniz Haller schluckte und senkte den Blick. »Es wäre nicht richtig, wenn ich es Ihnen verrate. Sie müssen die Kinder eigenständig finden, es ist Ihre Aufgabe.«

»Sie wissen selbst, wie schlimm es ist, von seinen Eltern getrennt und Opfer eines Verbrechens zu werden. Wollen Sie das wirklich diesen drei Kindern antun?« Mit diesen Worten schien Marcel gepunktet zu haben, denn er erkannte Schmerz in den Augen des jungen Mannes.

»Sie haben recht, es ist vielleicht an der Zeit, dass es beendet wird. Ich war damals im Haus meines Großvaters Ronon. Es befindet sich tief im Wald in der Denzerheide nahe des Fachbachs. Dort hat Noah die Opfer festgehalten. Hinter der Scheune am Waldrand sind die zwei Leichen begraben.«

Marcel schaute auf die Karte.

Die Denzerheide war ein ganzes Stück von Arzheim entfernt.

»Befinden sich jetzt auch Mila, Michel und Samuel da?«

Deniz zuckte mit den Schultern. »Ich habe genug gesagt.«

Marcel eilte aus dem Zimmer und rannte zu Mareike. »Vernehmt Deniz weiter, er hat mir verraten, wo ich die Leichen der früheren Opfer finde. Ich glaube, die vermissten Kinder sind auch dort. Konrad und ich fahren jetzt in die Denzerheide. Schickt uns Verstärkung und Krankenwagen nach.«

In Marcels Magen flatterte es. Hoffentlich lag er mit seinem Gefühl nicht falsch und fand die drei in diesem Gebäude in der Denzerheide.

Über die Panzerstraße gelangten sie in das Waldgebiet rund um den Fachbach. Dort konnten sie nur langsam mit dem Auto fahren, weil es keine gut befestigte Straße gab.

Es dauerte eine gefühlte Ewigkeit, bis sie endlich ein Gebäude in dem dichten Gehölz fanden.

Marcel sprang aus dem Wagen und eilte auf das Haus zu.

Von Weitem ertönten die Martinshörner seiner Kollegen.

Mit gezogener Waffe gingen Konrad und er um das Haus herum.

Marcel konnte nichts Verdächtiges erkennen und beschloss, bereits hineinzugehen. Er informierte Mareike darüber, die vom Präsidium aus die Koordination aller Einsatzkräfte übernahm.

Dann liefen er und Konrad ins Gebäude.

»Polizei«, rief Marcel laut. »Machen Sie sich bemerkbar.«

Es war still.

Auch wenn er niemanden im Haus erwartete, weil ihm klar war, dass Deniz hinter den Entführungen steckte, agierten sie mit äußerster Vorsicht.

Nachdem sie das Erd- und Obergeschoss gesichert hatten, kamen die Kollegen von der Schutzpolizei.

»Deniz hat erzählt, dass es einen Keller mit einem weiteren Raum gibt. Wir gehen mit zweien von euch runter. Der Rest bleibt hier oben.« Marcel lief langsam die Treppe hinunter und machte sich ein weiteres Mal bemerkbar.

Plötzlich ertönte ein Schrei aus einem Raum unten.

»Hilfe, wir sind hier«, brüllte ein Junge.

Marcel hastete zu der Tür. »Hier ist die Polizei. Hab keine Angst, wir holen dich raus. Ist noch jemand bei dir?«

»Noch zwei Kinder«, wimmerte es hinter der Kellertür, die recht notdürftig mit einem Schloss gesichert war. Es sah aus, als hätte die schon einmal jemand eingetreten.

»Geht ganz nach hinten in den Raum, wir kommen gleich rein.« Marcel schaute sich die Tür an. »Wir brauchen etwas, um das Schloss aufzubrechen.«

Ein Kollege von der Schutzpolizei stürzte nach oben und kehrte kurz darauf mit einer Zange zurück. Er durchtrennte den Bügel.

Marcel öffnete die Tür.

An der Wand standen drei Kinder, dünn und blass. Sie waren nur in Unterwäsche gekleidet und blinzelten ängstlich zur Tür.

»Sofort die Sanitäter!«, rief Marcel, nachdem er ganz sicher war, dass sich niemand anderes in dem Kellerraum aufhielt. »Ihr seid in Sicherheit. Ich bin Marcel und bringe euch zu euren Müttern.«

Das Mädchen hastete auf Marcel zu und stürzte sich in seine Arme. »Danke, dass Sie uns gerettet haben.« Sie weinte bitterlich. »Ich hatte solche Angst.«

»Ihr wart sehr tapfer. Ist jemand ernsthaft verletzt?«

»Uns ist kalt«, wisperte einer der Jungs. »Der Mann hat uns nur manchmal wehgetan, wenn er Filme gedreht hat. Er hat uns kein Essen und Trinken gegeben.«

»Habt ihr ihn gekannt?«, fragte Marcel die Kinder.

»Nein, er hat eine Maske getragen. Aber ich habe seine braunen Augen gesehen. Die werde ich nie mehr vergessen, weil sie so traurig waren«, sagte Mila Paule.

Mit Sicherheit beschrieb sie die Augen, in die auch Marcel vorhin gesehen hatte. »Könnt ihr noch etwas anderes an ihm beschreiben?«

»Er war ganz dünn«, antwortete einer der Jungs. »An

etwas anderes erinnere ich mich nicht.«

Die anderen beiden zuckten mit den Schultern.

»Danke, das war sehr gut. Ein Arzt wird euch jetzt untersuchen, um ganz sicher zu sein, dass euch nichts fehlt.«

Nachdem die Sanitäter und Notärzte die Versorgung der Kinder übernommen hatten, ging Marcel nach draußen und rief Mareike an. »Wir haben die drei, sie sind alle weitestgehend unverletzt, nur etwas dehydriert und unterkühlt. Ruf die Eltern an, sie können ins Stadt-klinikum kommen.«

»Gott sei Dank. Ich erledige das.«

»Hat Deniz Haller ausgepackt?«

»Nein, er hat kein einziges Wort mehr geredet.«

»Die Kinder haben den Täter beschrieben. Braune Augen, dünn. Das passt auf Deniz. Vielleicht erzählt er uns noch, was er sich dabei gedacht hatte. Wir fahren erst mit in die Klinik und dann kommen wir.«

»Okay. Bis nachher.« Mareike legte auf.

Die Kinder wurden je in einen Krankenwagen gebracht.

Die kleine Mila sprang plötzlich noch einmal heraus und rannte auf Marcel zu. »Können Sie bitte mitkommen?«

»Ich fahre direkt mit dem Auto hinter euch her. Du musst keine Angst haben, ich lasse nicht zu, dass dir etwas passiert. Deine Mutter wird gerade informiert und kommt sofort in die Klinik.«

»Danke.« Die Lider des Mädchens hingen nach unten und ihre Haut war sehr bleich.

Marcel war froh, dass sie nicht noch länger dort verharren musste, er wusste nicht, ob der kleine Körper die Strapazen noch länger ausgehalten hätte, ohne zusammenzubrechen.

Er glaubte nicht, dass Deniz den Kindern etwas antun wollte. Sie sahen auch nicht aus, als wären sie schwer misshandelt worden. Deniz' Plan war offenbar nur gewesen, dass die Polizei ihre Arbeit machte und den Fall von damals aufklärte. Wahrscheinlich hatte er sich auch an den Tätern rächen wollen, die seinen Vater getötet hatten. Wahrscheinlich ahnte Deniz nicht, dass die sich rein gar nichts aus ihren Kindern machten.

Als Marcel das Krankenhaus betrat, stürzten direkt die drei Mütter auf ihn zu, die in der Notaufnahme der Klinik bereits warteten.

»Wo ist Mila? Ist sie in Ordnung?«

»Ist ihnen etwas Schlimmes angetan worden?«, fragte Frau Sondermann.

Samuels Mutter weinte und sah Marcel nur panisch an.

»Allen dreien geht es den Umständen entsprechend gut, sie wurden nicht schwer verletzt. Sie können gleich zu Ihren Kindern, sie werden gerade aus den Rettungswagen hergebracht.«

Milas Mutter nahm Marcels Hand. »Danke, dass Sie sie gerettet haben. Ich hätte es niemals überlebt, wenn ich sie nicht mehr zurückbekommen hätte.«

Sofort musste Marcel an die Eltern von Louis und Finja denken, die zwar nun ein Ende des Falles bekamen, aber erfahren würden, dass ihre Kinder seit Jahren irgendwo im Wald verscharrt lagen. Erschöpft lief er zu Konrad. »Ich gehe kurz an die frische Luft. Dann fahren wir ins Präsidium, um Deniz Haller festzunehmen.«

30

Marcel wollte den Fall endlich abschließen, um den Abend mit seinen zwei Frauen ausklingen lassen zu können. Deshalb ging er zusammen mit Konrad direkt nach ihrem Eintreffen im Präsidium zu Deniz Haller. »Wir haben die Kinder wohlbehalten aufgefunden. Es wird Ihnen zugutekommen, dass Sie uns zu ihnen geführt haben, Herr Haller. Aufgrund Ihrer Erfahrungen wird ein psychologisches Gutachten erstellt, das Ihre Schuldfähigkeit einschätzt. Ich habe vorher noch ein paar Fragen an Sie. Haben Sie Ihre DNA absichtlich an den ganzen Schuhen hinterlassen, damit wir auf Sie stoßen?«

Deniz Haller seufzte. »Nein, ich habe nicht gut aufgepasst. Das war wohl nicht clever.«

»Wie sind Sie an die Schuhe von Finja und Louis gekommen?«

»Nachdem die Männer die beiden getötet haben, habe ich sie mir geholt und unter meinem Bett versteckt. Als Andenken, weil ich mich daran erinnern wollte, dass ich auch so stark wie Noah werde und niemandem mehr Kontrolle über mich gebe. Doch nachdem er mich fast umgebracht hatte, mochte ich nicht mehr wie er sein.«

»Sie haben die Schuhe doch sicher nicht bei Ihrer Flucht mitgenommen, dennoch hatten Sie die jetzt.«

»Die habe ich mir später aus dem Haus geholt. Ich hatte die Nase voll davon, dass ich mich nur bei meinen Großeltern verstecken musste. Aber die Gefahr, dass Noah immer noch in Koblenz war, war groß und ich hatte Angst, dass er mich erwischt. Ich brauchte etwas, um ihn in der Hand zu haben. Im Fernsehen habe ich gesehen, wie das mit Beweismitteln funktioniert. Da habe ich beschlossen, zu dem Haus zurückzukehren und mir die Schuhe zu holen, weil ich wusste, dass Noah sie auch angefasst hat. Dadurch hatte ich Beweise dafür, dass Noah die Kinder entführt hatte, und hätte ihm damit gedroht, wenn er mich gepackt hätte.«

»Es war nicht klug zu glauben, dass sich jemand wie Noah Reiter davon hätte beeindrucken lassen. Zudem war es gefährlich, denn so ein Beweismittel hätte ihn bestimmt nicht davon abgehalten, Sie zu töten. Wieso haben Sie beschlossen, die Schuhe an die Häuser zu kleben? Warum diese Präsentation? Sie hätten sie uns einfach geben können.«

»Die Opfer von damals sollten endlich gefunden werden, also musste ich was tun. Ich mochte die Idee meiner Großeltern, die Schuhe ihrer Pflegekinder als Denkmal an die Hauswand zu kleben, deshalb wollte ich das auch für Finja und Louis machen. Sie haben es verdient, dass man sie nicht vergisst.«

»Waren die Häuser zufällig ausgewählt?«

»Nein. Ich wusste, dass die beiden Besitzer gern die Polizei rufen, das hat mir mein Opa erzählt. Deshalb waren sie perfekt für meinen Plan. Sobald Ihre Kollegen den ersten Schuh gefunden hatten, habe ich den zweiten in der Nacht angeklebt. Es hat funktioniert, Sie haben Noah Reiter verhaftet.«

»Ja und nun muss ich Sie ebenfalls verhaften, weil Sie Kinder entführt haben. Sie haben den dreien genau dasselbe angetan wie Noah Ihnen und den damaligen Opfern, nur damit wir den Fall von damals aufklären. Sie hätten es uns einfach sagen können.«

Deniz biss sich auf die Unterlippe. »Sie müssen mir glauben, ich habe die Kinder nicht entführt, sondern lediglich alles dafür getan, damit Sie die finden.«

»Wer soll es sonst gewesen sein?«

»Ein Freund von mir, den kann ich nicht verraten.«

»Möchten Sie lieber dafür ins Gefängnis gehen?«

Deniz schüttelte den Kopf. »Er hat nicht aus Böswilligkeit gehandelt, er wollte nur zeigen, was er durchgemacht hat.«

Marcels Magen verkrampfte. Ohne dass es Deniz aussprechen musste, wusste er, wer der Täter war.

Die Beschreibung der dünnen Statur und der braunen Augen passte auch zu dem neuen Verdächtigen. Der hatte dasselbe wie Mila, Samuel und Michel erlebt, nur viel schlimmer.

»Es war Justus, nicht wahr?«

Deniz nickte.

Marcel sprang auf und eilte zu Tür. »Konrad, schick sofort einen Streifenwagen zu Justus Och. Sie sollen ihn festnehmen. Er hat die drei Kinder entführt.«

Alle starrten ihn an.

»Deniz hat es gerade ausgesagt.« Marcel ging zurück in den Befragungsraum. »Warum haben Sie Justus gedeckt, zeitgleich aber mit Ihrer Schuh-Aktion die Ermittlungen ins Rollen gebracht?«

»Ich musste ihn schützen, er ist mein Freund. Er hat doch recht, die Väter haben Rache verdient. Aber ich wollte auch, dass sich der Albtraum nicht wiederholt, deshalb ist mir das mit den Schuhen eingefallen. Ich dachte, die Polizei kommt dadurch allein auf den Ort, und so hätte ich Justus nicht verraten.«

»Das heißt, Sie haben Finjas und Louis' Schuh dafür benutzt, uns auf die alten Fälle und den Zusammenhang zu den neuen Entführungen zu stoßen?«

»Richtig. Die ständige Angst, die Justus und ich vor Noah hatten, musste endlich ein Ende haben. Die Täter sollten bezahlen. Ich habe eingesehen, dass mein jahrelanges Schweigen Justus auf diese Idee gebracht hat. Hätte ich der Polizei früher von Noah und seinen Freunden erzählt, wäre einiges verhindert worden.«

»Das haben sie richtig erkannt, nur kommt Ihre Einsicht etwas spät.« Marcel war langsam sprachlos, weil die Fälle solch ein verworrenes Netz aus Lügen, Schweigen und falschen Entscheidungen bildeten. Anstatt die Akte zu schließen, würde er nun noch weitere Antworten brauchen. »Wie haben Sie sich wiedergetroffen? Justus war gut bewacht, lebt nicht mehr in Arzheim, und Sie haben sich versteckt.«

»Das war erst acht Jahre später. Er besuchte in Arenberg einen Selbstverteidigungskurs, den ich unter falschem Namen auch gebucht hatte. Mein Opa hat mich dort hingefahren, weil ich gebettelt hatte, endlich etwas am Leben teilzunehmen. In Arzheim selbst sollte ich wegen Noah nicht herumlaufen, deshalb bin ich nach Arenberg zu einem Kurs gegangen. Ich habe Justus sofort erkannt und ihm gesagt, wer ich bin. Dann habe ich erzählt, dass ich seine Flucht beobachtet hatte und nun versteckt lebe, weil Noah mich sucht. So wurden wir Freunde.«

»Bedeutet das, Sie waren in den Plan, die Kinder zu entführen, eingeweiht?«

»Er hat es mir nicht erzählt. Aber als ich ihn vor einem Jahr heimlich besucht habe, weil seine Eltern weg waren, habe ich Aufzeichnungen in seinem Zimmer gefunden. Jede Menge Notizen über die Männer. Bilder von den Kindern. Er hat alles lange geplant. Als es so weit war, wusste ich sofort, wo er sie hinbringt. Ich bin noch am Tag des Verschwindens der drei in den Wald zu dem Haus.«

»Und Sie kamen nicht auf den Gedanken, die Kinder zu befreien?«

Deniz Haller senkte den Kopf. Seine Wangen erröteten. »Ich gebe zu, am Anfang fand ich die Idee, sich an unseren Tätern zu rächen, nicht schlecht.«

»Und deshalb haben Sie wieder den heimlichen Beobachter gespielt, um mit Faszination zuzuschauen, wie Kinder gequält werden?«

»Nein, natürlich nicht. Ich habe sofort überlegt, wie ich die Kinder retten kann, ohne Justus zu verraten. Da kam mir mein Plan mit den Schuhen in den Sinn. Ich wollte die von den damaligen Opfern an die Wände kleben, aber auch die von gerade entführten Kindern verteilen, damit Sie eine Verbindung zu den Fällen ziehen. Die Schuhe von Michel, Mila und Samuel konnte ich leicht in dem Haus stehlen, Justus hat sie einfach herumliegen lassen.«

»Und Ronon Bayer hat auch alles gewusst?«

»Nein, ich schwöre. Er ist ein guter Mann und hatte keine Ahnung.«

Marcel glaubte nicht, dass Herr Bayer unschuldig war. »Sie sagten mir, das Haus im Wald gehört Ronon Bayer. Jemand muss da Strom und Wasser zahlen. Das tun doch nicht Sie, sondern Ronon Bayer, oder? Warum sollte er aber die Kosten auf sich nehmen, wenn keiner dort lebt?«

»Es ist richtig, mein Großvater kümmert sich darum. Aber nur wegen mir. Er wollte, dass ich ab und zu mal aus dem Versteck komme, deshalb durfte ich gelegentlich ins Haus, um mich freier zu bewegen. Ich konnte so meinem Vater nah sein. Louis und Finja habe ich Blumen gebracht. Manchmal habe ich mich tagelang dort aufgehalten.«

»Und Sie hatten keine Angst, dass Noah auftaucht?«

»Anfangs schon, da hat mein Großvater mich begleitet. Aber Noah hat sich nicht mehr dort blicken lassen. Ich habe immer gut aufgepasst, denn ich war es gewohnt, mich mein ganzes Leben lang zu verstecken. Ich war trainiert, jedes Geräusch wahrzunehmen, jede Gefahr zu riechen.«

Marcel schüttelte den Kopf, weil er den ganzen Fall kaum glauben konnte. »Wir sind erst einmal fertig. Auf Sie wird in der nächsten Zeit einiges zukommen, Herr Haller. Auch Ihr Großvater muss sich verantworten, er war alles andere als ein Vorbild mit seinem Vorgehen. Besuchen Sie bitte Familie Haller. Ihre Großeltern mütterlicherseits leiden seit 2009, weil sie Enkel und Tochter verloren haben.«

Deniz Haller schluckte und senkte den Blick. »Das mache ich.«

Marcel verließ das Zimmer und übergab Deniz Haller an eine Kollegin, die sich um die Entlassung kümmerte.

Festnehmen mussten Sie ihn nicht, denn es bestand kein Haftgrund. Trotzdem würde auch er vor Gericht gestellt werden.

Marcel war verärgert darüber, dass er nicht einmal auf den Gedanken gekommen war, Justus Och als Täter zu verdächtigen. Es lag auf der Hand, und sie hatten es einfach nicht geahnt.

Er hatte gerade geschafft, etwas zu trinken, da brachten die Kollegen Justus mit seinem ehemaligen Pflegevater ins Präsidium.

Der junge Mann weinte bitterlich.

»Er ist völlig traumatisiert und wusste nicht, was er da tat«, sagte Herr Dahl zu Marcel.

»Wir werden später einen Psychologen hinzuziehen. Ihm wird geholfen.« Marcel schaute Justus an. »Bist du in der Lage, uns ein paar Fragen zu beantworten, oder sollen wir später mit der Befragung starten, wenn dein Anwalt da ist?«

»Wir können gleich anfangen. Einen Anwalt brauche ich nicht.« Justus wischte sich die Tränen aus den Augen. »Es tut mir leid. Ich habe großen Mist gebaut.« Er schluchzte.

»Komm erst einmal in das Befragungszimmer, dort reden wir in Ruhe.« Marcel führte ihn in den Raum. »Soll Herr Dahl draußen warten?«

Justus Och riss die Augen panisch auf. »Nein, bitte nicht.«

Marcel ließ den ehemaligen Pflegevater eintreten und setzte sich Justus gegenüber. Er belehrte ihn über seine Rechte. »Hattest du vor, die Kinder auch nach sieben Tagen zu töten?«, fragte er dann.

»Nein, das war nie mein Plan. Ich wollte nur den Vätern zeigen, was sie mir angetan haben. Diese Typen haben Kinder ermordet, deswegen war ich sauer auf sie.« Justus wischte sich die Augen trocken. »Meine Wut gegen die hat mich zu einem Monster gemacht. Ich habe nur noch eins gesehen. Rache. Noah und seine Freunde sollten richtig Angst um ihre Kinder haben. Ich habe gehofft, dass sie sich dann selbst der Polizei stellen und endlich zugeben, was sie mir angetan haben. Aber sie machen einfach normal weiter, während ich seit Jahren durch die Hölle gehe. Wegen ihnen ist mein ganzes Leben zerstört, selbst meine früheren Pflegeeltern wollten mich nicht wiederhaben. Sie haben mich damals einfach weggegeben, obwohl ich sie sehr gebraucht habe. Ich war nichts wert, für niemanden.«

Herr Dahl strich ihm über den Rücken. »Das stimmt nicht. Wir lieben dich sehr und werden immer hinter dir stehen.«

Marcel hatte großes Mitleid mit dem jungen Mann, verzieh aber nicht, dass dieser den Opfern solche Angst eingejagt hatte. »Die Kinder hatten überhaupt nichts mit den Vätern zu tun, du hast damit gar nichts erreicht. Woher wusstest du denn, dass es ihre Kinder waren?«

»Vor zwei Jahren bin ich abends spazieren gewesen. Ich gehe immer in der Dunkelheit, damit mich niemand sieht, denn Menschen machen mir Angst.« Justus schlang die Arme um seinen Körper. »Ich habe plötzlich Noahs Stimme gehört. Es war, als würden tausend Speere durch meinen Körper jagen. Mein Herz hat gerast und mir ist der Schweiß ausgebrochen. Ich konnte meine Gedanken und Handlungen gar nicht mehr steuern, ich war wie in Trance und bin der Stimme nachgelaufen. Er hat mit einer Frau gestritten, sie haben über seinen Sohn gesprochen. Ich war schockiert, dass Noah Vater war. Er hat Kinder getötet, er durfte keine eigenen haben. Von dem Tag an war mein Ziel herauszufinden, wer sein Kind war. Ich wollte auch die anderen Täter finden. Als ich dann gesehen habe, dass die ebenfalls Väter waren, habe ich einen Plan geschmiedet.«

»Du hast die Männer beobachtet, sie ausspioniert, anstatt sie der Polizei zu übergeben?«

»Ich war wütend auf das System, das die Monster nie eingesperrt hat. Jetzt war ich dran. Ich wollte Rache zu meinen Bedingungen.«

Marcel schlug auf den Tisch. »Verdammt noch mal. Wir haben keinen geschnappt, weil alle, die die Täter kannten, geschwiegen haben.« Aus Wut hatte Marcel etwas zu hart gesprochen. »Entschuldige, ich habe kein Verständnis für deine Entscheidung. Die drei Männer säßen schon lange im Gefängnis, hättest du nicht auf Selbstjustiz gesetzt.« Marcel holte tief Luft, um die Befragung ruhiger fortzuführen. »Wie konntest du herausbekommen, wer ihre Kinder waren und wie du an die rankommst? Woher wusstest du, wo du suchen musstest?«

Justus errötete und senkte den Blick. »Durch Deniz. Er hat mir die Namen der Beteiligten verraten, die wusste er durch seinen Vater.«

»Hat Deniz dir bei dem Plan geholfen?« Marcel hatte zwar von Deniz bereits eine Aussage dazu, aber er wollte sehen, ob die der Wahrheit entsprach.

»Nein, Deniz hatte nichts damit zu tun. Es war allein meine Idee.«

»Keine gute, Justus. Du hast dir dein Leben dadurch erschwert.«

Der junge Mann schüttelte den Kopf. »Es tut mir so unfassbar leid. Ich habe in dem Moment nur meine Rache gesehen und nicht gut drüber nachgedacht, was ich den Kindern damit antue.«

»Du wirst dich dafür verantworten müssen. Auch wenn du sehr Schlimmes erfahren hast, darf es nicht rechtfertigen, selbst Gewalt anzuwenden.« Marcel erhob sich. »Wir beenden hier vorerst die Befragung. Rufen Sie einen Anwalt für Justus, Herr Dahl. Ich möchte, dass ein Psychologe die Schuldfähigkeit einschätzt. Die Staatsanwaltschaft entscheidet, wo sie dich erst einmal unterbringen, Justus.«

Der Pflegevater sprang auf. »Bitte lassen Sie ihn bei uns, er braucht uns. Wir werden zu Hause bleiben. Das verspreche ich Ihnen.«

»Das zu entscheiden, steht leider nicht in meiner Macht.« Marcel verabschiedete sich und lief nach draußen.

Als er in sein Büro ging, folgte ihm Konrad. »Sie haben hinter der Scheune zwei Leichen gefunden, so wie Deniz Haller ausgesagt hat.«

Marcel nickte. »Der Fall ist gelöst, aber ich bin nicht glücklich mit diesem Ende. Es hätte alles nicht so weit kommen dürfen. Wenn Ronon Bayer damals nicht geschwiegen hätte, als er seinen Sohn und Noah gehört hat, wäre eine Reihe von Verbrechen gar nicht passiert. Die Familien von Finja und Louis hätten längst Antworten gehabt.«

»Da hast du recht. Aber ich bin froh, dass der Fall geklärt ist und alle drei leben. Damit müssen wir uns zufriedengeben. Geh nach Hause. Ich kümmere mich um den Papierkram, du kannst mir morgen helfen.«

»Danke.« Marcel nahm das Angebot an, denn er brauchte eine Umarmung seiner beiden Frauen.

31

Konrads Kinder tobten mit Marlene durch Marcels Garten. Dass Marlene wieder durchschlief und ihr Lachen wieder gefunden hatte, machte Marcel glücklich.

Sonja und Kim standen in der Küche und bereiteten Salat zu.

Konrad und Marcel unterhielten sich im Wohnzimmer.

Sie hatten sich schon lange nicht mehr in ihrer Freizeit getroffen, ohne dass es einen bestimmten Anlass dafür gegeben hatte.

»Übrigens hat sich das Mädchen gemeldet, von dem Justus Och geredet hat«, sagte Konrad unvermittelt. Es war typisch, dass sie selbst bei so einer Zusammenkunft über die Arbeit sprachen. »Sie war dreimal dort in dem Haus von 2009 bis 2011. Louis, Finja und Justus mussten entscheiden, ob sie bestraft wurde oder ob sie sich selbst bestraften. Danach durfte das Mädchen wieder gehen. Als sie zum ersten Mal da war, war sie fünf Jahre alt. Ihr Vater war ein Freund von Noah Reiter und wurde fürstlich dafür entlohnt, dass sie einmal im Jahr dorthin gebracht wurde. Deshalb wurden die Verletzungen nie angezeigt.«

Marcel konnte es sich nicht vorstellen, dass ein Vater zu so etwas fähig war. »Was sind das nur für Menschen? Es ist kaum zu fassen, welche Verstrickungen es gab und wie viele Menschen geschwiegen haben, weshalb Noah und die anderen beiden jahrelang mit ihren Taten davongekommen sind.«

»Das war ein schreckliches Verbrechen. So unnütz. Noah hatte selbst schuld, dass er mit seinem Verhalten bei den Pflegefamilien nicht sonderlich gut wegkam. Er hatte von den Erziehungsmethoden der Pflegeeltern ein sehr verzerrtes Bild. Es gab laut den Jugendämtern heftige Streitereien, doch angemessene Bestrafungen. Noah musste meist schnell wieder gehen, weil die Eltern nicht ausgehalten haben, wie brutal er war. Aber es war größtenteils nicht so schlimm, wie er es darstellte. Außer in der letzten Pflegefamilie, in der er war. Die haben die Kinder mit heftigen fundamentalistischen Methoden erzogen. Deshalb haben sie die Erlaubnis zur Pflegschaft aberkannt bekommen. Die Kontrollen müssten noch stärker sein, damit Kinder gar nicht erst in Pflegefamilien misshandelt werden. Leider gibt es zu wenige Mitarbeiter in den Jugendämtern.«

Marcel nickte. Diese Missstände im System beschäftigten ihn gedanklich, aber er wusste, dass er selbst nichts dagegen ausrichten konnte.

»Gott sei Dank konnten wir den Fall komplett auflösen und auch die zwei anderen Entführer von damals finden. Was für Vorzeigeväter. Sie bekommen ein Video von ihren Kindern, die in Gefahr sind, und die Männer verstecken sich lieber, um ihren eigenen Arsch zu retten.«

Marcel seufzte, weil der Fall nicht für alle vollständig geklärt wurde. »Mir tun die Eltern von Carmen Haller leid. Sie wissen zwar nun, dass ihre Tochter tot ist, aber sie können sie immer noch nicht beerdigen.«

»Wer weiß, ob wir ihre Leiche jemals finden werden.«

Einen Moment schwiegen sie und tranken ihr Bier.

»Weißt du, wie es bei Justus läuft?«

Marcel nickte. »Ich habe ihn gestern besucht. Es geht ihm in der forensischen Klinik gut und er macht Fortschritte. Samuels Mutter hat ihn sogar besucht. Sie hat ihm verziehen.«

»Das ist nett von ihr, nach allem, was sie durchgemacht hat«, erwiderte Konrad.

»Aber auch ihr Schweigen hat dazu beigetragen, dass Noah viele Jahre auf freiem Fuß war.«

Kim trug Teller zum Essenstisch »So, nun ist Schluss mit dem Fall«, sagte sie. »Wir wollen heute die Arbeit vergessen und den Abend genießen.«

Marcel erhob sich, nahm sie in den Arm. »Das sieht sehr lecker aus. Ich könnte dich auf der Stelle weg heiraten. Natürlich nicht nur wegen deiner Kochkünste.«

Kim lachte. »Auch diesen Antrag nehme ich nicht ernst, du musst dir etwas Besseres einfallen lassen.« Sie ging in die Küche zurück.

Marcel sah ihr grinsend hinterher. Vielleicht war es an der Zeit, ihr einen richtigen Antrag zu machen. Er schaute auf das Bild seines Freundes Karl, das im Regal stand.

Wäre dieser hier, würde er die Stirn krausziehen und lachen. *Du stellst dich an wie der erste Mensch*, hörte er Karl in Gedanken.

Halt die Klappe, Karl Hohlbein. Marcel ging lachend zu den anderen in die Küche, weil es sich anfühlte, als würde Karl noch immer bei ihm sein und mit ihm frotzeln.

Anmerkungen zur Recherche (Spoiler! Nicht vor der Geschichte lesen)

Bei dem/der ein oder anderen Leser/in könnte sich die Frage stellen, ob die Abgebrühtheit des heimlichen Beobachters Deniz nicht etwas unrealistisch ist. Auch ich habe mir deshalb Gedanken gemacht und sehr gründlich dazu recherchiert. Davon einmal abgesehen, dass es sich hier nur um eine fiktive Geschichte handelt, die zur Unterhaltung von Thrillerliebhabern dient, möchte ich trotzdem gern meine Ergebnisse teilen, an diejenigen, die es interessiert.

Sicher ist das im Allgemeinen weniger real, dass ein Kind im Alter von neun Jahren bereits eine solche Gefühlsrohheit entwickelt (und da sind wir ja auch sehr froh, wo kämen wir hin).

Allerdings zeigen uns die täglichen Nachrichten immer wieder, wie wenig abwegig dies ist. *Kinder töten Kinder. Kinder quälen Kinder.* Das sind Schlagzeilen, die wir immer mal wieder lesen und die uns den Kopf schütteln lassen.

Wie ist die Figur Deniz also entstanden?

Stell dir vor, du bist ein leises Kind, wächst in komplizierten Verhältnissen auf. Deinen Vater lernst du erst nach neun Jahren kennen. Der ist aber kein Vorzeigevater. In der Schule wirst du regelmäßig gemobbt und verprügelt. Genau das sind Faktoren, die eine Kinderseele zerstören und fehlleiten.

Nehmen wir als Beispiel die Amokläufer, die in die Schule gehen und um sich schießen. Die sind oft ehemalige Mobbingopfer oder Missbrauchskinder. Und meine Recherche ergab, dass diese nicht selten Vorbilder haben, wie Serienkiller oder aber auch Actionfiguren.

Ein Beispiel aus der Praxis, das ich selbst erlebt habe. Ich hatte einen sechsjährigen!!!!! Patienten, den ich versorgen wollte. Er sagte zu mir, dass ich ... (hier kam ein sehr schlimmes Wort, das ich nicht erwähne) ihn nicht anfassen sollte, weil ich eine Frau bin. Sein Vater hat daneben gesessen und gelacht. Das beste Vorbild, denn ganz sicher kommt ein sechsjähriges Kind nicht allein auf sowas.

Deniz hat Noah als Vorbild genommen, weil er eben in genau solchen Kreisen großgeworden ist. Noah ist stark, hat Macht, lässt sich nichts gefallen. So will Deniz auch sein, weil er nie mehr Opfer sein will. Sicher ist es nicht die Realität, dass jedes Kind, das sich in solch einem Umfeld befindet, auch genauso wird. Und wie gesagt, es ist nur eine Geschichte, für die ich diesen Charakter brauchte. Aber es gibt viele Beispiele und Gründe, die diesen Charakter auch real machen. Schlussendlich aber hat ja auch Deniz eingesehen, dass ein Charakter wie Noah Reiter nicht als Vorbild dienen sollte.

Letzte Worte

Der siebte Marcel Schweißer-Thriller aus der erfolgreichen Koblenzer Grauen-Reihe war dieses Mal ein DNA-Desaster ;-), du wirst nicht glauben, wie viele Knoten ich im Kopf hatte.

Ohne den neutralen und genauen Blick meiner langjährigen Lektorin Luise Decker wäre es natürlich nicht so strukturiert geworden. Ich arbeite so gern mit ihr zusammen, weil ich immer weiß, dass wir zwei es gemeinsam hinbekommen, es für den Leser lesbar zu machen.

Auch ohne meinem Polizistinnen-Kontakt Steffy wäre es nicht möglich, die Ermittlungen recht real darzustellen, weil es sehr viele Aspekte gibt, die ich nicht kenne. Im Grunde ist sie seit mehr als zehn Büchern die ganz private Beraterin von Marcel Schweißer oder den anderen Ermittlern aus meinen Büchern. Ich habe so viel von ihr gelernt und bin immer wieder froh, wenn sie sich die Zeit für mich nimmt, das geschulte Auge auf die Ermittlerarbeit zu werfen. So viel Dank dafür.

Auch mein festes Team, das seit einigen Büchern stets bereitsteht und mir mit ihren Augen viele Fehler ersparen, waren wieder an der Entstehung beteiligt. Deshalb danke ich Diana Alchanow, Steffi Haustein, Viviane Grosbusch, Carmen Heiser, Bernd Kroll, Alexandra Behr, Beate Werum und Daniela Bertram für eure Einwände und Zeit, die das Buch haben mit wachsen lassen.

Ganz ganz besonders möchte ich an dieser Stelle Daniela und Beate drücken. Ich weiß, dass ihr beide mich seit dem ersten Buch begleitet und dieses Mal unter ganz besonderen Umständen zum Buch beigetragen habt. Trotz dieser Umstände habt ihr alles getan, ich werde euch das nie vergessen.

Das Cover, das die Geschichte wieder on Point trifft, hat der liebe Chris Gilcher von Buchcoverdesign.de erstellt. Danke für die gute und schnelle Umsetzung. Und hier geht ein Dank auch an Susanne Walther-Stelter, die für das Bekanntmachen auf der Homepage verantwortlich ist und mich schon seit langer Zeit begleitet.

Ohne meine LeserInnen wäre die Reihe rund um Marcel Schweißer nicht so erfolgreich geworden. Jedes Mal wenn ein neuer Teil erscheint, wächst die Fangemeinde um den sympathischen Kriminalkommissar. Ich freue mich riesig über all die Rezensionen, die privaten Mails oder Nachrichten und die vielen Werbungen, die für Marcel Schweißer und sein Team gemacht werden. Ohne euch, gäbe es Marcel Schweißer nicht und ich hoffe, dass wir noch sehr viele Teile zusammen lesen werden. Deshalb teilt so fleißig wie möglich die Bücher der Koblenzer Grauen-Reihe, die Meinungen zum Buch und verratet den Thrillerliebhabern, die Marcel und Konrad noch nicht kennen, von diesen Bänden.

Um nichts zu verpassen, melde dich gern in meinem Komplizen-Letter an, gewinne tolle Preise. Für 2025 werde ich auch einen spannenden kriminellen Adventskalender planen. Mehr dazu erfahrt ihr in Kürze über den

Komplizen-Letter: *https://andreareinhardt.de/newsletter.*
Also werde noch schnell mein Komplize.

Im Folgenden gebe ich dir noch eine kleine Übersicht über meine erschienenen Bücher. Ich freue mich sehr, wenn wir uns auch im 8. Schweißer wieder treffen.

Weitere Bücher der Autorin

Kommissar Marcel Schweißer (Koblenzer Grauen)

1. Verdorbene Brut
2. Gefährliche Angst
3. Eiskalter Tanz
4. Quälende Vergeltung
5. Schreiender Schmerz
6. Grausamer Hass
7. Schuldige Kinder

Kommissar Mathias Kron (Tick, tock...tot)

1. Fünf, vier ... gleich sterben wir
2. Neun, zehn ... ich will dich sterben seh'n
3. Sieben, acht ... blutig ist die Winternacht
4. Eins, zwei ... hörst du ihren Schrei

Sonderermittlerin Natalie Bennett-Trilogie

1. Teufelseltern
2. Missetaten
3. Wutschrei

Leseprobe: Die Wahrheit ruht nie

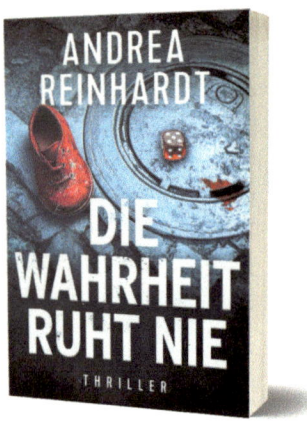

Kapitel 1

20. September 2023

Der Regen prasselte leise gegen die Fensterscheiben. Es war ein monotones Klopfen, das die unerbittliche Stille in dem Raum für ihn erträglicher machte. Der Himmel war mit dunklen Grautönen durchzogen und spiegelte seinen inneren Gemütszustand wider.

Schon seit fünfundzwanzig Jahren konnte er keine Freude empfinden und alles, was er dagegen unternommen hatte, war nicht hilfreich gewesen. In den letzten Wochen war seine Anspannung schlimmer geworden, gar unerträglich. Seine Wut gedieh zunehmend in ihm, stachelte ihn an, das Kapitel endlich zu beenden. Doch er wusste noch immer nicht, wie.

Er saß regungslos auf dem alten Holzstuhl in seinem Elternhaus.

Es stand schon lange leer und fiel bereits in sich zusammen. Die Deckenpaneele hingen herunter, der Putz an den Wänden bröselte ab und durch die spröden Holzrahmen der Fenster pfiff der kalte Wind.

Es roch modrig und staubig. Trotzdem hatte er noch immer die Gerüche seiner Kindheit in der Nase. Den zitronigen Duft des Reinigungsmittels seiner Mutter, den leckeren Duft frischgebackenen Brotes, den herben Duft des Aftershaves seines Vaters. Es war eine so schöne Zeit gewesen, bis es eines Tages zu diesem schrecklichen Ende gekommen war.

In der Hand drehte er den kleinen weißen Würfel, dessen Augenzahlen so abgenutzt waren, dass man sie fast nicht mehr erkannte. Kaum zu glauben, dass dieses kleine Objekt sein ganzes Leben beeinflusst hatte. Traurigkeit, Schmerz und Hass gebracht hatte. Letzterer saß so tief, dass es in ihm kochte.

Er spürte Lenis Blick auf sich. Sie sah ihm von der anderen Seite des Zimmers ungeduldig zu, obwohl es nicht möglich war.

Er wollte nicht zu ihr blicken, wollte die Wunde nicht immer wieder aufreißen, indem er die strahlenden Augen betrachtete, die Energie des Mädchens spürte und das fröhliche Lachen hörte.

»Komm schon«, drängte Leni. »Schau mich an.«

Ich würde es so gern tun, aber ich ertrage es nicht. Er ließ den Würfel durch seine Finger gleiten und fuhr über die glatten Kanten.

Dieser Gegenstand wirkte so harmlos, so winzig, doch er war so mächtig.

»Bitte, bitte, bitte«, bettelte seine Schwester. »Lass uns Fangen spielen.«

Er kniff die Augen zusammen, wehrte sich vehement gegen den Drang, zu diesem wunderschönen Mädchen zu blicken. Durch seinen Bauch zuckten kleine Stromschläge. Ich halte das nicht mehr aus, sie immer und immer wieder zu sehen. Sie muss endlich verschwinden.

»Warum schaust du mich denn nicht an?«

Er konnte sie nicht einfach ignorieren. Ein Teil von ihm wollte sie nicht sehen. Ein anderer Teil wollte es mehr als alles andere. Er wusste, dass die Erinnerung an jenen Tag über ihn hereinbrechen würde, wenn er sich umdrehte.

Sie hatte nur mit ihrem Würfel gespielt, dann war das Unheil passiert.

Er konnte schließlich nicht mehr so tun, als wäre sie nicht da.

Sie rief doch nach ihm.

Sein Blick wanderte langsam zu ihr hinüber.

Sie grinste, hibbelte auf dem kleinen roten Kinderstuhl auf und ab. Ihre dünnen Arme lagen über dem Kopf eines zerschlissenen Teddybären, den sie seit ihrem dritten Geburtstag ständig bei sich getragen und nur selten abgelegt hatte. Sie war so unschuldig und rein, dass es fast schmerzte, sie anzusehen.

Doch dieses Lächeln, diese vor Freude leuchtenden Augen und diese Liebe, die von ihr ausging, ließen sein Herz springen.

Stopp! Lass dich nicht darauf ein! »Leni, du kannst nicht hierbleiben.«

»Warum denn nicht? Hast du mich nicht mehr lieb?«

Die Frage bohrte sich qualvoll in sein Herz. »Ich könnte dich niemals nicht mehr liebhaben«, krächzte er. »Es ist allerdings nicht gut, wenn du bei mir bist.«

Lenis Augen füllten sich mit Tränen. »Aber wir sind immer zusammen.«

Wie gern würde er ihren gebrechlichen, zarten Körper in die Arme schließen, sie fest umklammern, um ihr den Schutz zu geben, den sie brauchte. Den sie auch damals gebraucht hatte, doch da hatte er versagt. Aber er konnte sie nicht berühren. Wenn sie nicht endlich verschwand, würde er verzweifeln.

Leni schluchzte. »Bitte fang mich.«

Er drehte sich wieder von ihr weg, weil er ihre Traurigkeit nicht aushielt. Es würde nichts bringen, sie zu ignorieren, das versuchte er schon so lange. Trotzdem war es besser, sie nicht zu beobachten. »Du darfst nicht hier sein. Bitte geh endlich.«

Kapitel 2

1997

Luke radelte in seiner Wut über den Gehweg und ließ sich den Wind um die Nase wehen. Sein Auge schmerzte drückend, weil der gemeine Matthes ihn geboxt hatte. »Das wird er mir büßen«, schimpfte Luke vor sich hin.

Er trat wild in die Pedale, was ihm half, den Frust abzubauen. Schon zweimal war er deshalb abgerutscht und hatte sich den Unterschenkel an der Tretkurbel aufgeschrammt. Das machte ihn wiederum noch wütender. Zu Hause würde er sich einen Plan ausdenken, wie er Matthes eins auswischen könnte. Dieser Mistkerl hatte ihn nicht umsonst geschlagen.

Luke radelte weiter. Durch den Wind tränten seine Augen und er sah nur verschwommen. Aber er dachte nicht daran, langsamer zu werden.

Wenn er wütend war, liebte er die Gefahr. Häufiger hatte er sich deshalb verletzt, einmal sogar das Bein gebrochen. Es war wie eine Sucht, er konnte einfach nicht damit aufhören, obwohl er deshalb schon so oft Ärger mit seiner Mutter bekommen hatte. Nach ein paar Tagen war dieser aber wieder verflogen, denn Mama hatte ihn viel zu lieb, um lange sauer auf ihn zu sein. Einmal hatte sie sogar gesagt, dass sie ihn verstehen konnte, aber trotzdem nicht wollte, dass ihrem Engel etwas Schlimmes passierte.

Luke hatte ihr dann eigentlich versprochen, nicht mehr so rasant mit dem Fahrrad zu fahren, doch er hielt sich nicht daran. Schon gar nicht an diesem Tag, an dem seine Wut auf Matthes so groß war.

Als er plötzlich vom Sitz abhob, weil er durch ein Loch raste, erschreckte er sich. Er hatte Mühe, sich auf dem Rad zu halten, schaffte es aber schnell, wieder in die Spur zu kommen. Er lachte, weil genau dieses Kribbeln im Bauch, das er immer bei der Gefahr hatte, ihm so viel Spaß machte.

Dann ging es bergab. Er hob die Beine an, ließ sich rollen und genoss, wie der Wind in sein Gesicht wehte. Doch schon nach einem kurzen Augenblick brannte ihm deshalb das Veilchen am Auge. »Nur wegen diesem scheiß Würfel«, motzte Luke vor sich hin.

Seit ein paar Wochen war gefühlt jedes Kind und jeder Jugendliche in Koblenz ganz wild auf Würfel. In manchen Geschäften waren sie sogar ausverkauft. Sie wurden in jeder Größe und Farbe angeboten, aus Plastik, Glas, Holz oder Stoff hergestellt. Jeder trug mindestens zwei davon bei sich. Selbst die kleinen Kinder besaßen welche. Wer keinen hatte, war nicht cool.

Matthes hatte sich sogar ein Spiel ausgedacht. Die Kinder würfelten und sollten bei jeder Zahl eine bestimmte Herausforderung erfüllen.

Doch Luke wollte sich nicht darauf einlassen, weil die Dinge, die man machen musste, oft sehr gruselig waren. Außerdem war er wohl das einzige Kind, das keinen Würfel hatte, denn er konnte den Trend nicht verstehen.

Warum sollte er die ganze Zeit so ein komisches Ding bei sich tragen?

Matthes übertrieb es damit. Er hatte eine riesige Sammlung in einer Holzkiste und trug sie immer bei sich.

An diesem Tag war Luke zum Verhängnis geworden, dass er gegen diese geschlagen hatte. Matthes hatte gerade mit ein paar anderen Jungs dieses ausgedachte Spiel gezockt.

Zugegeben, Luke hätte gern zu der Clique dazugehört. Doch die Kinder mochten ihn nicht. Nur sein Nachbar René traf sich hin und wieder mit ihm. Aber der war erst sieben und für Luke viel zu jung. Er war immerhin schon zehn und hatte keine Lust mehr auf den Sandkasten.

Als Luke vorhin beobachtet hatte, wie die Jungen ihre Würfel beäugt hatten, hatte Matthes ihn dabei erwischt und ihn zu sich gerufen.

Erst wollte Luke wegrennen, doch dann sah er eine Chance, um mit ihnen abzuhängen. Deshalb ging er hin.

»Hast du einen Würfel dabei?«, fragte Matthes sofort, als wäre es eine Eintrittskarte in einen Club.

Alle Augen der Anwesenden waren auf Luke gerichtet und er überlegte, einfach zu nicken. Aber was dann? Er konnte keinen Würfel herbeizaubern. »Nein«, antwortete er deshalb.

Gelächter ertönte.

»Dann bist du einer von der uncoolen Sorte und kannst nicht zu uns gehören«, erwiderte Matthes. In seiner Hand hielt er seine komische Kiste.

Luke war so wütend, weil ihn alle auslachten und als

uncool bezeichneten, dass er dagegen schlug.

Alle Würfel - es sah aus, als wären es mindestens zwanzig - flogen über die Pflastersteine.

Luke empfand dabei Zufriedenheit.

»Hey, was soll das?« Matthes versetzte ihm einen Stoß gegen die Schulter.

»Ihr seid solche Babys mit diesen Dingern.« Er hatte sich abgewandt und weggehen wollen, da hatte Matthes ihn gepackt, zu sich gedreht und zugeschlagen. Luke hatte sich nur mit Mühe beherrschen können, nicht zurückzuboxen, sonst hätten ihn alle angegriffen. Er würde sich irgendwann rächen. Nun wollte er nur nach Hause.

Das Pochen unter seinem Auge ließ ihn unkonzentriert werden, dadurch geriet er kurz ins Schwanken. Er konnte das Fahrrad jedoch noch rechtzeitig halten, ehe es den Bordstein erreichen und er auf die Straße fallen konnte.

Erleichtert atmete Luke aus. Wenn er gestürzt wäre, hätte es die nächste Narbe gegeben. Er wischte sich den Schweiß von der Stirn und ließ sich den Berg weiter hinunterrollen. Seine Gedanken gingen erneut zu Matthes' Schlag, dem nervigen Würfeltrend und den Jungs, die Luke nicht leiden konnten.

Voller Wut im Bauch nahm er die nächste Kurve absichtlich scharf, damit er noch einmal das Kribbeln der Gefahr im Bauch spürte. Den Jungen und das Mädchen sah er zu spät, um noch rechtzeitig auszuweichen. Luke trat in die Bremse, doch er streifte die Kleine, die am Boden hockte und mit Würfeln spielte.

Sie kippte um, fiel auf die Straße und fing sofort an zu schreien.

»Pass auf, du Vollpfosten«, brüllte der ältere Junge.

Luke geriet ins Schleudern, als er hinter sich nach dem Mädchen schaute, und krachte ebenfalls zu Boden, schwang sich aber sofort wieder auf die Beine, um nach dem Kind zu schauen. Er hockte sich zu der Kleinen. »Es tut mir leid, ich wollte das nicht.«

Das Mädchen weinte bitterlich und zeigte auf den Gullydeckel. »Mein Würfel.«

»Ist schon gut, ich habe zu Hause neue. Komm, wir gehen«, sagte der Junge, den Luke aus der Schule kannte.

Die Kleine schüttelte heftig den Kopf. »Ich will meinen Lieblingswürfel wiederhaben.«

»Komm bitte von der Straße.« Luke nahm ihre Hand. »Ich habe auch Würfel dabei, du kannst einen von mir bekommen, okay? Der ist sogar ganz groß«, log er, um sie auf den Gehweg zu holen.

Das Mädchen sah ihn mit funkelnden Augen an. »Echt?«

»Ja, versprochen.« Luke zog sanft an der kleinen Hand.

Plötzlich ertönte lautstark das Quietschen von Reifen.

Ein Auto schoss um die Ecke.

Durchdringende, verzweifelte Schreie kreischten in Lukes Ohren. War es seine eigene Stimme oder die des Mädchens? Er wurde durch die Luft geschleudert. Es passierte wie in Zeitlupe. Er suchte Halt, tastete ins Leere.

Er krachte auf den Straßenbeton und es knackte dumpf. Sein Kopf schlug auf, federte einmal hoch und knallte erneut auf den Boden. Seine Arme und Beine zuckten komisch. Es fühlte sich an, als hätte sein Körper vergessen, wie man sie bewegte.

Er schaute nach oben, um kurz nach Luft zu schnappen und sich zu sammeln.

Die Wolken zogen sich über ihm zusammen. Der eben noch blaue Himmel wurde immer dunkler, als ob jemand das Licht ausgeschaltet hätte.

Kalte Tropfen prickelten auf seinem Gesicht. Er wollte sich aufrichten, doch seine Muskeln gehorchten nicht.

Ein heftiger Schmerz überkam ihn. Er fraß sich von den Zehen bis in den Schädel. In seinem Kopf verdichtete sich der Nebel, vor seinen Augen flimmerte es. Dann verschwamm alles. Er öffnete den Mund, wollte um Hilfe rufen, doch kein Ton kam aus ihm heraus.

Die Lautstärke der Geräusche um ihn herum nahm ab. Die Schreie gingen in ein dumpfes Rauschen über.

Seine Augenlider wurden schwer wie Blei, er konnte sie nicht länger offen halten. Es fühlte sich so friedlich an, nachdem er sie geschlossen hatte und die Dunkelheit sich um ihn gelegt hatte.

Leseprobe: Tiefschwarzer Atem

Kapitel 1

1989

Ich roch den Kuchen, den Mama in der Küche backte. Papa hatte gesagt, dass ich nicht runterkommen durfte, bis er mir die Erlaubnis dazu gab. Aber ich wollte unbedingt den Teig probieren. Das erlaubte Mama immer, wenn ich mit ihr allein zu Hause war.

»Maaaaama«, rief ich und überlegte, ob ich zu ihr gehen sollte oder lieber nicht.

Papa war nicht nett, wenn er sauer war, deshalb hatte ich etwas Angst. Aber vielleicht arbeitete er gerade im Garten.

Ich trat eine Stufe hinunter, kaute auf meinem Zeigefinger und wartete. Als nichts passierte, ging ich auf die nächste. Mein Herz klopfte ganz doll, weil ich schon Papas wütendes Gesicht vor mir sah.

Mama hatte gesagt, ich war nicht schuld, dass er immer so mies gelaunt war. Er musste sich erst an mich gewöhnen. Aber ich hatte das Gefühl, dass er dafür ganz schön lange brauchte.

Ich ging eine weitere Treppenstufe hinunter, wartete wieder, lauschte.

Die Dielen in der Küche knarzten.

Mein Herz blieb stehen. Ich wollte schnell wegrennen, doch meine Beine bewegten sich nicht. Ich hielt mich ganz doll am Geländer fest. Bitte lass es Mama sein.

Die Schritte näherten sich. Dann sah mir Papa plötzlich ins Gesicht. Seine Augen waren böse.

Mein Hals tat arg weh, ich hatte das Gefühl, dass dort ein Knoten wuchs. Ich schnappte nach Luft, aber das Atmen fiel mir schwer. Mir wurde ganz übel.

»Was habe ich dir aufgetragen?«

Ich hatte mich bei der strengen Stimme erschrocken. Meine Beine zitterten. »Ich möchte zu Mama«, sagte ich, obwohl ich Angst hatte.

»Sie will nicht, dass du jetzt bei ihr bist.«

Die Worte taten mir sehr weh. »Aber ...«

»Nichts aber.« Papa kam auf mich zu. Es sah gruselig aus, wie er mit so einem bösen Gesicht die Treppen hochstieg. »Warum kannst du kleine Göre nicht einfach hören? Ich habe Loredana immer gesagt, sie soll mir kein Kind andrehen. Weil du ständig nervst, habe ich kaum eine ruhige Minute mehr mit ihr.« Seine Stimme war noch lauter geworden.

»Mama«, rief ich, sie würde mich bestimmt vor ihm beschützen.

Ich war sehr froh, als sie aus der Küche kam. Ihre langen roten Locken hingen ihr ins Gesicht, sie pustete sie heraus. Sie wischte sich die Hände an der Schürze ab, die voller Mehl war. »Lass sie in Ruhe«, forderte sie Papa auf.

Nur ein ganz kleines Grinsen huschte über meine Lippen, weil Mama auf meiner Seite war.

»Grins nicht so unverschämt. Verschwinde endlich!«, brüllte er und kam mir noch näher.

Schützend hielt ich die Arme über den Kopf. Dort tat

es am meisten weh, wenn er mich schlug.

»Hör auf, sie so anzuschreien!«, verlangte Mama. Sie redete ruhig, denn sobald sie Papa anbrüllte, würde er noch saurer werden.

Er packte meinen Arm und drückte kräftig zu.

»Aua.« Tränen flossen aus meinen Augen und ich zog an meinem Arm, um mich zu befreien, doch Papa hielt ihn zu fest. Meine Panik wurde immer größer.

»Du gehst sofort in dein Zimmer!« Er zerrte mich die drei Stufen hoch.

Ich krallte mich am Geländer fest, damit er mich nicht weiterziehen konnte.

Mama rannte zu mir und gab Papa einen Stoß. »Lass sie los.«

Schnell umarmte ich sie ganz fest, grub mein Gesicht in Mamas Bauch und wünschte mir, dass sie mich nie wieder loslassen würde.

Sie streichelte mir über das Haar. »Du kannst nicht mehr abwarten und willst vom Kuchen probieren, oder?«, fragte sie mit so sanfter Stimme, dass meine Angst schnell weg war.

Ich lachte sie an und nickte aufgeregt.

»Dann komm. Ich glaube, er wird dir schmecken.«

Ehe wir loslaufen konnten, drängte sich Papa zwischen uns und gab mir einen Schubs.

Ich rutschte vom Absatz und kippte nach hinten.

Mama schrie entsetzt auf und stürzte auf mich zu. Sie packte meinen Kragen am Pullover und zerrte mich zu sich.

Meine Knie taten höllisch weh, als ich auf dem Boden landete. Ich sah verschwommen, weil meine Augen voller Tränen waren.

Mama schrie ganz laut.

Es krachte.

»Loredana!«, rief Papa.

Als ich mich umdrehte, lag Mama unten an der Treppe. Aus ihrem Mund lief Blut und auch unter ihrem Kopf floss es heraus. Sie bewegte sich nicht mehr.

»Mama?«, flüsterte ich. Meine Stimme wollte nicht lauter sein.

Sie reagierte nicht.

Papa eilte die Treppe hinunter, hockte sich neben sie und streichelte ihr Haar. »Gütiger, bitte nicht.«

Ich wusste nicht, was seine Worte bedeuten sollten. Aber ich spürte, dass es schlimm sein musste, denn Papa weinte ganz fürchterlich. Ich wollte auch zu Mama, doch schon nach der ersten Stufe hob Papa die Hand.

»Bleib ja fern, du Hexe. Du hast sie getötet. Dafür sollst du in der Hölle schmoren.«

Kapitel 2

Meine Hände zitterten. Schon den ganzen Tag spürte ich einen elendigen Druck in meinem Kopf. Ich hatte viel zu tun, aber fühlte mich schlapp. Plötzlich tauchten Bilder vor meinem inneren Auge auf. Mir wurde übel.

Agatha hockte zitternd am Rande des Feldes.

Es war eiskalt. Der kurze und nasse Sommer hatte so viel Leid über die Menschen gebracht.

Stürme zerstörten die Ernte. Das Vieh starb. Die Leute hatten große Ängste und Sorgen, alle litten an Hunger.

Auch wenn Agatha und ihre Familie ebenso betroffen waren, drehten sich ihre Gedanken permanent um den wunderschönen Valentin. Sie hatte ihn das erste Mal bei Bauer Hieronymus gesehen und sich gewundert, dass ein Mann seiner Schicht bei dem Farmer einkaufte. Von da an hatte sie ihn häufiger beobachtet, wie er durch den Ort gelaufen war. Am vorherigen Tage hatten sie versteckt hinter Strohballen ihre erste Unterhaltung geführt.

Agatha grinste in sich hinein, sie konnte die schönen blauen Augen und die vollen Lippen des Herren nicht mehr vergessen. Außerdem fasste sie ihr Glück kaum, dass ein adliger Mann sich mit einem Bauernmädchen abgab.

Neue dicke Regentropfen klatschten auf die eh schon durchgeweichte Erde.

Der Saum ihres Kleides war mit Wasser vollgesogen und sie fröstelte.

»Hast du nichts zu tun?«, fragte einer der drei Bauern, die gerade mit der Egge pflügten, um das Korn in den Boden zu bringen.

Durch das Viehsterben mussten viele Landbesitzer das schwere Gerät selbst ziehen, damit die Ernte gerettet werden konnte.

»Du stehst in der Ecke, während dein Vater und deine Vetter ackern«, schimpfte der Bauer.

Agatha senkte den Blick, ihre Wangen glühten. Sie fühlte sich ertappt. Der Bauer hatte recht, sie musste ihren Eltern helfen.

»Ich habe genau gesehen, wie sie gegrinst hat«, rief der Sohn des Bauers und zeigte anklagend auf sie. »Dann ist der Regen in Sturzbächen hinuntergekommen. Bestimmt hat sie einen Wetterzauber gemacht und den Wettersturz herbeigerufen.«

Der Junge hatte so laut gesprochen, dass Agatha Sorge hatte, die Bauern auf den Feldern könnten es gehört haben.

Sie schüttelte den Kopf. »Nein, das ist eine Lüge.«

»Vielleicht sollten wir einen Drudenfuß in die Erde einbringen, um die Ernte vor Agathas Zaubern zu schützen«, rief der Sohn des Bauers.

»Agatha, komm hierher!«, brüllte ihr Vater von der

anderen Seite des Feldes.

Sie eilte los, versank im Schlamm und hatte somit Mühe voranzukommen. Die dicken Wassertropfen peitschten ihr ins Gesicht.

Das Schlimmste jedoch waren die Blicke der Menschen, die auf ihr ruhten. Mit gerunzelten Stirnen, mit offenstehenden Mündern, mit vorwurfsvollen Blicken.

»Sie ist ganz bestimmt eine Hexe!«, rief ihr der Junge hinterher.

Agatha hielt die Luft an. Dieser Vorwurf könnte barbarische Folgen für sie haben.

Ihre Nachbarin, Bader Barbara, war der Hexerei beschuldigt und auf dem Scheiterhaufen verbrannt worden. Sie war eine reizende Frau gewesen, die ihrem Mann elf Kinder geboren hatte. Ihre Freundin hatte sie als Hexe belastet, aber Agatha hatte das nie geglaubt, denn Bader Barbara war eine der liebenswertesten Menschen gewesen, die sie kannte.

Inständig hoffte sie, dass niemand das Gerede des Bauernjungen ernst nahm, denn sie wollte niemals auf dem Scheiterhaufen brennen. Schnell eilte sie zu ihrer Familie.

»Was treibst du dich dort herum?«, fragte ihr Vater zornig. »Hilf deiner Mutter, Holz zu sammeln, und legt es zum Trocknen.«

»Natürlich«, antwortete Agatha und rannte zu ihrer Mutter in den Wald.

Diese hatte Tränen in den Augen.

»Es tut mir leid, Mutter. Ich benötigte eine kleine

Pause, deshalb habe ich mir ein ruhiges Plätzchen gesucht. Das war nicht richtig von mir.«

»Tu, was dein Vater dir aufgetragen hat, und benimm dich nicht so sonderbar. Oder möchtest du auch auf dem Scheiterhaufen brennen?«

Agatha schluckte.

Dachte ihre Mutter ebenfalls, dass sie an dem Wettersturz schuld war?

Nein, das wollte Agatha nicht glauben. »Ich habe doch gar nichts getan, Mama.«

Ihre Mutter erwiderte nichts und arbeitete weiter.

Agatha sammelte Holz ein. Valentins Gesicht tauchte in ihren Gedanken auf. Sie malte sich aus, wie sie ihn heiraten würde und ihre Familie nicht mehr in Armut leben müsste. Dann würden die Leute sicher auch aufhören, sie der Hexerei zu beschuldigen.

Mir lief bei dem Gedanken, dass Agatha mich seit geraumer Zeit wieder aufsuchte, der Schweiß von der Stirn. Doch ich hatte endlich einen Plan, wie ich sie ein für alle Mal loswerden würde. Vorsichtig fuhr ich mit dem Finger über das Pentagramm und schaute in die Schachtel, in der weitere lagen. Die Spitzen des Anhängers pikten in meinen Finger. Meine Zuversicht gab mir die Kraft und den Mut, mich endlich aus den Fängen der Hexe zu lösen.

Es war allerdings Vorsicht geboten, damit niemand etwas davon merkte. Meine Kollegen hatten bereits Besorgnis geäußert, weil sie es nicht gewöhnt waren, dass ich mehrere Tage fehlte, aber die Befreiung von der Hexe war gerade das Wichtigste.

Die Planung hielt seit Wochen an, jeder Handgriff musste sitzen, nichts durfte dem Zufall überlassen werden. Ich hatte monatelang Bücher gewälzt, um die perfekte Lösung zu finden. Warum war ich nicht früher darauf gekommen, wie es wirklich klappte, die Hexe aus mir zu vertreiben?

»Warum bist du nicht früher darauf gekommen, Vater?«

Ich erhielt keine Antwort, nur das leise Knacken auf den Holzdielen der Küche verriet, dass er im Raum stand.

»Du hast jahrelang alles verkehrt gemacht. Es nützt nichts, einfach nur den bösen Geist in einen anderen Körper zu verbannen. Eine gute Seele muss mich heilen. Ich werde Agatha einen neuen Leib bieten und ihre Seele eilends verbrennen, sodass sie niemals eine Chance haben wird, sich neu zu formen.« Mit dem Plan war ich zufrieden. Ein freudiges Grunzen entwich meiner Kehle, weil es sich so gut anfühlte zu wissen, dass meine Pein, mein Martyrium bald ein Ende haben würden. »In ihrem Blut ist das Leben. Es wird aus ihnen fließen, um ihre Seele aufsteigen zu lassen. Ich werde sie nehmen. Wie Luft werde ich sie atmen. Wie Wasser werde ich sie aufnehmen. Wie Blut wird sie durch mich strömen. Und Agatha wird als tiefschwarzer Atem im Nirgendwo verpuffen.«

Bis ich die perfekten Seelen gefunden hatte, waren viele Tage vergangen, in denen ich verschiedene Personen beschattet hatte. Somit hatte ich Ersatz.

Dieser frühe Morgen war optimal für mein Vorhaben. Ich war wach und agil, weil ich letzte Nacht sogar gut geschlafen hatte.

Die Sonne schien schon seit sechs Uhr kräftig, als sandte Gott mir durch sie Energie.

Es gab nur noch eine Aufgabe, die vor dem Akt erledigt werden musste. Agathas Seele musste zeitnah nach dem Tausch brennen und ich konnte schlecht an zwei Orten auf einmal sein. Wer mir helfen würde, stand schon fest. Es war das Leichteste an dem Plan.

Meine Handlanger waren so einfach zu überzeugen, sie stellten keine Gegenfrage, schließlich wurden sie reichlich dafür belohnt.

»Wir sehen uns gleich, Vater. Du wirst dabei sein. Und du wirst stolz auf mich sein.«

Kapitel 3

Samstag, 16. Juli 2022

Pia fuhr langsam im Quellenweg in Koblenz Immendorf, damit sie einen möglichen Parkplatz nicht übersah. Sie hatte Glück und entdeckte direkt vor der Bäckerei eine Lücke, in die ihr kleiner Renault Twingo hineinpasste. Schnell stieg sie aus, eilte in den Laden, in dem Frau Robel bereits mit einer großen Tüte Brötchen, Croissants und Teilchen wartete.

»Guten Morgen, Frau Litschke. Ich habe schon alles fertig eingepackt.«

Pia lächelte. »Vielen Dank für die großzügige Spende. Die Kinder im Waisenhaus werden sich freuen.« Sie nahm die Tüte und rannte wieder zum Auto. Es war Eile geboten, denn in Kürze würde das Frühstück beginnen. Anstatt wie jeden Morgen Brötchen mitzubringen, wollte Pia die Heimbewohner an diesem Tag mit Croissants und süßem Gebäck überraschen. Als sie die Fahrertür öffnete, raste ein Transporter so dicht an ihr vorbei, dass sie Sorge hatte, er würde ihr den Hintern wegreißen. Kopfschüttelnd stieg sie ein und fuhr los.

Um Zeit zu sparen, wählte sie wie immer die Abkürzung über die Feldwege von Immendorf, um auf die L127 in Arenberg zu gelangen. Von dort konnte sie direkt am Fußballplatz die Einfahrt zum Waisenhaus nehmen. Es war eigentlich nicht erlaubt, über die Wege zwischen den Feldern zu fahren, aber Pia hatte bisher Glück gehabt und war noch nicht erwischt worden.

Hinter der Tierarztpraxis registrierte sie, dass ein dunkler Transporter quer auf dem Pfad stand.

War das nicht der, der gerade beim Bäcker an ihr vorbeigedonnert war?

Sie drosselte die Geschwindigkeit und näherte sich dem Wagen.

Schon von Weitem sah sie eine schlanke Frau, die an der Tür lehnte, sich krümmte und den Bauch hielt.

Pia stoppte wenige Meter davor, stieg aus dem Auto und ging auf sie zu.

Das braune Haar klebte der Frau an der Stirn. Sie war kreidebleich und ihre Beine wackelten besorgniserregend.

»Ist alles in Ordnung bei Ihnen?«, fragte Pia.

Die Dame winkte ab. »Mir ist nur etwas schwindelig. Ich hab die Kontrolle über das Auto verloren. Ist gleich wieder gut.«

»War Ihnen gerade auch schon schlecht, als Sie so durch Immendorf gerast sind?«

»Ja. Ich wollte diese Abkürzung nehmen, um zügig heimzukommen. Doch ich musste anhalten, weil mir schwarz vor Augen wurde.« Die Frau atmete tief ein und wischte sich den Schweiß aus dem Gesicht.

»Soll ich jemanden für Sie anrufen?«, fragte Pia besorgt.

»Nein, vielen Dank. Mir geht es bestimmt gleich besser. Es ist so heiß und meine Klimaanlage funktioniert nicht. Wahrscheinlich ist das das Problem. Haben Sie vielleicht eine Flasche Wasser im Auto?«

Ein Radfahrer radelte an ihnen vorbei und drehte dann um. »Sie dürfen hier nicht langfahren. Das ist ein Landwirtschaftsweg.«

Pia lächelte freundlich. »Sie haben recht. Wir sind gleich verschwunden, der Dame ist nur nicht gut.«

Brummig stieg er wieder auf sein Fahrrad und düste kopfschüttelnd davon.

»Ich hole Ihnen etwas zu trinken.« Pia lief zum Auto und kramte die Flasche Wasser aus dem Handschuhfach, das eine Kühlfunktion hatte. Sie richtete sich auf. Plötzlich jagte ein dumpfer Schmerz durch ihren Kopf. Ein qualvoller Druck verdrängte ihre Irritation. Ihr wurde übel, dann hüllte Dunkelheit sie ein.

Pia rieb sich den schmerzenden Schädel, in dem es seit dem Aufwachen jämmerlich stach. Sofort kam ihr die Frau in den Sinn, mit der sie sich als Letztes unterhalten hatte. Sie hatte dieser Wasser bringen wollen und dann hatte sie ein unerträglicher Schmerz überfallen. Was danach geschehen war, wusste Pia nicht mehr. Fassungslos sah sie sich in dem Zimmer um.

Der Raum war ihr fremd und merkwürdig eingerichtet. An den Wänden hing eine rosafarbene Tapete mit Herzchen darauf, die sich zum Teil löste. Auf einer Holztruhe saßen Teddybären und Puppen aufgereiht. Eine Puppe war nackt und hatte diese schrecklichen Augen, die täuschend echt aussahen und vor denen sich Pia schon immer gegruselt hatte. An der Wand gegenüber hingen Zeichnungen. Schwarze Kreaturen mit offenstehenden Mäulern und riesigen Zähnen. Das Bett war offenbar einfach aus ein paar Holzbrettern zusammengezimmert worden. Sollte ein Kind in diesem Zimmer wohnen, tat dieses Pia leid, denn es war schmutzig, renovierungsbedürftig und ohne jegliche Wärme oder Geborgenheit.

Warum war sie hier? Hatte die Frau auf dem Feldweg in Immendorf sie etwa in eine Falle gelockt? Diese hatte doch so zerbrechlich und schwach gewirkt. War sie vielleicht ebenso überfallen worden? Oder war da noch jemand in diesem Transporter gewesen? War Pia einem perversen Kriminellen zum Opfer gefallen, der sie ermorden wollte oder war sie einfach nur verwechselt worden? Und was hatte diese Frau damit zu tun?

Ihr Herz schlug wild gegen ihre Brust. Mühsam erhob sich Pia und lief zur Tür. Sie versuchte, sie zu öffnen, obgleich sie fest damit rechnete, dass sie abgeschlossen war. Irgendetwas musste sie jedoch versuchen. »Hey, bitte reden Sie mit mir. Weshalb auch immer Sie mich hier einsperren, ich bin sicher, dass es sich um ein Missverständnis handelt.« Pia hämmerte gegen die Tür.

Zu ihrem Erstaunen öffnete sie sich einen Augenblick später.

Pia trat einen großen Schritt zurück, weil sie nicht wusste, was sie erwartete. Als die Fremde vom Feldweg in das Zimmer trat, runzelte Pia die Stirn. »Warum haben Sie mich hier eingesperrt?«

Die Frau lächelte sie freundlich an. Dadurch sah sie nicht mehr ganz so verwirrt und bleich wie am Auto aus. Sie blinzelte häufiger und kratzte sich an der Schläfe. »Was macht dein Kopf?«, fragte sie zögerlich.

Automatisch fasste sich Pia an die dicke Beule, die beim Darüberstreichen schmerzte. »Es geht. Waren Sie das etwa?«

Die Frau zuckte entschuldigend die Schultern. »Ich wollte nur, dass du etwas schläfst, damit ich dich herholen konnte.«

Fast schon schämte sich Pia, dass sie sich von so einer zerbrechlichen Person hatte niederschlagen lassen. Doch sie hätte es nicht kommen sehen können. Wenigstens beruhigten sich nun ihre Nerven, denn sie hatte keine große Angst mehr. Was auch immer die Dame von ihr wollte, sie würde diese überwältigen. Dazu musste sie sich langsam herantasten. Vielleicht reichten ja auch Worte, um sie zu überzeugen, Pia freizulassen. »Was soll das alles?«

Die Frau zeigte auf den Stuhl am Tisch, sie wirkte nicht bösartig. »Ich erkläre es dir. Bitte setz dich.« Sie stellte ihr eine dampfende Tasse auf den Tisch. »Der Tee wird dir guttun.«

Pia nahm Platz. Sie verschränkte die Arme. »Warum bin ich hier?«

Die Frau räusperte sich. »Heute ist der Tag, an dem du sterben wirst, um meine Seele zu befreien.« Sie hatte es gesagt, als sei es völlig normal. Da waren weder Unsicherheit, Mitleid noch Angst herauszuhören gewesen. Es hatte sicher geklungen, so als stünde es schon lange fest.

Nur Sinn ergab es für Pia nicht. Sie runzelte die Stirn. »Stehen Sie unter Drogen? Soll ich Ihnen einen Arzt rufen?«

Die Frau starrte sie schweigend an.

In den Heizungen blubberte es und von draußen drangen Straßengeräusche herein, die aber von weiter weg kamen. Trotzdem herrschte eine unerträgliche Stille.

Pia schaute sich das Zimmer noch einmal an. »Wer lebt hier?«, fragte sie.

»Es war mal meins.« Wieder lächelte die Frau freundlich, was Pia in der momentanen Situation gruselig fand. »Das Haus gehört meinen Eltern. Meine Mutter ist früh gestorben, ein schrecklicher Unfall, da war ich erst vier Jahre alt. Danach habe ich allein mit meinem Vater hier gelebt, bis ich mich von ihm befreit habe.« Sie beugte sich über den Tisch. »In diesem Zimmer sind sehr, sehr schlimme Dinge passiert«, flüsterte sie. »Das kannst du dir in deinem perfekten Leben kaum vorstellen.«

Pia strich sich über die Arme. Eine Gänsehaut überfiel sie, weil die Frau völlig verrückt schien. Trotzdem empfand sie Mitleid.

»Meine gesamte Kindheit war ich in diesem Haus gefangen, doch ich komme trotzdem gern zurück.«

Pia schluckte. Bei der Arbeit im Waisenhaus hatte sie gelernt, dass man versuchen sollte, Menschen in emotionalen Ausnahmezuständen mit Unterhaltungen abzuholen und sie abzulenken. Das wollte sie auch bei der Frau umsetzen. »Hat er Ihnen wehgetan?«, fragte sie vorsichtig.

Deren Augen füllten sich mit Tränen. »Ich bin die Wiedergeburt einer bösen Seele und ihm zugeteilt worden. Er konnte sie nicht bändigen, aber Du kannst mich von ihr befreien.«